來自**阿普頓**的五十一封問候

亞瑟·本森的文學思想與教育理念再現

亞瑟·本

遲文成，

完整收錄英國知名教育家亞瑟·本森 **51** 封翻譯信箋
詳實呈現作者時正經時幽默、嗆辣而不失重點的人生觀察

既是多產作家，也身兼春風化雨的職責，從這些書信中，可一窺本森的
文學思想與教育理念，以及對社交的觀點、對書籍的評論、對教育改革的建議⋯⋯

目錄

CONTENTS

CONTENTS

序言

　　我的這位朋友過世不久，他的遺孀便把我寫給她丈夫的一些書信交還給我。

　　在臨終前的幾天裡，他似乎一直在做著書信的分類和處理的工作。「我們不能銷毀這些信，」他手裡握著一大把我寫給他的信，對妻子說：「我們要把這些信放在一起保存好，也許有一天他會整理出版，我希望他會這樣做。」當然，這並非是什麼遺囑，但是，在他突然離世的幾日後，這一遺願卻顯得愈發神聖，於是我決定按照他說的去做。再說，朋友的妻子最有權決定，她也非常希望我能夠這樣做。

　　我刪除了幾處比較隨意和涉及隱私的細節，信的主要內容還在，因此這些信的面貌基本上沒變。當然，這些一時草就的信件裡會存在許多文學層面上的瑕疵，但是，或許正因如此，它們才與大多數經過深思熟慮之後寫就的信件不同，它們是一種自然的真情流露。

　　在這些信中，我信筆由韁，表現得極為坦誠和富有熱情，因為我知道赫伯特會欣賞這裡蘊含的思想以及表達這些思想的方式。而且，再深入地講，如果有必要對這匆忙的出版做些解釋的話，我認為這些書信並非是那種透過長久保存而有所增益的東西。

　　這些書信的話題來源於當時的年代、環境和具體機緣，也來源於被評讀過的書籍和被討論過的教育問題，因此，這些書信也許能夠成為對當代生活某個側面的一系列評論，而且還是從某個特定角度開展的評論。而且，最重要的是，他欣賞這些書信，我很知足，如果他希望這些書信公之

PREFACE

於眾，好吧，就隨他願吧！在出版這個問題上，我正在履行一句臨終前的愛的囑託。

T. B.

阿普頓（簡稱「阿城」）僧侶果園

1905 年 2 月 20 日

阿普頓，僧侶果園，1904年1月23日

阿普頓，僧侶果園，1904 年 1 月 23 日

我親愛的赫伯特：

　　我剛剛聽到這個令人難過的消息，在此我深表同情。我多麼想知道這場災病嚴重到了什麼程度、你得離鄉背井多長時間、去什麼地方、生活條件會是什麼樣子。也許，你或許可以抽點時間給我寫點隻言片語，告知這一切？但是，我相信總會有令人欣慰的地方。我想一旦有個地方安頓下來，你就能夠過上更加自由的生活，而不像近來在英格蘭這裡的循規度日，這樣就少了些風險，也少了些焦慮。如果你能夠找到那個正確的地方，那個自由王國，你就能夠實現某些在這裡經常被打斷的計畫。當然，也會有一些不利的方面。書籍、社交、坦誠交流、英國鄉村，這些你深深愛著的東西，如果我可以用另外一個詞來概括的話，那就是你所愛的智慧結晶，所有這一切都將在瞬間化為歷史。慶幸的是，錢不是問題，錢會帶給你失去的箇中樂趣。你還會見到一些你真正的朋友，他們前來拜訪的目的，是彼此之間暢所欲言的交流，和互通有無的裨益，而不是毫無目的的遊蕩到此，送上問候。你也能夠跳出舒適圈看待問題 —— 而這確實是一個優勢，因為有時候我感覺你的文學作品，因你興趣廣泛而受到了不良影響，尤其是你對太多的興趣過於熱心，而無法形成一個較深刻的觀點。你對獨特自然景色的熱愛將會使你大受其益。一旦熟悉了新的周遭環境，你就會揭開它們的面紗並領略其中魅力，你在這裡已經展露了這種能力。你也將過上一種更加平靜的生活，而不受一切消極力量的干擾，這些干擾會使一個人無法集中精神，尤其當他受到大量的各種束縛的時候。我可以說，我過去並不知道自己是一個很善於辯論的人，但是現在我知道了，因為我可以說服自己相信，真正的幸福只有在寄居海外時才能找到。

　　我親愛的赫伯特，真誠地講，我完全理解這種改變帶給你的悲傷，但是蜷縮在陰影中對人沒有任何益處，我知道人都會有沮喪的時候。當一個

人在開始一天的工作前，清晨睜著眼睛躺著的時候；當一個人做完一件乏味的工作又倍感孤獨的時候；當一個人需要工作但又不能馬上找到自己喜愛的工作的時候；當一個人放棄了原來的工作，新工作還沒著落的時候──我很了解前進的道路上所有的困境，它們是魔鬼潛伏的陰森深谷，就如《貝維克》（Bewick）中講的那樣，它們在等待著那位急於在路邊歇腳的路人（你記得嗎？）最後他會發現隱藏在幽谷裡活躍著的惡魔，它們犄角橫出、四肢粗壯、全身鼓脹，如同一場讓人窒息的、醜陋無比的惡夢。但你並非缺乏經驗或無力還擊，你有足夠的信念支撐到冰封的氣氛解凍，讓原有的熱情重新燃燒。當一個人年輕的時候，他設想令人沮喪的事情會接踵而來，他看到的是沉寂無聊、鬱悶無邊的路，蜿蜒穿越座座禿山，最後消失於黑暗的峽谷之中。後來人們就相信了「路邊歇腳的峽谷」就在那裡，即使你看不到它，但是畢竟你有和你在一起的家人；而且你只有幾個女兒，這似乎很幸運，誠實地說，這似乎是老天精心安排──如果你有個兒子，他必須回英格蘭接受教育，那你就得更費心了。然而，我卻發現自己甚至非常希望你有一個兒子，那樣我就可以在這裡照顧他了。你不知道我有時候多麼渴望有一些小孩子可以照管，多麼渴望能守護他們的幸福。你會說我有大把的機會。在某種意義上來說，我是一位不錯的、適合單身的校長。但是，這些孩子並不是屬於某些人自己的；他們會離開──即使他們會虔誠地回來，真摯地與他們過去的老師交談。但是那時我們雙方都會痛苦地意識到，我們已經失去了維繫彼此關係的那條紐帶，昔日的那種親近連繫已不復存在。

那麼，我寫這封信，不是想就自己的不幸抒發哀嘆，而是希望能夠幫助你挺起胸膛。請你盡快告訴我你們的計畫，然後我就可以最後一次以我們舊有的形式去拜訪你，或許新的方式會令人更愉悅。祝福你，我的老朋

阿普頓，僧侶果園，1904 年 1 月 23 日

友！也許到現在一直照耀著你生活的那縷陽光 —— 雖然時斷時續 —— 從現在開始將照耀你全部人生。日復一日，我越來越感覺我們受制於別人的股掌之中，而非自己。我確實看到了一些發生在別人身上的事情，那些控制者的大手看起來是那樣的肆無忌憚、堅不可摧、冷酷無情；但是我覺得我不可能看懂所有的事情；我只能謙卑地向我的經驗求助，並借此證明即便是最令人畏懼和無恥的事情，也有一種淨化的功能；我能充分思考發生的一切，以此激勵自己把心放得比眼界更遠，最終使自己相信，深沉強烈的愛確實存在。

永遠愛你的朋友，
T. B.

阿普頓，1904 年 1 月 26 日

阿普頓，1904 年 1 月 26 日

親愛的赫伯特：

　　當前的選擇是要去馬德拉[1]嗎？其實，馬德拉這個地方我還有點了解，所以，我對你表示真誠的祝賀，之前我還擔心你選擇瑞士呢。我可應付不了在瑞士的生活。如果讓我到那裡遊歷一下還是不錯的，讓風凍一凍、讓太陽烤一烤，再在純淨的空氣中沐浴一下。但是，可怕的群山被冰封了的遠古寂寥，是那樣的冷漠單調；高處的小村莊坐落在那寂寞的斜坡上；冰冷的松樹表現出不屈的堅強 —— 所有這些都令我沮喪。當然，在低坡的地方你也能發現很多樸素的美；一片片密林、流下的小溪、一簇簇花朵。但是，陰冷黑暗的山峰俯視著每一寸土地，所以一個人在這裡，感受不到像在英格蘭感受到的那種豐富舒適的寧和。馬德拉很與眾不同，我曾經去過那裡，所以我必須誠實地講，那個地方不適合我 —— 溫暖的空氣、茂盛的植物、花房的香氣，這些都不適合一個膚白無力、喜歡北風的男人。但是這裡適合你，因為你瘦而結實，你將會成為這裡居民中的一員，而這些居民只要在這裡，就會朝氣蓬勃、充滿精力。我的腦海中浮現出許多關於馬德拉的優美畫面：山地高處的村莊到處生長著茂密的樹木；綠色的草地從山頂傾瀉而下，開滿花朵、散發芬芳的藤本植物倒垂著，鋪滿了白牆；巨大的紅色崖壁之下是蔚藍色的大海。與這裡滿是亭廊噴泉的花園城鎮相比，你也許會更喜歡那裡的一棟棟為綠蔭覆蓋的鄉間宅邸。如果你不能在短時間內愛上這個地方，那就是我說錯了。還有一點，那裡的人們質樸、熱情、毫不矯揉造作，他們更重視個人的興趣。那裡的家務沒有這裡複雜，很容易做。

---

1 Madeira，是非洲西海岸外，北大西洋上一個屬於葡萄牙的群島和該群島的主島的名字。葡萄牙語中「Madeira」是木頭的意思。馬德拉島上有 143 種植物是當地特有的。馬德拉是歐洲的一個比較高級的旅遊地點。出於傳統，許多英國人到馬德拉旅遊，他們主要聚集在豐沙爾。馬德拉是一個徒步旅行的好地方。

我不能在外頭過夜，但是如果你能抽出一個傍晚，在這週的某一天，我會來和你一起吃晚飯。

　　而且有一點我可以向你保證 —— 當你離開這裡之後，我會盡可能地寫信給你。我不可能寫一些正式的信件，但我會用心地寫我的所思所想，想到哪就寫到哪，想停筆時就停筆；你也一定要和我一樣。我們不必規定必須回覆彼此的信件，這樣做是在浪費時間。我想了解的是你現在在想什麼、做什麼，而且我敢肯定你也一樣，想知道我在想什麼、做什麼。

　　既然你知道你將會更加快樂，我就沒必要再補充一句 —— 如果需要我給些建議，我將不勝榮幸。

你永遠的朋友，
T. B.

阿普頓，1904 年 2 月 3 日

阿普頓，1904 年 2 月 3 日

我親愛的赫伯特：

自從告別如過幾載之後 —— 但實際才過一週，我現在整天埋頭工作 —— 批改作業、教課、談話。我和那些男孩子們[2]一起吃過一次晚餐，從那以後我就一直到處走、和他們交談 —— 那是我工作中最精彩的部分。每當這時，一般來說他們都會表現出飽滿的精神狀態、寬廣的心胸和理智的頭腦。這些男孩子在獨自一個人的時候，都非常討人喜歡，而一旦聚在一起，他們就很令人討厭（當然不總是這樣），這確實是一個很奇怪的現象！在眾人前，他們似乎想顯露他們最糟糕的一面，恥於被認為是個好孩子，無論是心細、體貼還是心軟。他們非常擔心自己看起來比實際的自己好，但是卻為比實際的自己更糟糕的表現感到高興。我很想知道這是為什麼，對於多數人來說，或多或少也有同樣的情況，但在男孩子中這些本能卻表現得很赤裸。在我的生命中，我追求的其中一樣東西是質樸和真實，但偽裝卻是足以致命的武器。如果你覺得他是真實的自己，如果你覺得他沒有在他顫抖的心靈前豎起各式各樣讓人費解的屏障，即使是最無趣的人也會變得有趣。然而，讓一個人說出他真正的想法，而不考慮與他交流的人所希望的想法 —— 而且還看不出生硬、魯莽和自作主張的表達 —— 即使這個人崇尚誠實美德，要他那樣做也是非常艱難的。

一般來說，男孩子們都恥於說彼此的好話，但同時他們又都很強烈地渴望著「得人心」，然而可憐的是，他們卻不知道深受歡迎的捷徑，是去發現每個人的優點並勇於說出這些優點。我曾經教過一個小學生，他單純、沉靜、普通，但卻深受同學們的歡迎。我常常苦尋其中道理。他離開學校以後，我問了某個男孩原因，他想一會後說：「老師，我認為那是因

---

2 男孩子們是指學校的男學生，本文作者當校長的學校裡的學生都是男生，後面所有信件提到的孩子們均是指男學生。

為在我們討論別的男孩的時候 —— 大家幾乎一直都在做這樣的事 —— 雖然他常常也和別人一樣對被討論的傢伙有怨言，但從來不嘮嘮叨叨，而是總對他們有正面的評價，並且不是準備好的說詞，而像是隨口說出的。」

好了，我必須就此打住，我想你正在駛出海灣的輪船上，我希望你正在呼呼大睡。沒有什麼睡眠能和輪船上的睡眠相比 —— 那麼深沉、香甜，因此，一個人醒來時幾乎不會知道自己在哪裡、自己是誰。在清晨，你將會看到那些壯觀的、泛著紫光的、約 3 英里長的海浪。我還記得它們，因為我對此總會感到頭暈，當然，它們也有安靜的時候。還有那些神祕的輪船常常在左右出現，劇烈地上下顛簸著，甲板上小小的人影四處移動著，一分鐘後就在一英里之外了。之後，大理石般的海水變成了帶有白色脈絡的藍寶石，泛著泡沫，發出嘶嘶的聲響[3]，這一切非常美妙。晚安，赫伯特！

你永遠的朋友，
T. B.

---

3 輪船過後產生的一道白色水痕及發出的聲響。

阿普頓，1904 年 2 月 9 日

阿普頓，1904 年 2 月 9 日

我親愛的赫伯特：

　　我希望你帶了洛克哈特的《巴爾特・華特・司各特爵士的生平回憶錄》[4] 這本書，如果你沒有，我會寄給你一本。我最近一直在讀這本書，而且強烈希望你也能讀一讀。這本書並非全都精彩，前面部分是對繁榮年代的描述，有幾個地方就很乏味，其中描述志向和抱負的部分，有些東西就過於鼓噪且有失莊嚴 —— 我甚至認為有些俗不可耐，這會使人聯想到一個暴發戶坐在滿桌豐盛的食物旁，帶著強烈的食欲享用著他的美食。得到名人讚賞、建立家庭、在國家有一席之地，這是很自然和健康的願望，但它是一個很普通的志向。書中這個男人身上表現出來的是一種樸素、親切和天真風趣的魅力，沒有什麼其他更偉大的東西。後來遭遇失敗，突然得如同大幕拉開，他展現出一顆堅韌而慷慨的心靈，帶著超乎尋常的平靜肩負起沉重的負擔，以出色的膽識穩定下來，面對幾乎無法承受的挑戰。我們的男主角努力地寫作，償還令他窒息的債務，他所表現出來的勇氣是凡人不及的、令人敬畏的。我們看到他一天完成了許多作家一週才能完成的作品，他日復一日地這樣寫作，也承受著喪親之痛、傷心難過，糟糕的身體狀況也在折磨著他。在這樣情況下寫出的這部作品並沒有產生什麼影響，實際上，在正常情況下他很有可能就此擱筆了，但在這個時候卻無法就這麼放棄，這部作品就這樣誕生了。但是這個男人的容忍能力，和神賜一般的勇氣正是直接打動人心的東西。只有往後看，你才會逐漸意識到之前比較幸福的生活是有反襯作用的，你得承認，這裡存在某種真實的、完

---

4 約翰・吉普森・洛克哈特 (John Gibson Lockhart, 1794-1854) 蘇格蘭作家、記者。因書寫其親戚的傳記《巴爾特・華特・司各特爵士的生平回憶錄》(*Memoirs of the Life of Sir Walter Scott, Bart*) 而聞名，該書被譽為英語語言傳記中繼博斯韋爾 (James Boswell, 1740-1795) 的《約翰遜傳》(*Life of Samuel Johnson*) 後，最廣受推崇的一部傳記。

美的人性。如果我們勇於把生活看作是一個教育過程，那麼壓抑他的那種悲劇性痛苦就不應該是命運之輪的倒退，而應該是來自上帝之手的恩賜 —— 從渾濁彌漫的沉渣中淨化出一個高尚的靈魂，並為優秀的男人提供一個永恆不朽之典範的生活方式。

我相信，在整個文學史上，再沒有一部作品比這部作品更高尚更優美了。這個男人的質樸、真誠在每一頁裡突顯出來。關於他個人或他的作品，沒有絲毫的虛假成分。在他聽說索西含淚談到他和他的不幸時，他坦誠地說，如果他和騷塞[5]調換位置的話，他就不可能落淚。他還說他的同情心向來表現為直接行動，而不是傷感動情，因此，他本人一直更傾向於主動幫助，而不是安慰。當談到他的寫作時，他說他知道，如果說他的詩歌或散文有什麼優點的話，「那就是文章的直接坦誠，受到了士兵、水手和有著大膽活躍性格的年輕人們的喜愛。」實際上，他還補充了一句略顯蔑視但很委婉的話：「我一直以來都不是黑暗之中的嘆息者 —— 根本也寫不出基於想像的、有管樂伴奏的韻文、短詩和鄉村小曲。」

幾天後，在談到湯瑪斯・坎貝爾[6]這位詩人的時候，他說「他之所以

---

5 勞勃・騷塞（Robert Southey, 1774-1843）英國浪漫派詩人，湖畔派詩人之一。1813年被封為桂冠詩人。騷塞還是一位多產的書信作家、文學學者、散文作家、歷史學家和傳記作家。他為約翰・班揚、約翰・衛斯理、威廉・考珀、奧立佛・克倫威爾和霍雷肖・納爾遜都寫過傳記。他還研究葡萄牙及西班牙的國情，寫過《巴西歷史》和《半島戰爭史》。騷塞的詩作往往具有東方風格和異國情調。

6 湯瑪斯・坎貝爾（Thomas Campbell, 1777-1844），蘇格蘭詩人。出生於格拉斯哥一個商人家庭，曾就讀於格拉斯哥大學，後經愛丁堡大學專修法律，因興趣不合中途退學。以後終身從事詩歌創作。他的作品主要涉及人類社會，以感傷的詩歌為後人銘記。他是倫敦大學的計畫發起人之一。1799年，他寫出了處女作〈希望之樂〉，以英勇的對聯形式對傳統的18世紀進行了描述。他留下了許多愛國主義思想為題材的名篇，如〈英國水兵之歌〉、〈士兵的夢想〉、〈荷恩林登之戰〉、〈狂人之戰〉和〈奇怪的土耳其王子〉等愛國詩、戰爭詩。1844年去世，葬於倫敦西敏寺教堂的「詩人角」（Poet's

痛苦，是因為他修改他的作品太過謹慎了」。

　　這樣評論顯得有點心胸狹隘，還有點自鳴得意，儘管司各特本人不加修飾的寫作風格很崇高大氣，但他應該知道寫作方式卻是各有千秋。舉例來說，如果司各特與華茲華斯[7]對比，可能更奇特的是 —— 司各特總會說「你們知道的，我不在乎別人對我作品的謾罵」；而華茲華斯的後半生卻主要研讀自己的詩作。每當兩人被相提並論的時候，華茲華斯都被認為是正經嚴肅和自我投入型的代表，而司各特則被認為是質樸無華和不計名利型的典型。華茲華斯住在亞博斯福市[8]的時候，曾謝絕了一次快樂的遠足活動，而和女兒待在家裡。當旅行團回來的時候，他們發現華茲華斯正坐著，聽女兒為他讀那本他自己寫的書《遠足》（_The Excursion_）。當有一隊旅行者到來的時候，華茲華斯就會偷偷地溜到馬車邊，查看一下他們隨車攜帶的書籍中是否有他的任何一本書。當華茲華斯和司各特兩人在一起時，司各特總是表現得很謙恭順從，他會引述華茲華斯的詩，並致以他崇高的敬意，華茲華斯則反過來報以僵硬而得意的鞠躬禮。但是自始至終，華茲華斯都不會表現出能讓人判斷出他曾舞文弄墨的隻字片語。

　　人們希望透過刺激華茲華斯來讓他表現自負一些，但是少數人也會希望司各特應該再加深點職業的尊嚴感。人們希望華茲華斯身上再有些司各特的無私樸素，也希望司各特身上再擁有一點點嚴肅。他應該感覺得

　　Corner)。

7　威廉・華茲華斯（William Wordsworth, 1770 — 1850），英國浪漫主義詩人，與雪萊、拜倫齊名，代表作有與山謬・泰勒・柯勒律治合著的《抒情歌謠集》（_Lyrical Ballads_）、長詩〈序曲〉（_Prelude_）、〈遠足〉（_Excursion_）。桂冠詩人，湖畔詩人之一，文藝復興以來最重要的英語詩人之一。

8　亞博斯福市，Abbotsford，蘇格蘭邊區一城市，因著名歷史小說家、詩人華特・司各特的故鄉所在地而聞名於世。

到 —— 但實際沒有 —— 成為一名偉大的作家比成為一名正襟危坐的君主更為高貴。

但是在樹叢沙沙作響、特威德河湯湯流淌的、逐漸暗淡的光景裡，這個質樸的靈魂還無怨無悔、無所畏懼地行進在自己的路上：「我希望人們認為我永遠不會被任何東西打敗。」他說。但是，最終他的手由於長年握筆而殘疾，逐漸混沌的思維也在悄悄衰弱。

你也許還記得，去年夏天我虔誠地去亞博斯福朝聖。我好像沒和你細說這事。我的第一感覺是吃驚，吃驚於這個地方的規模和威嚴，因為這證明著曾經的輝煌一時。我看到了各個房間、書桌、椅子、擺著一排排書架的圖書館和小樓梯，尤其那小樓梯，是司各特早晚能夠偷偷溜回艱苦隱居的工作環境的通道，看到了帶著悲憫微笑的死亡面具，看到了衣服、鞋帽，還是原來的樣子，使人感覺這恰到好處地描繪了這個男人的身材和體型 —— 這些東西使整個環境有一種古怪的真實感。

當然，在這個地方也有很多虛華、浮誇、不真實的東西，有塗抹得像橡樹一樣的石膏柱子，有非常難看的紋飾，有無法入眼的玻璃繪畫，還有其他一些耗時費力收集來的東西 —— 所有這些都揭示了司各特非常幼稚的一面。當他志得意滿時，那種膚淺的自我意識就很容易暴露出來。

後來我又去看了他最後居住的地方，那是一個破敗的大教堂，隱匿在樹叢深處，以至於除了教堂那三座已經暗淡的尖塔，就再難覓教堂的蹤影。殘破的迴廊周圍生長著茂密的灌木，鳥兒在裡面啼鳴 —— 這一切情景便是一個寓言，也讓我們感到強烈的、神祕的震撼。他短暫的一生，充滿著對永恆的規劃，也受盡了如淵痛苦的折磨。最後在他安靜地離開之際，他的嘴唇無力地蠕動著：對這顆正在逝去的心靈的唯一安慰，是無論

它表達得多麼不直率，卻一直渴望善良高於一切。

　　我無法向你描述這一切對我影響有多深 —— 那是怎樣的一顆充滿渴望的心靈，那是多麼得柔和親切，那是多麼得令人欽佩，那是多麼得讓人驚奇啊！他的坦誠稱得上是非常高尚和美麗的東西，這個勇敢的男人帶著這種坦誠多次承認，他沒有錯過人生中他所期望的那麼多的快樂，也沒有發現他所恐懼的那麼多的負荷。我可以想像，沒有哪本書會比這本書，更能把一個深陷痛苦和失敗中的靈魂，拯救得更高尚、更勇敢、更充滿信心，因為這本書不失同情並大度地告訴人們一個事實：名譽、成功、地位，都毫無懸念地無法與人類本性中的樸素品德相媲美，而這種東西是最卑微的人也可以崇尚、擁有和展露的。

你永遠的朋友，
T. B.

阿普頓，1904 年 2 月 16 日，懺悔星期二

阿普頓，1904 年 2 月 16 日，懺悔星期二

親愛的赫伯特：

這裡剛剛發生了一件令人難以置信的事。這件事讓人覺得，自己對人性了解少得可憐。儘管 H・G・威爾斯[9]先生絞盡腦汁創作科幻作品，但是真相的出現，還是令虛構作品難以企及。事情是這樣的：

一個學生宿舍裡丟了一些錢，種種跡象表明是某個男孩偷走的。結果是，完全沒有任何理由的，一個敦厚但有些丟三落四的男孩成為了被懷疑的對象。他是那種把書本和隨身物品隨處亂丟，然後就什麼也想不起來的孩子，也不反對在自己需要時會去向別人借，但當時宿舍裡的男孩們還是一致認為就是他偷了錢，丟錢的男孩還懇求他還錢。他反駁說他沒有拿那些錢。事情很快就傳到了舍監的耳朵裡，她用了一晚上來調查和審問這位有嫌疑的男孩。男孩再一次滿不在乎而坦誠地加以否認，然後再也不聽詢問，自顧自地走開了，東遊西逛，他發現宿舍的男孩們都聚在一個書房裡，並興高采烈地談論著什麼。「發生什麼事了？」我們這位嫌疑犯朋友問道。「難道你沒聽說嗎？」一個男孩說道：「坎貝爾的奶奶（坎貝爾是這個故事中的另一個人物）送給他兩英鎊的零用錢。」「噢，真的嗎？」我們的嫌犯男孩帶著意味深長的微笑說道：「那我得再去他那邊看看了。」這等於承認自己是小偷了，這令人吃驚的自白自然引起孩子們的極大興趣，於是有人建議坎貝爾趕緊把錢收起來，或者把錢交給舍監保管。但就在當天晚上，又發生了一件令人詫異的事情，丟錢的那個男孩找到了他丟失的錢，而且和原來一樣，分文不少。錢是在他的板球運動服的口袋裡發現的，他現在想起來了，是他自己放在那裡的。這位「嫌疑犯」現在又恢

9　赫伯特・喬治・威爾斯，Herbert George Wells，1866 － 1946，英國著名小說家，新聞記者、政治家、社會學家和歷史學家。他創作的科幻小說對該領域影響深遠，如「時間旅行」、「外星人入侵」、「反烏托邦」等都是 20 世紀科幻小說中的主流話題。

復了往日的人緣，又成為群體中可信賴的一員。有個男孩把我們這位主人公說的使人誤解的話當著男孩的面告訴舍監。舍監困惑不解地看著他，問他為什麼要那麼說。「啊，就是想嘲弄他們一下，」男孩說道：「因為他們對這件事那麼感興趣。」「難道你不明白，傻孩子，」善良的老婦人說道，「如果這錢沒找到，你就等於親口承認了你是個小偷嗎？」「啊，我知道，」男孩爽朗地說道：「但是我情不自禁 —— 當時就想那麼做。」

　　當然這是一個特殊的例子，但是卻能反映男孩子古怪的一面 —— 幾天前我也和你談到過這一點 —— 那就是，他們格外願意甚至渴望被認為比他們實際樣子壞，即使是非常規矩的好男孩，在談話中也會故意表現出他們很普通，甚至很糟糕。他們不喜歡別人汙蔑他們的道德品格，但卻熱衷於抹黑自己，連品行最好的男孩也無法承受被誣告有道德瑕疵，卻也難以被看作是所謂的「好孩子」。這種現象在男孩們獨處的時候不會發生，如果和他們交談的人很真誠，他們就會很自然地談論起他們的原則和行為。但是，一旦男孩們聚在一起，某種自我詆毀的毛病馬上就會互相傳染。渴望被認為比實際樣子糟，是男孩們一種健康的心理本能，我想我們曲解了這個現象，但是人們常會聽說公立學校學生道德品格不高的這種誇張說法，這主要源於一個事實 —— 儘管完全沒人指導他們，通常這些天真的、來到公立學校的男孩子們仍從同儕的談話中判斷出（並非不合理地）他們根本不反對做點壞事。

　　我感覺同樣的情況在現在似乎也廣泛盛行。《杜里世家》[10]（*The Mas-*

10 又譯為《巴倫特雷少爺》，蘇格蘭小說家、旅行作家羅伯特．路易士．史蒂文森（Robert Louis Stevenson, 1850-1894）的代表作，這部小說描寫了蘇格蘭地區的詹姆斯起義帶給一貴族家庭的破裂，因政治主張迥異，兄弟反目，最後復仇的故事。1953 年，同名電影上映。

ter of Ballantrae: A Winter's Tale）裡的老傭人深受酗酒之痛，卻還把自己偽裝成一個基督教的殉道者，像這樣過時的虛假偽善已經不存在了。那種維多利亞時代早期的書籍裡常常告誡孩子要抵制的傲慢，現在也沒有了，在當時，類似於坐在馬車裡、遠遠地瞧著乞丐撇著嘴的那種傲慢是隨處可見的。

現今，法利賽人和稅吏[11]（The Pharisee and the Publican）的寓言剛好是顛倒的。法利賽人告訴他的朋友，他實際上要比稅吏壞得多，而稅吏鬆了一口氣：他不是一個偽君子。畢竟，這是不同類型的偽裝，因此，也許是更危險的，因為它在道德外衣的庇護下大行其道。當然，我們都是痛苦的罪人，但是，如果我們試圖把我們自己降低到與有良知的墮落同等水準，那麼我們也無法繼續激勵自己的善舉了。唯一的益處就是，靠著我們的謙卑，我們避免苛求彼此。我們應該坦率地承認，我們的美德是繼承而來的，假如他們有我們現在的機遇，一定會做得和我們一樣好或比我們更好；我們不應該害怕表達我們對美德的敬仰，而且，如果有必要，我們也不應該害怕表達我們對罪惡的憎恨，只要這種憎恨是真誠的。治療當前這些癥結的良方，是更加自然的人性。也許這種自然會止於自負，但

---

11 在《聖經・新約》中，法利賽人和稅吏的比喻是一個耶穌的比喻。《路加福音》第 18 章第 9 至 14 節敘述了一個自負的法利賽人，耶穌將他和謙卑乞求上帝贖罪的稅吏相比較。這個比喻展示了人們需要謙卑地祈禱，而且它承接了上一個與祈禱有關的不義管家的比喻。

《路加福音》第 18 章第 9 節：耶穌向那些仗著自己是義人，藐視別人的，設一個比喻，說：「有兩個人上殿裡去禱告：一個是法利賽人，一個是稅吏。法利賽人站著，自言自語地禱告說：『神啊，我感謝你，我不像別人勒索、不義、姦淫，也不像這個稅吏。我一個禮拜禁食兩次，凡我所得的、都捐上十分之一。』那稅吏遠遠地站著、連舉目望天也不敢，只捶著胸說：『神啊、開恩可憐我這個罪人！』我告訴你們：這人回家去比那人倒算為義了。因為凡自高的、必降為卑；自卑的、必升為高。」

是我坦率地承認，今天我們對於自負甚至故作正經的憎惡已經超出正常極限了，反對自負的教義，幾乎已經在「摩西十誡」裡占有一席之地了。畢竟，自負通常和不夠圓滑、教養不好差不多，所以表現得高人一等是自負，讓高貴的氣質遠離自己也是一種低俗。但是表現得正直，或者擁有較高的審美標準，或者更關心文學名著而不是二流書籍，這些都不是自負的表現，而那些炫耀富有，以及顯露自己有良好社會關係的人卻都是自負的。自負是在你與他人比較以作區別時出現的。寓言中的偽君子就是一個自負的人，正如我認識的一些自負的獵人和自負的高爾夫球手，甚至那些自負的玩牌人，因此我認識的這些自負的人，對他們個人的道德要求都不高，因為他們反感那些道德水準較高的人。唯一的改善措施是坦誠和質樸，趣味相投的人們應該在進行探討他們推崇的和信仰的東西時，實踐一下質樸直接的交談方式。

我扯得太遠了！但是把這些東西寫給一位能理解它的人，是一件很欣慰的事，這樣「那些塞滿胸膛的、壓在心裡的危險東西就可以一吐為淨了。」順便說一下，在這個句子裡重複使用「塞滿的」和「塞滿的東西」這樣的詞多粗心啊[12]！但是，我想這可能是故意的。

我非常喜歡你的來信，而且我很高興聽說你正在開始「培養興趣」並且業已感覺良好。你說的本性難移的觀點頗出乎我的意料，我必須認真思考一下這些觀點。我會盡快寫信給你就此交流的。隨信帶去我對你們全家的愛。

你永遠的朋友，
T. B.

---

12 這個句子是作者引用的句子。英語中 stuffed 是「塞滿的」意思，stuff 是「塞滿的東西」的意思，兩個詞在原文英語句子裡同時出現顯得不夠嚴謹。

阿普頓，1904 年 2 月 25 日

阿普頓，1904 年 2 月 25 日

我親愛的赫伯特：

　　你問我一直在讀什麼，其實，我一直在通讀紐曼[13]的《生命之歌》（Apologia），這是第二十次了，而且和之前一樣，我被那種無以倫比的風格和魅力徹底征服了 —— 它堪稱完美的清晰（將那種內在的思想淋漓盡致地展現出來），它的質樸（我認為，對於紐曼來說，這不是寫作而是純粹上天惠賜的結果），它的恰當，它的高尚，它的中聽之言。作為讀者我獲得了極大滿足感，作為作家我有一種嫉妒絕望的感覺，我在兩種感覺當中擺盪。它慢慢地、豐富地注滿人的大腦，如同蜂蜜從稍稍傾斜的碗中緩緩注入瓶中。這本書沒有精心設計的複雜結構，它是完全發自內心而快速、輕鬆寫就的，它是對一個人靈魂的發現，這是一個很天真、忠誠、脆弱的靈魂，而且還充滿一種孩子才有的、甜美、單純的自負。紐曼本人說過，這本書是伴著淚水寫的，但我認為它們不是苦澀的淚，而是一種華麗的悲痛，從靜靜的避風港裡看到的過去的悲愴和沉重。我對書中揭示的理性態度沒有同感，但是我總是不太重視理性，正如羅德里克·赫德森[14]所說：它的確是一個有些悲傷的情景，一個美麗心靈在現實中，被純美思

---

[13] 若望·亨利·紐曼（John Henry Newman, 1801-1890），原為聖公會的牧師，在 1845 年皈依羅馬天主教，後來於 1879 年被教宗良十三世擢升為樞機，不過他並未被祝聖為主教，而是以司鐸品的身分獲得樞機頭銜。他學問淵博，且勇敢討論許多關於宗教信仰等問題，深入探討信仰本質及教義的發展。他可以深刻討論理性、情感、想像力與信仰的關係，雖然他知道人的智力有限，但他仍勇敢地為理智辯護。年輕時已是英國教會牛津運動的重要人物，帶領被新教同化了的英國教會重拾大公教會的源頭與核心價值，重整短暫失落了的禮儀、體制、神學和聖樂。他對於羅馬天主教的影響相當大，尤其在第二次梵蒂岡會議，紐曼的思想深具影響力，所以又有人稱梵蒂岡第二次會議為紐曼大會。紐曼在 2010 年 9 月 19 日獲教宗本篤十六世主持宣福禮，冊封為真福品。慈光歌為其著名讚美詩歌。

[14] 羅德里克·赫德森是美國作家亨利·詹姆斯的小說《羅德里克·赫德森》（Roderick Hudson）中的主人公，小說中是一位波士頓的單身富豪和藝術鑑賞家。

想、自尊，和遙遠、神聖、莊嚴的著名教會改變了信仰，這個教會是在不知不覺中將他吸納進來，而他一直認為那是他在追尋的某種真理。多麼棒的邏輯啊！輕輕越過障礙，穿過田野中鋪滿鮮花的小路，爬上的恰是那座由各種各樣寬泛的臆想和無以證實的假說建構的樓梯；然後令人痛苦地感受到自由主義之恐怖、投機活動之恐怖、發展進化之恐怖，更感受到構成他盲目追求的宗教本質的所有東西之恐怖。人們情不自禁地會想，如果紐曼要是個偽君子的話，他就是一個效先輩、愛古人、敬傳統的，對基督精神來說最堅定和最致命的敵人之一，因為基督教講究的是自由、靈活和不墨守成規的精神。紐曼憑藉他那盪氣迴腸、靈活敏銳的雄辯口才，在宗教會議上也會說：還不是打破舊事物的時候，拒絕先人守護的信仰，脫離亞伯拉罕和摩西留給我們的豐富的民族信仰遺產，是卑鄙的背叛。紐曼是一個真正的宗教狂熱者，是最危險的狂熱者，因為他的品格建立在聖潔、慈愛和本真的美德之上。不僅令人痛苦而且更讓人悲憫的是，紐曼一次又一次地被一些卑鄙的人類，邏輯學家的古風遺俗所騙，還堅定地認為他之所言就是上帝之聲。與紐曼的爭執不是宗教信仰與懷疑論的鬥爭，而是兩種忠誠之間的紛爭 —— 他對自己的過去、朋友、出生時的教堂的那種個人忠誠，和對羅馬教堂的極其古老、莊嚴的傳統的忠誠。我已經說過，那是一個美麗的轉換，他有一個詩人的頭腦，吸引他的那種特殊的美並不是自然和藝術之美，而是古老傳統和正在回顧著黑暗久遠過去的那些聖徒教士的遙遠模糊的身影之美。

他還有詩人的極端自負。他的自我救贖：「如果今晚我死了，我會安然無恙嗎？」他承認那是最終壓過其他一切的思想。他沒有多少那種去拯救靈魂的、牧師般的欲望，但是人們依靠他、信賴他、關注他、追隨他的那種方式，對他來說總像是一種恐懼，然而換種心境來說，這又有助於他

專心致志。他並沒有十分把握他是完全正確的，這是真正的男性領導者都有的特質，但是他深深感覺到了自己的重要性，同時也完全真實地意識到了自己的弱點和卑微，我願意相信正是這些掩飾了他的妄自尊大。

他超凡的辯論能力、推理能力和他機敏清晰的陳詞，這一切再次掩蓋了他缺乏獨立心智的事實。他有著一種驚人的想像力，也是一種對不可知的東西給予信任的能力，因為宗教信仰的推行對他來說，似乎是一種如此美麗的德行。這不是一個推翻高尚思想的事例，而是一種詩意感知戰勝理性質問的勝利。

再看一下紐曼的文學天賦，對於我來說他似乎是英國少有的幾位散文大師之一。在過去上大學的時候，如果一個人有一篇要譯成拉丁語散文的作品，他越研究它、思考它、深入它，那麼這篇文字就變得技巧性越強，因為文章思想不再像在完全單純的語言媒介裡那樣有條理地進行表達，我常常認為紐曼的風格在此事上得到了最好的驗證。班揚 [15] 就有同樣的天賦，在之後的作家中，羅斯金 [16] 這種能力表現得非常強，馬休·阿諾德 [17]

---

15 約翰·班揚（John Bunyan, 1628-1688），英國英格蘭基督教作家、布道家。著作《天路歷程》可說是最著名的基督教寓言文學出版物。其他代表作：《豐盛恩惠》、《聖戰》、《惡人的生死》、《聖城 —— 新耶路撒冷》等。

16 約翰·羅斯金（John Ruskin, 1819-1900），英國作家和藝術評論家、社會活動家，在建築領域也卓有建樹。他對社會的評論使他被視為道德領路人或預言家。代表作《留個這個後來者》（*Unto This Last*）曾對甘地產生過影響。他與 1870-1879 年和 1883-1884 年兩度擔任牛津大學的美術教授。

17 馬休·阿諾德（Matthew Arnold, 1822-1888 年），英國近代詩人、教育家，評論家。出生於教師家庭，其父湯瑪斯·阿諾德是當時著名的教育家，曾任有名的拉格比公學（Rugby School）的校長、牛津大學詩學教授。主張詩要反映時代的要求，需有追求道德和智力「解放」的精神。其詩歌和評論對時弊很敏感，並能做出理性的評判。代表作有《評論一集》、《評論二集》、《文化與無政府主義》、詩歌〈郡萊布和羅斯托〉、〈吉卜賽學者〉、〈色希斯〉和〈多佛灘〉等。

則稍遜一籌。還有另外一類優美的散文，比如傑瑞米·泰勒[18]、佩特[19]甚至史蒂文森的散文，都屬於這一類，但是這是一種和緩精細的構文方式，讓人拿捏不准，它就像以高大建築和奇妙花園為壯麗背景的迷人畫作，而畫中則是穿著得體而華麗的一些高貴之人。但是紐曼作品和羅斯金的作品是一種單純的藝術，很像雕塑。

我發現自己越來越渴望和讚賞這種清晰和純淨。在我看來，一個作家的唯一作用，似乎就是輕鬆地把隱晦的、深奧的、微妙的思想表達出來，但是總有一些像白朗寧[20]、喬治·梅瑞狄斯[21]這樣的作家，他們似乎願意晦澀地表達簡單的思想，並以此為自家所長。這樣的作家還有廣泛的讀者群，因為許多人不去判斷思想的價值高低，除非他們在理解這一思想過程

---

18 傑瑞米·泰勒（Jeremy Taylor, 1613-1667），英國國教教會牧師、克倫威爾時期作家、詩人。被譽為神學界的「莎士比亞」。代表作《金色樹林》、《自然物語》、《論友誼》、《自由的思考》等。

19 瓦爾特·霍雷肖·佩特（Walter Horatio Pater, 1839-1894），英國散文家、作家、文學藝術評論家。生於倫敦，父親是醫生。佩特曾在牛津大學求學，畢業後從事教學和寫作，並曾遊歷歐洲。1867 年開始為《西敏寺評論》撰稿。1873 年出版《文藝復興史研究》，提出「為藝術而藝術」的美學主張。這部文集為他帶來了聲響。佩特的著名哲理小說《享樂主義者馬里烏斯》於 1885 年出版，這部小說以西元 2 世紀羅馬皇帝奧列里烏斯時代的社會生活為背景，透過主人公在追求美的享受和尋求理性認知之間的矛盾，表達了佩特的美學思想。其他論著還有《想像的肖像》、《鑑賞集》、《柏拉圖和柏拉圖主義》、《希臘研究》和自傳性作品《家裡的孩子》。

20 羅伯特·白朗寧（Robert Browning, 1812-1889），維多利亞時代代表詩人之一，與丁尼生齊名。代表作有《戲劇抒情詩》、《劇中的人物》、《指環與書》等。他以精細入微的心理探索而獨步詩壇。對 20 世紀英美詩歌產生了重要影響。其妻白朗寧夫人也是著名詩人。

21 喬治·梅瑞狄斯（George Meredith, 1828-1909），英國維多利亞時代詩人、小說家。他的詩歌多取材現實和個人經歷，真誠地表達著自己的悲傷與快樂；他的小說如《比尤坎普的職業》、《利己主義者》和《十字路口的戴安娜》以其結構嚴密，人物形象鮮明，對話精彩獲得了評論家和讀者的一致歡迎；他對喜劇創作的論文是喜劇理論上的重要文獻；他作為審稿人給年輕作家的建議和對他們作品的評論影響了很多作家。

中能夠感覺到一絲滿足，而且解開文字迷宮、發現內裡思想讓他們有一種征服的愉悅，並進而能夠留下深刻的印象。但是，這樣的讀者並沒有掌握事物的根本，正確的態度是渴望理解、進步和感知的態度。那些在晦澀中獲得愉悅的讀者，對他們來說，晦澀似乎提高了所要理解的思想價值，實際上他們在把智力過程，同一種英國人十分重視的、追求商業利益的本能混為一談。這些讓人困惑而且自己也不清晰的讀者們，熱衷於〈索爾德羅〉[22]，無意中感染上了一種道德的渴望、「堅持高深觀點」的狂熱。〈索爾德羅〉講述了很多美好的事物，但省略了必要的爭論，談論事物時用另一個事物進行影射暗示，表述的思想也零散而深奧，詩人創作出的是模糊不清和雜亂無章的意象。如果能夠條理分明、連繫緊密地表達，〈索爾德羅〉的魅力也不會消失。

這就是用我全部精力讓男孩們了解到的一點 —— 所有文體的實質，就是盡可能有說服力地表達出你想表達的思想，傳統教學的失敗之處，在於堅持成功創作的本質是咬文嚼字。只要能意識到咬文嚼字僅是一種訓練，以此獲得豐富靈活的詞彙，以備作者有詞可選、好詞信手拈來，那麼這就不失為一種不錯的訓練。但是這一點在教育上卻不明確，許多人的腦子都這麼認為：寫好文章的關鍵，就是用心地尋找閃亮的詞彙和感人的短語，然後再把它們拼接進呆板的結構中。

不過我扯遠了，忘了我的職責了：一個校長滿腦子都應該是走出困惑，踏上教育的平坦大道。

你告訴我的關於你的新環境的一切都非常有趣。我很欣慰你感受到了那個地方的特有魅力，也很高興那裡的氣候適合你。你沒有談及你的工作

---

22 勃朗寧的長詩。

情況，但我想是因為到現在為止你還沒有時間。光要了解新環境就是一個傷神的事，不熟悉環境就不可能把工作做好。我會如期地完成你的任務，請隨時告訴我你的想法。我這麼做不是出於責任感，而是對我來說，為你做任何事情都是非常快樂的。盼望你的來信，盡快給我寄來一些照片，不僅是那個地方和場景的那種沒有生機的照片，而且也一定要有你融入其中的那類照片。我想看到一個正在新家裡站著、坐著和讀書的你，請給我一份關於你一天情況的、準確詳細的報告，吃什麼飯，穿什麼衣服。你知道我就愛關心瑣事。

你永遠的朋友，
T. B.

阿普頓，1904 年 3 月 5 日

阿普頓，1904 年 3 月 5 日

我親愛的赫伯特：

　　我一直在思考你上次的來信。非常偶然，昨天我無意中發現一本舊日記。那是在 1890 年時記的日記 —— 你記得嗎？那個時候我們的道路已經有些漸行漸遠，而且你也剛剛結婚。在日記裡我找到了一頁相當痛苦的紀錄，現在告訴你我感覺非常有趣，日記的大意是：一個人結婚應該使他多了一個新朋友，但也常常直接使他失去一個老朋友。「重色輕友的傢伙」，我補充道。後來，我想我就絕望地投入到了我的工作中，這事就發生在我剛剛住進公寓的時候，我因為新房租而有了不公平的感覺，從此十分憂鬱。

　　我現在還覺得好笑，當時可能認為再也找不回你的友誼了。那種情況只是暫時的，僅僅是因為我們當時都很忙。你得學會與妻子和諧相愛，因為如果缺乏這種東西，當最初的激情慢慢消退、生活又得平平淡淡地過的時候，婚姻生活就會漸漸枯萎。還好，很快一切都重新調整過，之後我發現你的妻子是一個真誠投緣的好朋友，因此，我可以誠實地說，你們的婚姻是我人生中最幸運的事件之一。

　　但那不是我寫信給你的目的所在，問題在下文。你說品性是一個很頑固的東西。實際上確實如此。我發現我自己也在反思和琢磨，一個人的性格隨著生活的繼續，會有多大的變化。看完 14 年前記的這本日記，雖然我表面上有些變化，但我還是過去的那個沒有改變的我。我已獲得了某些本領，例如我已經學會了更好地理解、同情孩子們，學會了對待他們時換位思考，學會了管理他們。我認為我無法確切地說明我的教育方法，還以它真實面目。如果一個年輕的、剛剛從事寄宿公寓管理工作的舍監向我請教，我就能告訴他幾個準則，他會毫不懷疑相信這些準則是最直白和最容

易的道理，但它們對於我來說意義重大，因為它們是從經驗中得出來的，而不是什麼假設結論。奧祕在於，要將這些準則結合起來，並將它們運用到某個具體事件上。問題不在於一個人看待事物不同，而在於他本能地知道要表達的那類事、要運用的那種方法、吸引男孩的那類合乎情理又難忘的表述、要採取的那類預防措施、適合某一具體情況的原則的調整技巧等等。我認為這有點像一位畫家的技能，與剛開始學畫在觀察自然時相比，他現在對自然就不會看得更清楚（實際上還不如），但是他很清楚哪種畫法、哪種色彩會產生他想要的最佳效果。當然，這樣形容畫家和校長都有些制式化。但在校長這個例子中我很想說，一個校長的成功（最好聽的說法），幾乎完全取決於他能想出明智的原則，並在運用過程中避免古板的東西。例如逼著一個學生去思考完全超出他思考能力以外的原則就沒有任何意義，一個人要做的是試著給他一個比他的經驗稍微超前一點點的原則，這樣他才會尊重原則，也才會相信這個原則在他的能力範圍之內。

　　我除了獲得的這一經驗外，在指導教學上還獲得了一個類似的經驗——現在我知道哪類話能夠抓住男孩子們注意力，喚起他們興趣的，現在我知道如何教給他們知識，使他們覺得既通俗易懂又值得去學。

　　後來我又學習了文學中的表達藝術，也有了一定的造詣。我可以完全坦率而真實地和你交談，而且我要說，我感覺得到，我現在可以清楚表達一個觀點了，而且還有一定的感染力。我現在的不足主要在於觀點上，而不在於觀點的表達上。但是，我在乎品質而不是數量。再讀一下這本昔日的日記，驗證一下當時用語言表達某些思想是如何的困難，我覺得這很有趣。

　　除了這些確定的收穫外，我沒發現我的品性有一點點的變化。我發現自己本質還是那樣有些固執、不討人喜歡，高傲、冷峻、依然固我，借用

羅塞蒂著名的比喻，就「像一隻石頭裡的蛤蟆」。我完全看清了同樣的弱點、同樣的缺陷、同樣可悲的志向。我認為我學會了把它們隱藏得更好，但是這些東西並不能完全根除，甚至也很難改變，甚至關於掩蓋這些東西，我還有一個可怕的理論：我認為，一個人意識到的缺陷，承認的缺陷，甚至自我隱約懷疑的缺陷以及猜想可能隱藏的缺陷，這些缺陷剛好也是在其他每個人身上都非常明顯地存在著的缺陷。如果一個人有點懷疑自己是個騙子、懦夫或者勢利小人，並且慶幸地認為他還沒遇到自己的這些缺陷最終被赤裸裸地揭穿的情況，那麼他或許也相當確信，別人知道他有很多問題。

有些令人沮喪的觀點認為，人們不會像意識到缺點那樣意識到自己的長處。我可以肯定地說，我有一些長處，因為我發現我遇見的大多數人就沒有多少這樣的東西，但是我承認我不太能夠說清這些東西是什麼。缺點都是明顯的、不會被弄錯的。倘若曾經的誘惑再次出現，一個人往往像以前那樣行事；但是對於一個人的長處來說，如果曾經證明是長處的話，一個人就會認為他也許應該做的更好。此外，如果一個人有意地試著評價一下自己的優點，他就會發現這些東西，似乎只不過是自然而本能的行為方式而已，沒什麼值得大加讚賞的，因為根據品性一個人也不能反其道而行之。

我確信的另外一個讓人有些沮喪的事實是：一個人的最大長處，存在於對他來說容易和喜歡的行為之中。透過堅忍不拔的努力我獲得了一兩個我天生沒有的長處，比如說處理事務的某種方法，但是別人從來不認為我有這個優點，我覺得那是因為這類事情做得痛苦費力，進而不能給人留下任何我擅長的印象。

看一下周圍，我發現到處都是同樣的現象。我不知道在我的朋友當中，有什麼事例可以證明存在於品性的根本變化 —— 起初如何，今日亦然，直到永遠。

實際上，我認為可能促成改善的唯一方式是 —— 一個人一定要致力於在人生的某個階段，在這個階段中要強迫自己運用一下異於自己品性的那些長處，如果出現失誤就要受到直接的和職業上的懲罰。例如，如果一個男人性格急躁、沒耐心、不守時，就讓他從事一個要求他必須平和、耐心、守時有序的行業。那大概是一個哲學家的做法，但是，令人悲哀的是，我們當中能有幾人會從哲學動機出發，選擇我們的職業啊！

即便如此，我也擔心這種性情傾向只是暫時約束，而非完全改善，畢竟這種情況符合達爾文進化論。由於落魄而生活在沼澤地的天堂鳥，沒有希望成為一隻蒼鷺。它最大的希望是，透過思考蒼鷺擁有的優勢並逼迫它們的幼鳥思考同樣的問題，那一時刻也許會在朦朧的若干年後到來 —— 它的後代長出長而尖的喙、柔軟彎曲的頸和細長的腿。

不管怎樣，為了榮譽，一定要有個人實驗一下。我對我的信條充滿希望（你也許很困惑），主要是因為人確實有一種榮譽意識，對缺點特別反感，對正在消失的優點又特別渴望 —— 勇於夢想者必勝！

謝謝你寄來的照片。我開始了解你的房子了，但是我也想知道裡面的情況，讓我知道從你的陽臺處看到的景色，雖然我敢肯定那就是海天一色。

你永遠的朋友，
T. B.

阿普頓，1904 年 3 月 15 日

親愛的赫伯特：

　　你說我雄心不足，是啊，我多麼希望能夠下定決心，明確目標，實現抱負，這個問題就在最近才尖銳地擺在我的面前。有個職位剛剛空缺 —— 是我原本希望可以接手的一個職位。我確信，如果在這個問題上我直率地表達了我的渴望的話，甚至把自己的想法告訴給一個嘴不嚴、愛嚼舌根的同事還囑咐一定保密的話，那麼我的想法也就會散布出去了，那麼這個位置也就很可能會是我的了。但是我保持了沉默，我承認不是出於什麼高尚的動機，而僅僅是因為這似乎有悖於我的優良原則。

　　最後，我也沒做任何表示，另外一個人走馬上任了。毫無疑問，世界上任何一個男人都會直接說我是個傻子，雖然我十分同意這種說法，但是我認為我真的不得不這樣去做。

　　我願意鼓勵學生樹立各種遠大抱負，我認為抱負適合他們年齡和性格，但抱負不是一個基督教追求的價值，因為基督教確信，如果有 1 個人的抱負成功，就一定會有 10 個人的希望破滅。但是，雖然我不贊同這種沒有現實根據的論斷，可我認為抱負對於行動和熱情是有超乎尋常的激勵作用的，尤其對於男孩子們來說。我不相信在教育上最多的激勵總是最好的，實際上，對於思想尚未成熟的孩子們來說，最有效的激勵是我們不得不去發現和使用的東西。我可以舉個例子來說明我的意思，你可以對於一個比較懶惰的孩子說，「這學期你有機會參加校隊，我希望看到你成為他們當中的一員。」這樣的話更有效果，而不是說，「我不希望你考慮成為隊員的事，我希望你為上帝的榮譽而戰，因為這能使你成為一個更強壯、更健全、更快樂的人。」我認為，男孩子們自己應該懂得讓他們做某件事是有某種理由的，但往往還會有更好更大的理由存在。

一個目標之所以成為一個男孩的渴望，是因為別的孩子也渴望著，還因為實現這個目標的人應該是幸運的人。我看不出其他人的嫉妒和失望如何能在這種境況中減弱——這當然是許多孩子們渴望成功的因素之一——雖然一個天性寬厚的人不會沉溺於這種想法中。

　　但是我同樣確信，當一個人逐漸變老的時候，他應該把這些想法一起丟開，他應該把雄心壯志甚至希望踩在腳下，老話是這麼說的：榮譽隨人來，並非被人追。

　　我認為人應該追求自己的事業，發揮最大能力把自己的事情做好，其他的就留給上帝。如果「上帝」想讓你居高位、做大事，是會有足夠明顯的預示的，而獲得完全公開的預示的唯一可能性，是要做到單純、真誠、慷慨、滿足。

　　這一理論最糟的方面就像下面提到的那樣。人們會發現有一些年長的人們錯過了重大機遇。某種過分敏感的圓滑思維、某種不合時宜的沉默或率直、某種懶散的躊躇逡巡、某種小心翼翼，都使得這些人在需要勇敢向前踏步的時候選擇退縮。人們還會發現他們把手中的大權、卓越的才能、智慧的思想轉交給那群不值得考慮、無足輕重的人們，而這些人的意見是沒人重視的，建議是沒人理睬的。那麼要責備他們嗎？或者人們必須謙卑、真誠地把這當成一種趨勢——由於某些不可言明的缺點、某些性格的缺陷，他們就是不適合掌舵了嗎？

　　我是在完全真誠地告訴你，我認為我自己就是那個樣子。我總是剛好錯過獲得所謂的「尊嚴和報酬的機會」，因此，作為應該獲得這些機會卻拱手相讓的人，我經常成為被同情的對象。

　　我認為，對我來說這很可能是一個非常合適的行為準則，但我不能說

阿普頓，1904 年 3 月 15 日

這令人很愉快，或者用起來輕鬆自如。

最糟糕的是，我的內心存在一種實際與幻想的奇怪混合，而且有時候我認為其中一個還會損害另一個。當我本應該邁出堅定的一步的時候，我的幻想就會把我拉回，並勸說道，「把它留給上帝吧」──之後，當我沒有得到我想要的東西的時候，我的幻想卻再也無法讓我得到安慰，而我的內心實際卻在說，「那堅定的一步就是上帝明確指示你需要做的，而你卻懶惰退縮不願去做。」

我有一個非常實際的朋友，他是我認識的人當中，最徹底最出色的老於世故的人。在交談中他有時會說出一些相當深奧的名言。前幾天我們就談到了這個話題，他沉思片刻說，「在這個世界上，一個很好用的原則是，不要要求任何東西，除非你十分確定你能得到它。」那是處世之道的精髓。這樣一個人就不會被強求所累。他知道自己想要什麼並為之奮鬥，當機會到來的時候，他只需要稍加努力便能步入自己的理想境地。

那恰好是我做不到的，那種處世態度不是一種真誠的表現，因為我天生貪心、渴求、雄心勃勃，但那需要一種堅定。不管怎樣，它是存在的，而且一個人是無法改變他的品性的。

對於我自己和所有有相似思維的人──不是一個很快樂的群體──來說，我得出的結論恐怕是：一個人應該堅定地武裝自我不被失望擊垮，不要讓自己沉迷於愉悅的美幻之中，制定計畫或提前打算的同時，不要試圖抓住那些確實給人帶來心理滿足和平淡無奇生活的膚淺之樂的東西。一個人也許因此會達到某種程度的獨立。雖然在機會錯過的那一刻，心會有些苦痛，但他可以轉換一下思維──沒有實現抱負而失望，要遠比實現抱負而失望快樂得多，這樣他也許會得到自我安慰。

畢竟這一切都源於高估了自己的能力。如果一個人適當地謙遜，就沒有什麼失望可言了，而且一個人收獲的些微成功，都會是陰霾天氣裡的道道霞光。

你永遠的朋友，
T. B.

阿普頓，1904 年 3 月 25 日

阿普頓，1904 年 3 月 25 日

親愛的赫伯特：

關於恪守常規的教育，你的說法是相當正確的。

我在這裡一直以來全身心投入的事情之一，就是激勵我的學生的創造性和獨立性。正如你說的那樣，當今的公立學校教育的最大危險，是把學生都培養成同一個類型的。公立學校培養的學生類型在很多方面來講都不差，公立學校培養的這類學生中的菁英，是那些慷慨、溫和、大方、勇敢、智慧和活躍的年輕人，但是我們的體制都傾向於使用同一標準培養品性，我不確定體制是拉高了還是降低了品性培養的標準。在過去，校長只關心他們學生的課業，而且從不費腦筋考慮學生們在校外如何消遣。精力旺盛的學生們自己籌備活動，懶惰的學生則散漫遊蕩。後來，學校當局意識到管理方法上存在很大漏洞，而且缺少消遣活動也是一件很令人鬱悶的事情。因此，校長工作量開始增加，同時也插手並舉行體育活動。伴隨這種教育形式而來的是英國國民財富和休閒時間的大幅增加，人們對體育運動的那種令人吃驚和失衡的熱情如雨後春筍般爆發，但在當下，所有明智的人都會覺得那是一個現實問題。但是這一切帶來的影響已經形成，學生們對於什麼事情是該做的事情，已經有了一個固定的準則。與以前相比他們不再是那樣固執和缺乏教養，他們比以前更加愉快地去面對那無法逃避的災禍 —— 課業，他們完全以體育活動來判斷一個人的社交是否成功。這一點也不奇怪！他們遇到許多就像他們一樣對運動上心的校長，這些校長們利用他們所有的休閒時間去旁觀體育活動，而且還會完全坦誠認真地討論某些個別學生的運動前景。僅有兩個領域，校長們沒有參與活動，它們是智力和道德領域。前者已經毫無疑問、不可避免地被排除在外。大量的課業是需要學生來完成的，除非一個學生的能力碰巧具有明確的學術

特徵 —— 這種情況他會受到重視 —— 否則不會有什麼活動加入進來。固定的課業和體育活動占據了一個學生的大部分時間，以至於他沒有空閒實際上也沒有精力去滿足自己的愛好。過去常有一些文學團體，做大量旨在培養智育生活情趣的事情，但現在生活的絕大部分時間是在公開場合中度過，所以發展個人愛好就愈發困難，最終結果是，現在學生對戶外智育活動的興趣大幅降低，但這類興趣確實存在，是以一種獨自個體的方式存在，而且通常是在家裡進行的。

在德育方面，我認為我們需要承擔大量的工作，在學生中有一種道德規範，如果不算主動墮落，不可否認的，那至少是底線。評判正直的標準不高，倘若一個壞孩子無論如何也看不到自己的劣根性，會成為邁向社會成功的障礙。另外，規範誠實的標準也低，一個在課業上一貫表現不誠實的學生絕不會被看成有道德問題。我並非在說沒有多少思想純潔、品性誠實的學生，但是他們把這些價值觀當成他們自己的隱祕偏好，而且不認為干預甚至反對別人的這種慣例做法是沒有必要的。接著，關乎學生操守的難題就出現了。對於學生來說，不可原諒的罪行就是向校長告發任何事情，一個頭腦單純的學生在不斷的威逼利誘下，他的正直就會敗下陣來。即使他沒去告發，他或許會被同學認為犯了錯，因此他不會獲得多少其他學生的同情或憐憫；但是，如果他向校長說出哪怕一點點他的悲慘境況或真相，其他同學都會看不起他。

這是一個想起來有點可怕的惡劣行為，但無法透過規範來消除，只能從內部入手。這樣看來，這種行為比較奇怪，它完全不同於社會生活中的行為準則。在類似的情況下，求助員警保護的女孩或婦人不會被看不起，沒有男人會被要求屈從暴力或者盜竊，如果他向法律求助，也不會受到任何責難。

阿普頓，1904 年 3 月 25 日

　　有可能在學校鼓勵這種氣氛嗎？在不傷害學生名譽的情況下（因為名譽在很多時候是美好的、值得尊敬的），允許年少體弱的學生求助保護，以抵制卑鄙的誘惑，有沒有這種可能呢？我認為，如果我們能使學生們自我形成這樣一種保護制度，那將是再好不過的了。但是，不採取任何措施去促成這種學生內部保護制度的建立而對真正的問題置之不理，確實是一種很不負責任的行為。

　　使人感到好奇的是，對於學校裡過去常見的恃強凌弱和殘暴虐待的事件，當今學生們的普遍意見似乎確實發生了變化。這種不道德行為幾乎已經消失了，一個學校的良好氛圍，通常會避免任何惡劣的恃強凌弱的事件發生，但是人們也意識到，更加致命、潛伏更深的罪惡誘惑也增加了。我們都聽說過一些令人傷心的事例：一個學生甚至都不敢告訴父母他忍受的委屈。另外還有這樣的事例：一個學生的親屬們可能更鼓勵他堅決抵抗，而不是向校長求助，因為他們害怕這個男孩屈服於這種為社會不齒的行為。

　　要為他的學生負責而且被要求負責，這是一個校長要承擔的最重的責任，然而他卻很可能是最後一個知道發生事情的人。

　　似乎還有一個很大的難題是，一般來說，男孩們僅會為做壞事這樣的目的聯合起來。但是如果就做好事，一個男孩一定是自己去做，我也得難過地承認，一夥聯合起來抵抗並壓制惡行的好孩子們，又是特別的自負。

　　似乎對我來說，當前能做到的最大限度是，擁有一些品性良好、頭腦聰慧的教師，要機警謹慎，要試著與所有學生培養出一種父子般的關係，要試著使那些較年長的學生在重要事情上感覺到某種責任感。但是最糟糕的是，這一話題令人很心煩，因此許多校長根本不敢談及，他們常常找藉口說他們不想對孩子們說教。老實講，我無法相信，一個有過在大公立學校親身經歷的人會害怕那些。但是我們似乎彼此非常顧忌，很擔心公眾輿論，很怕

不得人心，因此，我們尋找藉口，不去觸碰一個讓人頭痛的問題。

　　這個話題的這部分先擱置一邊，因為它對我來說常常是一個惡夢，還是回到我先前提到的那個問題，我的確很真誠地認為我們傾向於把學生培養成一個類型的人，這很不幸。對我來說，追求獨立、了解自己的內心、形成自己的思想 —— 簡單說就是自由 —— 是人生中最神聖的職責之一。它不僅僅是一些人可以沉醉其中的快樂，而且它還應該是我們每個人都必須努力培養的一種品德。你知道，有時候我很難過，因為看到這些衣冠整齊、彬彬有禮、通情達理、男子漢氣概十足的孩子們，都持有一樣的觀點、都做著一樣的事情；對那些痴迷書籍、藝術、音樂的人的古怪行為都報以禮貌的微笑；對宗教禮節和工作程序謙恭敬重，完美地隱藏著自己內心的想法；都表現出完全的符合公認的準則也沒有生硬的個人需求；只對運動成績表示敬佩，但是對創新的觀念卻表示蔑視。他們很正統、很紳士、很容易相處，但換個領域，他們就很遲鈍、很乏味、很偏執。當然，他們不可能都有才智或有教養，但他們都應該是容忍力更強的、行為更符合規範的、表現更像智者的。想必他們也該羨慕在不同領域中投入精力和熱情的人們，是我們使得他們有這樣的感受，但我們已經有太多做不完的事情了 —— 話雖這樣說，但我恐怕你在讀完這些長篇大論後，會認為我在任何情況下都有足夠的空閒。可情況並非如此，這半學年就要結束了，我們已經完成了我們的日常工作，我已經做了幾次彙報，現在正在等批示。當下次再接到我的來信的時候，我應該有時間。我應該在這裡靜靜地過著復活節，但是我有很多要做要完成的工作，因此我很可能直到出發旅行時才能夠寫信。

你永遠的朋友，

T. B.

阿普頓，1904 年 3 月 25 日

康普頓費里迪，赤龍旅館，1904 年 4 月 10 日

康普頓費里迪，赤龍旅館，1904 年 4 月 10 日

親愛的赫伯特：

上週我太忙了沒有寫信給你，但是我會盡力彌補上的。這封信是一篇日記。你會看到更多內容的。

T. B.

4 月 7 日

歸根結柢，我發現我還得一個人開始徒步旅行。在最後關頭，默奇森背棄了我。他的父親病了，他必須回家度過假期。總而言之，我真的不願意就這樣一個人出發，但是太晚了，來不及再找一個旅伴了。不過，與其和一個完全沒有共同話題的人同行，還不如乾脆自己走。在這種情況下，一個人還是想要一個和他眼界水準相當的同伴的。我敢說，我能夠找到一個和我一起旅行的老朋友，而且還不是我的同事，但是那就得費點口舌來達到志同道合。我已經過了一個非常忙碌的學期，除了我的正常工作外，我做了大量的額外教學工作，主要負責實驗班的學生。這是一個很有趣的工作，因為孩子們有興趣，但不是對科目本身感興趣，而是對出於考試目的的學習感興趣。其實怎樣激發興趣並不重要，只要學生們相信他們所學的東西有用就行。但最終的結果是我累垮了。我和學生們從早到晚生活在一起，空閒時間都用於備課了。我幾乎沒怎麼鍛鍊，睡眠也嚴重不足。現在，我想兩樣都要補償一下。白天我要到戶外享受自然，夜晚我希望睡得香甜。這樣我一定會逐漸恢復我享受快樂的本能。我剛剛度過的這幾週就非常糟糕，讓人覺得陰鬱遲鈍，因為當一個人甚至不能意識到事物的美麗時，他就會發現自己被沉悶的情緒所籠罩。我聽到灌木叢中畫眉鳥歌唱，看到榆樹林映在無邊的落日晚霞中，我情不自禁，「要是我能夠感受到這

些，那該多美好啊！」學生是讓人操盡心力的夥伴 —— 他們那麼好動、那麼精力旺盛、那麼無情冷漠，對封閉的校園生活又是那麼全心投入，但對於我來說，只要我關心的人滿意，要我怎樣順從都行。我認為那是一個弱點，最棒的校長對孩子有磁石一樣的影響力，並使他們對他的學科產生興趣，至少能使他們著迷，看起來是感興趣的。這些我不行。如果我感覺一班學生對我的教學感到厭倦，那我就會心如負重，但最後我會用我自己的方式達到同樣的目的。我學會了與孩子們意氣相投，本能告訴我什麼才能激發他們的興趣，如何用一種有趣的形式表達一個無聊的事物。

但是我不敢去想我對這一切是多麼得厭倦！我需要長時間地沐浴在寧靜、冥想和閒適當中。我想用我自己的思想和夢想再一次注滿我的水池，而不是泵入灌溉的泥水。我認為我的同事們不是那樣。昨晚我和他們當中的六、七位在一起吃的晚餐。精力最充沛的同事中有兩位要去打高爾夫，他們要去的那個地方最吸引人之處，是在星期天也能打上一場球，他們晚上要打橋牌，其中一個還十分愉悅地說，「我要隨身帶上兩本書 —— 一本關於高爾夫球的，一本關於橋牌的 —— 我要彌補一下我的一些基礎弱項。」我心裡想，如果他克制住不提他要帶的兩本書是什麼，人們也許認為這兩本書一本會是托馬斯‧肯皮斯（Thomas a Kempis）的書，一本會是泰勒的《神聖而生》，那該有多好啊[23]，還有兩位同事要乘坐助理教員們包租的輪船去國外，進行短期觀光。這一切似乎更加重了我的沮喪心情。他們要去一些遍布歷史遺跡的、到處是古墓和相關美景的地方；他們要去一些對我來說是可以帶個志同道合的單身夥伴去的地方，去這類地方可以放鬆心情、無憂無慮，也不用考慮什麼計畫或時間表 —— 尤其身邊

---

23 兩本書都是基督教經典之作。

康普頓費里迪，赤龍旅館，1904 年 4 月 10 日

沒有忙碌的專業人士和穿著大學生校服的導遊。

　　我仍然認為這是真誠的敬業精神。他們認為他們能夠更輕鬆、更形象地（但願如此）講述他們所見所聞，還能在講解和修昔底德 [24] 有關的課時，介紹一些當地特點當做點綴，並向剛開始了解歐墨尼得斯 [25] 的學生描述一下德爾斐神廟遺址 [26]。毫無疑問，他們這麼做是對的也是合理的，但是一想到這些珍貴的古跡見聞，是在當今這種社會環境下傳授，就不免讓我心生厭惡。忙於安排午宴的人們，熱火朝天地交易的商店，興高采烈討價的商人，還有讓人眩暈的廣告資訊，這一切是如此的平庸無趣！

　　我的另外兩位同事也要去旅行，一個要去布萊頓度假 —— 據他講過復活節時那裡可是一個令人心曠神怡的去處，他還補充說他希望在那裡能碰到他認識的朋友。他們要在那裡散步逛街，一起吸菸，休息時候再玩一把撞球。無疑，這是一個毫無壞處的休閒方式，但對我來說有點無聊。但是，沃爾特斯是一個較傳統的人，而且只要他在做著他認為的「正確的事」，他就會感到一種完美的、寧靜的滿足。第六位也是最後一位同事，要去瑟比頓與母親和三個姐妹度假，我認為他是所有員工中最有愛心的了。午飯前他會一個人帶著一隻小獵狗出去走走，午飯後他會和姐妹們一起出去轉轉，也許牧師還會來喝茶。在家裡，姐妹們都為他這個兄弟感到驕傲，她們吃他喜歡的菜，他會到父親的老書房裡去吸菸。我不相信他不是所有人中最幸福的，因為他不僅僅是在追求著他個人的幸福。

---

24 修昔底德（Thucydides），古希臘歷史學家、思想家，以《伯羅奔尼撒戰爭史》傳世，該書記述了西元前 5 世紀斯巴達和雅典之間的戰爭。

25 歐墨尼得斯，Eumenides，希臘神話和羅馬神話中專司復仇的三女神。

26 德爾斐神廟遺址（Temple of Delphi）是一處重要的「泛希臘聖地」，即所有古希臘城邦共同的聖地。這裡主要供奉著「德爾斐的阿波羅」，著名的德爾斐神諭就在這裡頒布。

但是我眼前沒有這類責任。我想，我也許應該去一趟薩默塞特郡的姐姐家。她雖然生活得很充實，但她家房子很小，而且還有四個孩子，也沒有多少錢，我真的應該馬上就去。查理斯會盡其所能地招待我，但是對於自己的復活節禮拜，他卻會瞎忙一氣。他會讓我像使用自己房間一樣使用他的書房，這樣就只會讓許多來訪客人坐在客廳裡，我的姐姐就會拿起她的信件上樓去她的臥室。所有的門都一定關得很嚴，因為怕我的菸草味。

毫無疑問，我的吸菸行為確實不好，但是我今天領教了更不好、邋遢的事情。學生們散開之後，我們準備徹底打掃教室。映入眼簾的是讓人氣悶的墨跡斑斑的課桌、破破爛爛的書本、箱裡塞著的古怪壁手球球鞋、裝滿腐爛橘子皮和壞了的壁球的獨輪手推車，這不是一個有自尊的人待的地方。我渴望在鄉間的小路上漫步，感受森林山谷裡飄蕩著春天的氣息。我渴望與悠閒淳樸的鄉民慢慢交談，渴望從青翠如碧的山梁高處眺望山下肥沃無垠的平原，渴望聽到灌木叢中悅耳的鳥鳴，渴望盡力讓自己感受到是一個與世界生命同在的人，而非負責世界一個角落的垃圾清掃工。這樣說於我鍾愛的職業大為不敬，但這是必要的反應，而此刻主要讓我對我的職業感恩的是，我的錢包夠鼓，足以讓我比較自由地度假而不用考慮經濟的問題。我或許可以給流浪漢或小孩子幾便士，或給教堂司事 1 先令，以作帶遊教堂的報酬。我選擇的是哪種旅行，就會按哪種去做，而且住賓館不會計較花費。啊！真是太幸福了。我寧願這樣過 3 天的假期，也不願意絞盡腦汁斤斤計較地過 3 個星期的假期。

康普頓費里迪，赤龍旅館，1904 年 4 月 10 日

　　我真的啟程要去科茲窩了。昨天下午我整理好了我最喜歡的背包。我裝進 —— 精確是記日記的關鍵 —— 一條替換的襯衫（如果有必要可以作為睡衣）、一雙襪子、一雙拖鞋、一把牙刷、一把小梳子和一塊搓澡用的海綿，這對於一個大思想家來說足夠了。還有一本口袋書式詩集 —— 這次是馬休‧阿諾德的書 —— 和一張地圖。我的裝備到此就齊了。我已把一個裝有更多衣物的包裹寄往較遠的一站，估計我得用三天時間才能到達那裡。之後我就搭乘一列下午的火車出發了，黃昏時分，我到達了一個叫做欣頓普利威爾（Hinton Perevale）的小鎮，鎮上到處是石頭建造的房屋，還有一座年代久遠的小橋。到此時為止，我還沒有自由的感覺，僅有一種難得的閒適感。我早早地在一家帶有一排豎框窗戶、低矮房簷的小餐館裡吃了晚餐。非常幸運，我發現我是這家小旅館裡唯一的客人，我一個人使用整個房間。然後我早早地舒舒服服上了床，帶著睏意和滿足，我不斷地祈禱 —— 但願明天是一個好天。

　　我的祈禱在次日清晨就靈驗了。我一夜無夢，睡得香甜，但早早就被旅館後院啄食公雞的快樂啼鳴叫醒。我趕緊穿好衣服，生怕看不到旅館小院裡的一場場小戲劇 —— 家禽飛上豬圈的圍牆；馬兒身上垂著打結的繩索，溫順地等待著套上軛具；貓正在執行著自己的重要任務，優雅地從關閉的穀倉大門下擠出來；疲憊笨拙的鴨子正用扁嘴從小池塘裡小心翼翼地掘出汙泥，看樣子就像是找到了豐美的卡士達醬。我徹底自由了，我可以按自己想法來去自如。對我來說，時間已經不存在了。我吃過簡單的早餐之後，不禁有趣地想，按照我的職業操守要求，我現在就應該匆匆地趕到學校上一小時的拉丁散文。但是我一下就明白了，這種想法是多麼不可思

議得荒謬和無益。如果我精心教養的學生這天到農場勞動，哪怕只有一半的人，那該有多好，他們會更健康、更快樂的。但他們都是紳士之子，所以他們必須進入所謂的自由職業，到 60 歲退休時很可能腸胃不好、妻子脾氣很糟、孩子也難以管教。但是也只有在這種與平時不一樣的時刻，我才會這麼輕視拉丁散文。其實拉丁散文是一種很重要的成就，所以每當我在這種心理平衡作用下糾正違背職業操守的想法後，我都會帶著一種對拉丁散文的完全敬畏，再一次加入到我的同僚中。

這是我在早餐桌角用爛筆頭和黑墨胡亂寫的日記。我已經整理好我的背包，過一會兒我就又要啟程了。

4 月 9 日

我昨天過的真是棒極了。天氣爽朗，蔚藍的天空中悠然地飄浮著棉花一樣的雲朵。我第一次悄悄地在這小鎮上轉悠著，發現這是一個到處洋溢著幽靜之美的小鎮。房屋都是由一種柔黃色的石頭建成的，這類石頭由於風化褪色而呈現出一種豐潤的橘色。沒人知道設計師是誰，也沒有任何兩個房屋看起來一樣，其中一些房屋建有山牆、由扶垛支撐、裝有石頭豎框，外形不太規則，但比例非常完美。還有一些房屋帶有明顯的喬治王時代風格，它們建有古典的壁柱和山牆。但是所有這些房屋都是為了使用，沒有半點炫耀的感覺。一些人也許認為那些不太現代的櫥窗於這些精美房屋的門面有損，但對我來說這似乎剛好是一種必要的反差。在街道的盡頭坐落著教堂，教堂建有一座莊嚴陡直的塔樓和一架報時用的洪亮的大鐘。教堂俯視著一群不規則的房屋，現在是一片農場，但昔日卻是一個帶有鴿舍和亭榭的、宏大的莊園主宅邸。現如今門廊已變成果園，房子精美的凸

肚窗也正對著牛欄。在教堂內部 —— 空曠並保存完好 —— 你可以追溯這座宅邸和它的居住者們的歷史。首先讓我們從約伯・貝斯特開始，他是一個倫敦綢緞商，他的紀念碑帶有大理石的底座和方尖石塔，剛好裝飾著南面的通道。接著是他被封為貴族的兒子，他的塑像 —— 更莊嚴肅穆、長袍加身、桂冠加冕，身邊伴有他的子爵夫人和他的狗（牠的名字「費克」鐫刻在牠的肩頭） —— 微笑著躺臥在那裡，柔弱的雙手交叉在胸前祈禱。這位子爵唯一的女兒 —— 潘娜洛普夫人從牆上的畫像中注視著下方，她是一位美麗而打扮精緻的夫人，也是她那短暫家族中的最後一位，正如悲憫簡潔的古舊碑文說的那樣，「她死得聖潔純美。」我情不自禁地在想，我漂亮的夫人，你究竟隱含著怎樣的祕密呢？如果一個人仰視你溫和高雅的面孔，叩問你純潔的靈魂，想知道面紗背後是怎樣的溫柔，並遺憾你消失的魅力和青春綻放時的芬芳，悲哀所有逝去的美好，那麼這個人並非褻瀆。

據我所知，這座宅邸被圓顱黨們放火燒過 —— 這裡曾經發生過戰爭 —— 罪名是這座住宅藏匿了國王的追隨者，因此，在這裡我們感受到了偉大與永恆，夢想得到了滿足。

整個教堂非常整潔漂亮，不久之前曾進行過復原修建。由於牆面上原來的灰泥被剝落而有些裸露，因此，教堂內部現在看起來要比外部更粗糙些，這是那些古代建築師絕不想看到的。祭壇後面懸掛著漂亮的帷幔，高壇上裝有用新橡木製作的座位，一切都是那樣的整潔。當我在教堂裡一邊漫步，一邊瀏覽著那些樸素的紀念碑的時候，一位臉色紅潤、身材健碩的牧師快步走了進來，看到我在這裡，就很禮貌地帶我欣賞他這裡的所有珍寶，儼然就是個僕人。他帶我進入鐘塔，在那裡可以看到，靠牆堆放著一

些用深棕色木頭雕刻成的、奢華的喬治王時代的圓木和梁柱。我問他這是什麼。「啊，一種令人討厭和浮誇的東西，」他說，「過去建在祭壇的後面——與基督教格格不入，也很不相稱，我一來就叫人把它們弄出來了。當我第一次走進這座教堂時，我就暗想『那種東西必須挪走，』而且我做到了，儘管募集善款很困難，而且這裡還有一些年長的人反對。」我覺得沒必要向這位善良之人燃燒著的自我滿足之火，澆上一盆冷水——但他做的那一切真叫人感到遺憾！我不去設想幾千英鎊本可以再建一個祭壇，只是為看到如此一種虔誠和真愛屈從於一時興起的所謂「教會品味」而感到心碎。這位牧師感到最得意的，是一扇由一家比較前衛的現代公司新製作的窗戶，實際設計上沒有什麼不妥，顏色也還過得去，但是就是令人提不起興趣。它上面描繪著被稱之為異國聖徒的一些女性，她們是完全一模一樣的無力、平淡、蒼白的少女，身上拖著沉重的衣物，如同把自己包裹在一捆捆厚重的毯子裡。我把目光從窗子上移開，在下面一些隔間裡跪著一些神父和主教，他們穿著相似，除了臉上留有稀薄的捲曲鬍鬚外，面部表情和窗子上的聖徒幾乎一樣——都很標緻和恰當，但就是沒有特點和力量。我想再過 50 年，當我們的審美品味已經有了些許拓展空間的時候，這扇窗子還是很可能注定無法讓人接受。絕對的美的標準可能不存在，唯一的原則理應是不苛求所有蘊含精心可靠工藝的東西，給它機會，讓時間和時代來做正確的評判。這是對待這個令人憂慮的整個事件最絕對的傳統做法，但同樣的情況全國都在上演著，人們試圖使時間倒轉，嘗試恢復事物原狀，統統不考慮歷史、傳統和關聯性。確實，過去那些創建者也同樣的殘忍，因為他們常常徹底毀掉一個諾曼風格的唱經樓，再建造一個裝飾一新的唱經樓，但不管怎麼說，他們是在發展和擴張著，而不是在無力地重複過去原有的品味，也不會試圖抹去幾百年的進步。

康普頓費里迪，赤龍旅館，1904 年 4 月 10 日

　　中午前後，我離開小鎮，沿著一條蜿蜒的小徑向崇山峻嶺前進。雜木林中到處點綴著銀蓮花和報春花，鮮綠的灌木林中有鳥兒在清脆地歌唱，偶爾我還會聽到啄木鳥在林中發出某種神祕的嘲笑聲。不久後小鎮就在我的腳下了，在正午的金色陽光中看起來是那麼的渺小和恬靜。很快我就到達了山頂。這是一片長滿雜草的、空曠的低窪地，瞬間一幅寬闊的、樹木蔥蘢、水土滋潤的平原風景畫，展現在我的面前，群山也在遙遠的地平線上露出朦朧的輪廓。在不遠處，我看到了一個大城鎮的一片紅色屋頂，看到了裊裊升起的炊煙，還看到了猶如一彎銀色新月、泛著波光的小河。這才是真正的英格蘭 —— 寧靜、安康、幸福的英格蘭。

　　這天剩餘的時光我不需要用日記記錄了。這是一段充滿美好印象的時光 —— 我看到了牧場中一座帶有山牆和豎框的老屋，和諧地集居在小溪旁的一個村落，開滿報春花的一條峽谷，還看到了遍布各處的綿長山間小路，穿越一個山坳通向那片肥美的平地。

　　我是傍晚在山下一個村子的小路邊的旅館裡寫的這封信。僅僅它的名字「文蓋宏都」就值 1 先令。這個小店很樸素但很整潔，這裡的人也非常好，他們沒有向旅客鞠躬微笑的那種行為，但卻熱情招待每個旅人，盡可能使他有回家的溫馨感覺。就這樣，在一個黑暗的、鑲嵌木板的小房間裡，聽著寂靜中的滴答鐘聲，我一直坐著等到小街上的人聲漸弱漸遠。

山地伯頓，十字狐狸客棧，1904 年 4 月 16 日

山地伯頓，十字狐狸客棧，1904 年 4 月 16 日

親愛的赫伯特：

　　到今天為止，我已經旅行 10 天了，但是上週我已經在伯頓支起了我的活動帳篷。你厭倦我要長篇累牘地向你描述風景嗎？但是我不「厭倦」接到一封累述鄉村景色的信件，除非它的內容不會在人心裡留下任何影響，且只讓他感到沉悶無聊。舉例來講，我從來不寫類似於在一些宏大傳記的第三章左右出現的那種關於旅行的信，一般來說這個時候就會講到這位年輕人在獲得大學學位之後開始他的「遊學旅行」。

　　但是想像一下這樣的景色：一大片土地肥沃、樹木茂盛、溪流徜徉的平原；在遙遠地平線上矗立著的朦朧群山；身後伴隨著長滿灌木的峽谷疊嶂而逐漸升起的高地，一直延伸到柔綠色的開闊丘陵地帶。就在那裡，在高地的周邊，在平原之上、山岡之下，坐落著這個小村莊，和小村中莊嚴挺立的教堂塔樓。村中到處是石頭建成的房屋，但沒有任何兩個雷同，都各有各的特點。房屋都有山牆豎框結構，飽經風霜後變成了一種細膩的赭色 —— 有的遠離街道，有的就在街道兩側。混雜其中的還有一些精緻的喬治王時代風格的房屋，建有壯觀的壁柱，也是清一色的石頭建築。在街道的中心位置有一堵上冠石球的高牆，並配有兩根高大的門柱。一條石灰鋪就的林蔭道直通一座宏偉的、建有山牆的莊園主宅邸，透過大鐵門，你可以看到這座房屋。整個場景無與倫比的浪漫，難以形容的美麗。

　　我有一條最愛的旅遊路線。我離開小鎮走上一條沿著山根蜿蜒向前的小路。我繞過一個山肩，這裡灌木叢生交錯，一直到山根覆蓋無餘，鳥兒在樹叢中啼鳴，明麗婉轉。我轉而向上向左，進入「峽谷」。就在這條小峽谷的最遠端，在陡峭的斜坡根部但高於平地之處，坐落著一座古老的教堂，掩映在紫杉林中。在教堂的一側有一座長長的、不規則的、前堂低矮

的宅邸，在宅邸前面有一個較正式的花園，進入花園需要穿過一個橫在路上的、拱形結構的小門房。在教堂的另外一側，也在教堂的斜下方，有一座古老的牧師住宅，房屋的山牆上建有一扇巨大豎直的窗子，這在很久之前是一個附屬教堂。在溫暖和煦的氣息中，月桂樹長得鬱鬱蔥蔥。深谷中奔流的潺潺小溪發出獨特的天籟之音。在稍遠處有一個帶有穀倉和牛欄的農場，在房屋群中有一個高高的石頭平鋪而成的鴿房。鴿子的咕嚕聲使整個建築周圍充滿昏昏欲睡的氣氛。我沿著一條小徑蜿蜒而上，此時我置身灌木叢中，之後我又穿越一個斜坡上的牧場，最後我到達一個丘陵低地的頂端，躍入眼簾的是一望無際的荒涼山坡，那種純淨和安寧也只有高原的低地才有。在一個山嘴尖坡地，有一處雜草叢生的營地，裡面長著古老的荊棘樹。再轉身望去，廣闊的平地延綿數英里，可以看見水光閃爍、緩緩流淌的埃文河[27]就蜿蜒其中。村莊、小路、塔樓像地圖一樣展現在我的腳下 —— 所有一切都帶著遁世寧和的氣息，使我不得不想，如果就在這些安靜的田野中度過人生，享受金色的陽光和高山的魅影，那麼人生該是多麼得輕鬆和愉快。

在這樣安靜的時光裡我一直在自我追問 —— 一般我都是一個人散步 —— 這種縈繞心頭、無以言表的美的感受是什麼。它僅是一種氣質、表示內在的愉悅、物質的滿足嗎？它絕對存在嗎？它像風一樣飄來飄去。有些時候，一個人對它非常甚至是極其的敏感 —— 極其敏感是因為它不斷而且急迫地吸引人的注意力。還有些時候，它幾乎是無法被注意到的，一個人匆匆而過，心眼無物毫無知覺。我情不自禁地認為，它就是上帝心意的一種展現。我所站著的這片古老的造物之地親眼目睹了 —— 在遙遠

27又譯「雅芳河」、「艾汶河」或「艾芬河」，莎士比亞故鄉史特拉福德鎮坐落在河畔。

山地伯頓，十字狐狸客棧，1904 年 4 月 16 日

的過去，人類生活在危險和憂慮之中，只是為了生存而苦苦掙扎。如今，我們根據法律和習慣建立起了對個人的安全保護，我們的美感是源於那種安全感嗎？我情不自禁地想問，營建這個地方的古代勇士，是否真的在乎這片土地的美麗？這裡到處縈繞著甜美散發出來的那種淡淡的憂傷。所有的這些勇士都已化為塵土，一個世紀前那些男孩女孩們就漫步在我今天漫步的地方，而如今他們就安息在我腳下的那塊教堂小墓地裡，我的心飛離軀體，去感受所有已經愛過和痛苦過的人們，以及那些此後將在這裡付出愛和經受痛苦的人們的感受。也許這是一種毫無意義的慰藉之情，但依然很強烈和真實。

　　現在我在這裡還是獲得了一點人生經驗。前幾天，在離教堂不遠的地方我見到了一位老藝術家在寫生。他是一位舉止優雅、表情憂傷的老人，皮膚被太陽曬得黝黑，但是他的身體靈活，滿頭銀髮鬍鬚，表現出某種令人同情的、風燭殘年的執著，穿著很適合他本人 —— 低領口、紅領帶、狩獵裝等等。他看起來很隨和，喜歡與人來往，於是我在他身邊坐了下來。我也不知道接下來該說點什麼，但是很快他就向我開始講述起他的人生經歷。透過他的講述，我知道了他曾經是那個老莊園主宅邸裡的傭人，現在以很少的租金住在那裡，他已經在這裡居住了近 40 年。他年輕的時候常常四處閒逛，尋找風景如畫的地方，結果就發現了這個地方。我看得出他曾經擁有很輝煌的夢想和遠大志向。他有一顆不算太大的自尊心，他本打算創作出一些傑出的畫作，為自己闖出點名聲。他結過婚，妻子很久之前就去世了，孩子也沒了，他現在只能靠畫同樣的畫作維持生計，我能猜得出來，這些畫作多數是被美國遊客買走的。他的作品比較老派而且有很深的自我風格。他不是在畫事物現在的樣子，而是在用某種老的和逝去的構想，畫他自己理解的事物的樣子 —— 我認為這個地方的美麗有一

半會被他的畫錯過。他看起來非常孤獨。為了安慰他也是安慰我自己，我試著與他交談他那美麗精緻的人生畫卷，於是老人開始有點洋洋得意，滿臉洋溢著自豪和不凡。如果老人的表現不是令我悲傷的話，我倒覺得他挺有趣。但是，很快他又回到了現實，我想那是一種習慣性的悲傷。「唉，可惜你不知道我當年的夢想啊！」他說。接著他又繼續說，他現在多麼希望他當年從事某種簡單快捷的職業掙些錢，現在享受子孫繞膝的天倫之樂啊。「我現在活得像鬼，哪像人啊！」他一邊說著一邊憂傷地搖著頭。

　　我簡直無法向你描述出那種徹骨的傷感，也就是破滅的夢想和悔恨的記憶纏繞在可憐的老人心頭的那種悲傷。他錯在哪裡呢？我想他高估了自己的能力，但那畢竟是一個大家都會犯的錯誤，而且他已經承擔了夢想逐漸幻滅的悲痛，和無力挽回的毀滅性打擊。他開始努力去贏得榮譽，但他現在卻成為一個被人遺忘、卑微、優柔寡斷的、靠有錢遊客施捨度日的人！然而他似乎看上去應該沒有失去多少幸福。像他那樣生活，也許是一件寧靜而美麗的事。如果這樣一個男人還有希望、柔情及耐心，如果他能滿足於這片展現眼前並如此肥沃的大地安逸之美，那麼這種生活就會是一種令人羨慕的生活。

　　對我來說，這件事已經成為了一節人生意義課。一個人在垂暮之年，也必須執著地錘鍊自己的內心和精神。看一看成功人士，我常常帶著一種憐惜而驚訝的感覺發現，在他們逐漸衰老的時候，他們對自己的志向和實踐仍熱情不減、不言放棄。有多少人會長時間的堅持努力，會把上午的活力維持到下午，又把下午的辛勞延續到靜謐的夜晚。對於那些出類拔萃的成功人士我表示同情，但我真誠渴望能優雅地變老，知道什麼時候該停下來，什麼時候該屈從睿智而溫和的隨遇而安。但是，如果一個人不積極踐行判斷能力、感受能力和構想願望的能力，那麼在他需要這些能力的時候

山地伯頓，十字狐狸客棧，1904 年 4 月 16 日

就不可能唾手而得。總有一天一個人會看到，他最出色的成績永不再來，他的影響力正在江河日下，他正在慢慢失去對一切的控制，這個時候就需要一種耐心、優美、溫和的自尊，一種對鮮花般年輕事物的喜愛，而不是因失去生活熱情和愉悅感受而產生的嫉妒和悔恨的痛苦，這類痛苦往往會在一個人誇大其詞的回憶錄中的某個小細節裡 —— 如「令人厭倦的長時間的絮叨」—— 不自覺地表現出來。

我認為，這對一個孤身老人來說，要比對一個已有兒女的父親更難。有時候我就覺得，雖然是有些風險，但是收養可以視為己出的小孩，會是許多沒有子女的人們一個解決辦法，因為小孩會把他們從安逸的自我境界中喚醒，而這種自我正是貧瘠心靈的禍根。

當然，一個校長要比其他職業的人們在這方面感受的痛苦少，但是，即便如此，想一想自己一直關心並曾經幫助過的學生如何離開自己的視野，仍然讓人難過。我一點也沒有感覺到他們說的「喬伊特特徵」——實際上他的書信已經充分證明了這種特徵 —— 一日為師，終生為師，即使他的學生頭髮花白、子孫滿堂。一個人必須為他的學生貢獻其極而不求回報。實際上，正因不求回報，往往回報紛至沓來，反而渴望回報的校長卻會迷失方向。

好了，這個話題該停一下了。我現在坐在這個老客棧的一個低矮的小房間裡，大壁爐裡的火焰閃爍著成為灰燼，我的燭火也搖曳著縮進它們的燭臺插孔。明天我就要離開這個地方了，我感到很鬱悶悲傷，就如同我要離開家一樣，我想這是人類情感中永恆的天性。

永遠愛你的朋友，
T. B.

斯坦頓哈得維奇，藍野豬客棧，1904 年 4 月 21 日

斯坦頓哈得維奇，藍野豬客棧，1904 年 4 月 21 日

親愛的赫伯特：

我已經去參拜了聖地埃文河畔上的史特拉福德小鎮。雖然除了我的職業之外，我一直以來最投入的事情是文學，但我以前從沒有去朝拜這個地方，想到此我羞愧難當。對於一個熱愛文學的英國人來說，不到埃文河畔的史特拉福德小鎮，就像一個有著愛國心的英國人沒有到過西敏寺教堂一樣。

我已經到過那裡，現在回來了，因此閒暇中我認真思考著，我感覺我一直在努力解開一個謎。說到底，這個非凡之人究竟是一個什麼樣的人？他的思想、他的志向是什麼？他對自己和世界的看法又是什麼？坦率地講，莎士比亞取得了那樣的輝煌成就，他除了擁有天賦以外，似乎還擁有卓爾不凡的人性特點。我們知道，他出身農民的父親沒有什麼名望，是一個整日忙碌、喜歡爭吵、進取好勝的商人 —— 實際上最終生意慘澹。他的母親甚至連自己的名字都不會寫。關於他的青年時代，我們聽到的讚譽並不多。因為一場愛情糾葛，年紀輕輕的莎士比亞在十分不愉快的情況下結了婚。他沉迷於偷獵，或者不顧一切地追求其他人的遊戲，哪怕那是違法的。後來，他漂泊到倫敦並加入到一個劇團 —— 在當時並不是一個正經行業 —— 拋棄了妻子和家庭。他在倫敦的生活充滿了神祕色彩。他的激情讓人難以琢磨，與朋友有著撲朔迷離的情誼[28]。他寫的戲劇具有無與倫比的深刻和博大，極盡幽默、悲情和淒婉，當然還有他過分風雅、精心構思的長詩和奇異的十四行詩，都打破了原有詩體的慣例，獨樹一幟。但是在這裡我們很難想像這位情感生活如此強烈的十四行詩作者，在他的劇作中流露出的那種令人驚異的心靈超脫與複雜。關於他講過的話和他個人

---

28 這裡暗指「同性戀傾向」。

性格的評論不多，即便有也沒什麼啟發意義，也不過還是在證實他的才華與智慧。在他三十歲之前，他被認為是一個奇特的、「正直」與「毛躁」的結合體。

後來，他在另一個方面突然引人注目，三十二歲的時候他成為了一個成功的、富有的男人。再後來，他的志向（如果有的話）似乎轉移了重心，他開始致力於重建家族運勢，積極謀求一個靠譜的市政職位。他在家鄉購置了最大的房子。用他的創作收入、作為演員的職業收入以及作為劇院股東的分紅收入，他又購置了大片土地和許多房屋。他經常打官司，他最關心的是錢。即便這樣，他那膾炙人口的文學巨作仍然不斷，如噴湧之泉汩汩而出。他似乎是跟人簽了創作戲劇的合約，並因此獲得不菲的收入。他寫作信手拈來，從不修改。他似乎根本不重視他的作品，因為就像日光來自太陽一樣，這些東西很自然地從他富有智慧的頭腦流到筆端。他編劇本、與人合作，也不去想什麼所謂的高尚職業。

在他四十七歲時，這一切都停了下來，他不再寫作，但是他在家鄉小鎮卻生活得非常富足，偶爾也會去趟倫敦。五十二歲時，他的身體狀況日漸衰弱。他像安排業務一樣安排他的後事，像其他任何即將逝去的人一樣面對長眠的黑暗。

誰能一個人同時做好這麼多事情？誰能與這個男人相比擬：以這種輕鬆簡單的姿態登上文學的頂峰，這個可望而不可及的高度，而且沒有苛求執著，也沒有傲慢自負，坐上這個與荷馬、維吉爾[29]和但丁並列的寶座？然而他的心思卻沒放在這些事情上，而是放在土地和宅院、什一稅和投資上。他似乎不僅沒有個人的虛華，甚至也沒有濟慈那種高尚莊重的自豪，

---

29 維吉爾（Virgil, 70 B.C.-19 B. C.），奧古斯都時代的古羅馬詩人。其作品有《牧歌集》（*Eclogues*）、〈農事詩〉（*Georgics*）、史詩〈埃涅阿斯紀〉（*Aeneid*）三部傑作。

斯坦頓哈得維奇，藍野豬客棧，1904 年 4 月 21 日

起碼濟慈還猶豫地衣達說，他認為在他死後他會成為英國詩人中的一個。

　　我穿過一片賞心悅目的水邊草地，來到了這個熱鬧小鎮的街道上。從銀行到小吃店，這裡的一切無不附帶著莎士比亞的名字，因此，我情不自禁地想，這種家鄉地域式的揚名方式，應該更適合我們這位文學巨匠的品味，而不是什麼桂冠和寶座。看到那個帶著矯飾的日耳曼氛圍的大劇場，我心裡不禁發出一聲慨嘆。我走過教堂庭院，聽到幾聲禿鼻烏鴉的叫聲，踱步來到這座莊嚴的教堂。教堂裡到處顯示著財富、崇拜和榮譽的跡象。我真的不想承認自己當時的那種令人窒息的敬畏，帶著這樣的敬畏我走近聖壇，凝視著這塊上面是簡陋的韻文、下面是聖骨的石頭。我說不清當時的想法，但是在這位人類精神最高成就的巨星遺骸前，我知道我完全沉浸在一種真誠謙卑的、形無形、言無言的祈禱之中。就在我的腳下，長眠著那具聖骨 —— 構思出《哈姆雷特》和《馬克白》的智慧頭顱、創作十四行詩的那隻手和探究深奧人生的那雙眼。那是個莊嚴的時刻，我認為我從來沒有經歷過那樣無言敬畏的深刻震撼。我簡直無法邁開腳步，只能呆站在那裡，驚詫奇想。

　　在一個可愛、質樸的工作人員的友善幫助下，我又有了更大收穫。我登上他拿來的臺階，與那半身雕像面對面凝視片刻。

　　一些人會認為這座雕像有些正統和膚淺，我不贊同這樣的說法。看那高高凸起的前額，很像伯里克里斯 [30] 和華特·司各特的額頭，雙眼沉著，鼻廓清晰，至於雙唇 —— 我一點也不懷疑自己的看法 —— 我敢肯定那是一個死者的雙唇，在僵硬的死亡緊張中張開著，露出牙齒。我完全相信，

---

30 伯里克里斯（Pericles, 495 B. C. -429 B. C.），雅典黃金時期（希臘戰爭至伯羅奔尼撒戰爭）具有重要影響的領導人。他在希波戰爭後的廢墟中重建雅典，扶植文化藝術，現存的很多古希臘建築都是在他的時代所建。

在這裡我們已經走近了這個男人，近得不能再近，我也相信雕像的頭部取自於死者的面部模型。破壞面部尊嚴和完美的是豐滿的下頜，這樣的特徵只能代表著這個男人的富裕安康以及後來的心無志向。接著我看到了各種畫像，我認為這只能作為一類證據，而無法讓我信服，這其中甚至包括那張令人不快的、頹廢的、陰鬱的、蒼白的銅版畫面孔，尤其是那令人恐懼的、像得了腦水腫一樣的頭蓋骨，那就是一張誇張的漫畫。其他的畫像似乎不過是在發揮想像力而已。

後來我耐心地觀看了其他的一些文物、「新居」遺址、校舍 —— 所有這一切對我都沒有什麼觸動，只有一種深深的羞愧感 —— 在長而低矮的格式房間裡，也很可能是少年莎士比亞第一次看戲的地方，被允許存放在這裡的唯一檔案資料，卻是一些記錄學校足球隊和板球隊名字的紙板。這種愚笨的行為，以及英格蘭對運動狂熱到如此令人驚駭的程度，真讓我感到絕望。但是我認為，莎士比亞本人也會以寬容甚至饒有興味的態度看待這個問題。

然而，大多數的文物，如安妮之家[31]，都是根據旅遊者們的興趣需要進行恢復的，這只能說明旅遊者們的愚蠢無知。

但是，我親愛的赫伯特，我受益匪淺。儘管我不願承認，但我還是認為，我以前並沒有意識到莎士比亞的人文主義光輝。在此之前，他對我來說似乎就是一個坐在遙遠的地方、被奉為神聖的男人，一個能夠講述人性所有奧祕的男人，一個給人提示、如同打開通向崇高甜美和可怕祕訣大門的男人。但是，現在我感覺我好像到過他的身邊，而且已經能夠愛上我曾

---

31 安妮之家，Anne Hathaway's Cottage，莎士比亞妻子安妮‧哈瑟維少年時代的居所，是擁有 12 間房子的村間院落，位於英格蘭瓦立克郡肖特裡村。

斯坦頓哈得維奇，藍野豬客棧，1904 年 4 月 21 日

經只是崇拜的東西了。

　　我在某種程度上感覺到，了解了莎士比亞就拓展了了解的人性領域，而我卻尚未了解。但我似乎以後會去追索，追索這個男人人生中我們稱之為普遍性的東西 —— 渴望生活與認可，渴望品味人生，渴望不僅寫生活的表面，而且還寫其背後的東西。我相信在他寫《暴風雨》中主人公「普洛斯彼羅」時，他的頭腦裡一定有這樣的象徵寓意，劇中普洛斯彼羅非常願意放棄充滿喧囂的小島，放棄操控魔法、呼風喚雨的強大能力，回歸到他無聊的公爵領地，回歸到他不起眼的庭院，回歸到沉悶瑣碎的日常生活。我確信莎士比亞把自己的戲劇看成是一個空氣精靈愛麗兒（Ariel）[32] —— 沒有愛與欲望的高雅嬌美的精靈，睡在報春花花瓣裡、坐在蝙蝠後背上追逐夏日時光的精靈，而且還是有著欺騙迷惑人文精神之魔力的精靈。但不管怎麼說，愛麗兒無法接近人類內心那塊最神聖的本能領地 —— 悲傷與哭泣、愛與恨。愛麗兒只不過是一個快樂的小女孩，沉湎於沒有激情的愉悅中，渴望自由，渴望逃離。而普洛斯彼羅感覺到，也就是莎士比亞感覺到，即使生活中有汙濁和淒苦、疾病和黑暗，但它也比灌木林中的芬芳黃昏，和夏日大海上的乏味咆哮更美好、更真實。愛麗兒看到海難可能埋葬該死的國王時，能夠唱出無情、精美的歌，但普洛斯彼羅卻能從他孤獨女兒的眼睛和內心裡感受到一絲善良的變化。

　　我很高興，即便如此，莎士比亞仍能夠保持沉靜，買進賣出，游走於他的市井同鄉中，盡情歡樂。我想，當已是腦僵手拙時，那樣做總好於或枯坐、或看舊剪報、或等待讚賞。上帝賜予我們所有人一些稟性，讓我們知道什麼時候保持緘默並耐心、精彩與溫和地過好剩下的時日，同時，不

---

32 愛麗兒是莎士比亞戲劇《暴風雨》中的人物，是一個空氣精靈，有代表理想主義和超凡脫俗的一面。

急於離開（這個世界），但也不恐懼我們來自於和必將歸於的那個沒有陽光的世界，智慧地、勇敢地、甜蜜地生活，最後像經過一個生命與快樂的長長的夏日之後，孩子般地帶著幸福的慨嘆，安心地閉上我們的雙眼。

你永遠的朋友，
T. B.

斯坦頓哈得維奇，藍野豬客棧，1904 年 4 月 25 日

斯坦頓哈得維奇，藍野豬客棧，1904 年 4 月 25 日

親愛的赫伯特：

　　自從我上次寫信給你，我一直在虔誠地到附近的一些大教堂朝聖：格洛斯特大教堂（Gloucester Cathedral）、伍斯特大教堂（Worcester Cathedral），蒂克斯伯里修道院（Abbey Church of St Mary the Virgin, Tewkesbury）、莫爾文大教堂（Great Malvern Priory）、珀肖爾修道院（Pershore Abbey）。對我大有裨益的是，看到了這麼多刻在石頭上的偉大的詩句，它們都散發著初始構思的優美，也呈現出時代的烙印，以及其中飽含的無限美好的人類傳統。沒有什麼比走進一個帶有大教堂的城市更讓人愉快的了，在平原對面幾英里的地方，就可以看見灰色的塔樓高高聳立在屋頂以及炊煙之上。首先你進入的是靜靜的鄉野，接著道路開始出現市郊的跡象 —— 沿著路邊的灌木叢和大農場裡坐落著一幢幢新式住宅，看起來非常舒適。再向前走就是街道，房屋開始變得高大和密集，而且一眼就能看到那種帶有高貴的喬治王時代特徵的房屋正面，還有山牆和簷口。也許還會看到一片工廠區，轟轟作響的廠房上方矗立著高高的煙囪，髒兮兮的神祕裝置向上運行，進入某個高高在上的空洞入口，讓人無法猜出其為何用。接著，轉眼之間，一個人就會融身其中 —— 被花草樹木環繞著，被古色古香的各式及各時代的房屋包圍著，被那裡的恬靜與興旺觸動著。你會發現在你身邊有一兩個和藹的牧師莊重地踱著步子，原來你來到了那座高高聳立著的巨大教堂近前，你能看到教堂的哥德式尖塔和護牆，聽到巍峨的教堂高處傳來寒鴉快樂的啼鳴。如果你對空氣和陽光有些厭膩，你可以推開那扇大門並置身於涼爽幽暗的、帶有神聖氣息的教堂正廳，你可以坐一小會兒，讓這個地方的精氣潛入你的大腦；你也可以到處轉轉，讀一讀墓誌銘，悼念一下逝者；你也可以表達一下謝意，因為這裡保存了那些長壽而幸福的人們的紀錄，抒發一下悲痛崇敬之情，因為這裡

安息著某個高貴的年輕生命。士兵紀念碑和那沉悶空氣中微揚的灰撲撲的旗幟，總是令我無以言狀地感動，戰爭的騷動與瘋狂就像平息的潮水，在這裡找到了永久的歸宿。接著就該去參觀一下唱經樓了。我真的不喜歡現在普遍盛行的那種做法──捐一點錢，在一本冊子上留下自己的名字，然後再到一個虛華蠢笨的教堂管理人那裡接受教導，這裡的人都學會了一套理論，機械地講述，並會被任何一個只要不相干的問題難住。我不想聽什麼教誨，我只想轉一轉，如果我想問問題我會問的，而且我剛剛指出的那些做法，真的沒什麼意思。過往爵士們的陵寢，深居簡出的修道院院長與主教們的小教堂，所有這些都非常觸動人心，它們代表著希望、愛和歷史追憶。之後，你可能眼前一亮，突然發現某段久遠而著名的歷史。你會看到冷酷的撒克遜王的雕像，留著古時候的鬍子和光光的上唇，無論如何都像一個喀爾文教派的商人；或者看到愛德華二世的雕像，帶著一張柔弱英俊的面龐和一頭卷髮；再或者，看到諾曼第公爵羅伯特身披鎧甲的雕塑，上穿猩紅的斗篷，如同被突然喚醒的勇士準備出征。這些陵墓讓人渾身震顫，整個內心充滿驚奇、遺憾和敬畏。現在他們又有什麼意義呢？阿特柔斯的子孫，你徹底入睡了嗎？長眠中你偶然夢到愛與戰爭了嗎？夢到被悠悠歷史長河漫過的、看似很長但卻微不足道的人生了嗎？神聖的高牆內充斥著忠誠、柔和與傷感氣息，漸漸的你的頭腦裡就會出現死亡命運的淒美幻影，於是你就不斷猜想和驚嘆，感慨在那麼短的時間裡發生了那麼多的人生故事，感慨留給後人的這份歷史紀錄以及陵墓的沉寂無聲。

欣賞過後，我願靜靜地坐一會兒，聽著教堂屋頂的大鐘發出嗡鳴，還有通過廊道時一些腳步的回音。這裡有人們期盼的那份寧靜。幾個安靜的做禮拜的人正聚在一起。隨著夕照的漸漸退去，昏暗的唱經樓裡，燈光一個接一個地亮起。接著就會聽到低聲的祈禱，然後是高聲整齊的一句「阿

門」，緊隨其後是舒緩的雷聲一樣的、持續的風琴聲在空中爆響，窗扉也跟著嗡嗡作聲，樂音開始不絕於耳，如同甘甜芳香的瓊漿注滿華美的杯子，不安、懷疑的心靈，此刻深深地沉浸在流淌的音樂之中，一切悲傷的疑問彷彿都得到了某種神聖的回答。接著莊嚴的儀式慢慢步入正題——對於那些參與儀式的人來說，這是如此熟悉、或許覺得有些瑣碎的表演，但對於那些觀看儀式的人來說，這是如此莊重和美妙的一件事。禮拜儀式以一種優美從容的方式進行，就像用梯子引導你從久遠的過去一路而上，承接今天的使命。透過聖詩、聖歌、讚美詩，這種莊嚴在繼續傳遞。也許某個微弱的嗓音或某個孩子氣的高音，給人一種意識不到的優美與淒婉感，在風琴舒緩沉悶的伴奏下顯得格外動人，就像黑暗的岩石中噴發出的一股清泉，讓片刻獲得深深寧靜的內心能夠再次輕輕地震顫，就如同一艘行進的小船蕩漾在藍天碧海之間。接著又是低沉乏味的祈禱，然後風琴再次響起，宣告一個最後篇章來臨，它那「金嗓子」發出潮水般的旋律，進而漸變成為柔和悅耳的低音，禮拜儀式結束。

對你來說，這似乎是很不真實和奇妙的嗎？我不知道你怎麼看，但對我來說，我感到很真實。有時候，在枯燥的工作時間我精神萎靡，特別渴望這種甜美的聲音和美麗的畫面。我完全相信它是一種純粹的神聖的快樂，因為在這時靈魂會上升到一個很高的境界，在這裡低級邪惡的思想、醜陋的欲望和令人不齒的野心，都會像清澈和煦空氣中的有毒花朵一樣，走向死亡。我不是說它一定能激勵一個人，也不是說它適合一個人去與動盪不安的世界對抗，但是它確實更像綠油油的牧場和恬靜安逸的江河。這種快樂中沒有沾染一點點物質欲望或小小渴求。這是一種神聖的安寧，在這種氣氛中，靈魂飛翔並急切渴望美好與純潔。這並不是說我會在這樣的幻想中過我的人生，即使在那美妙樂音消失時，會有另一個嚴厲的聲音提

醒我不要忘記。但是它使人振作、使人平靜、使人寬慰，它告訴你的內心有一種寧靜是可能擁有的，而且在這裡你的靈魂可以合上疲憊的翅膀，得到片刻的休息。

然而，甚至就在我寫這封信的時候，就在這種柔和的心緒消退的時候，我發現自己對於這件事仍很困惑和不安。在過去，是什麼力量使這些偉大的地方成為人生不可或缺的重要組成部分？但不管過去它是什麼，現在我們已經失去了。這些教堂在當時都是人們生活中必不可少的，君王貴族爭相維護，沒有人懷疑過教堂的作用。它們現在發展緩慢，也再也無法有一大筆捐助，已經淪落為只能為那些有著基督教思想的人們服務，當然它們的存在也是為了滿足於一個鄉村和城市的自豪感。如今的英格蘭與那時相比能富裕上千倍，但這種狀況就發生在當今的時代。它們不再是人生的必須，那樣的人生已經從教堂大門飄遠，並留給教堂一個優美的背影、一處莊嚴的遺跡、一種甜美的感傷。毫無疑問，那時人們普遍認為建造這些教堂可以成為一種護佑他們精神家園的保障。現在沒有人認真地考慮過，如果一個人捐助司職儀式的那些牧師的學院，這種行為會在他未來人生中，對他的精神世界產生怎樣的影響。現在教堂本身也不推崇這種做法。此外，一般來說，在當今的世界中也沒有多少人像我這樣對這種美好有需求。今天，人們花錢追求刺激、興奮、物質性的愉悅，還必須使它得到認同。如果過去出現了認同矛盾，那我們的這些大教堂就能夠在民族命運中發揮作用，但是現在這些教堂與鐵路、報紙、瘋狂的運動追求等毫無關係。它們存在的目的就是為了一份恬靜的安詳、柔和的心緒和寧靜的情感。我寧願情況不是這樣，但是，如果相信上帝控制不了我們，而且我們不安的精神可以與上帝意願對抗，那未免太沒信仰了。

斯坦頓哈得維奇，藍野豬客棧，1904 年 4 月 25 日

　　接著我又有了一個更令人憂鬱和困惑的想法。假如能把最早傳播這種宗教信仰的生活艱苦的加利利漁民中的一個人，帶到像這個大教堂這樣的地方對他說，「這是你們傳播教導的成果，你們的老師不曾談論藝術或音樂，你們也教誨人應該清貧和樸素，生活應該一無所求，心靈應該明朗透徹，現在你們在這裡受到了極大尊重，這些塔樓和大鐘都是以你們的名字命名的，你們都穿著豔麗的長袍站在這些史畫裝飾的窗戶上。」他們不會認為那完全是一場誤會嗎？他們一定會說，來自外界的欲望 —— 那種對視聽覺的強烈誘惑早就巧妙溫柔地侵染了一個莊嚴堅固的信條，而且讓信條聽命於它。

「你的赤身裸體使你的妻子穿上了衣衫，

她穿上了那柔軟紅潤的衣衫。」

　　一個熱情奔放的詩人如此寫道，他省略了釘在十字架上的耶穌受盡折磨的四肢和低垂的眼神。這些莊嚴神聖的建築，這些甜美超凡的音樂真的是服務於「主」的目的和意願的嗎？當然不是。狡猾的傢伙又到這裡假扮純潔人的和善，用盡精美奢華的生活附屬品讓我們看不到真相，這難道不是確鑿的事實嗎？

　　我也理解不了，這讓我的心靈充滿了悲傷和困惑的衝突。然而我還是有種感覺，上帝就在這些地方，只要心是純潔的、意志是堅定的，這些影響會有助於溫順慈愛心靈的培養。

你永遠的朋友，

T. B.

　　我不知道你寫的信出了什麼問題。也許你現在還不能夠寫？我明天就要回去上班了。

阿普頓，1904 年 5 月 2 日

我親愛的赫伯特：

　　我的假期結束了，我又恢復了工作狀態。我收到了你那令人愉快的來信，當時對你的擔心真是多餘。今天我一直騎自行車郊遊。哎，我又像平時一樣滿腦子的計畫和想法。我掛心我的工作，琢磨無數一個校長應該煩心的小問題，還要寫出教科書中一個章節的備課筆記，我的心境就如同起伏的波濤般顛簸不安。我不斷地勸慰自己去欣賞那美麗的灌木林和迷人的花叢，還有那越過樹木叢生峽谷和紫色平原才能看到的、寧靜安詳的一排遠山，但是沒用，我的腦子就像水車流水，一系列想法急促奔湧，儘管我也試圖關閉水閘。

　　繞過一片小樹林的拐角，我忽然發現眼前是一座小巧別致的小屋和它的花園，小屋是新近修飾過的，我想它一定是一些富人鄉村隱居的寓所。花園很漂亮，緩坡上鋪滿綠草，周邊開滿鮮花，它的後面還有一片果園，裡面白花怒放，在樹陰掩映的中心還有一個小池塘。草坪上有三個人，看起來很悠閒，一個上了年紀的男人坐在椅子裡，面帶微笑，抽著菸，看著報紙。另外兩個，一個年輕男人，一個年輕女人，他們並排散著步，頭靠的很近，低聲地說笑著。一個庭院看護員站在遊廊邊上。草坪上的這兩個男人看起來都是成功職業人士，他們臉部光潔、身體健碩，全身洋溢著幸福與滿足。如果沒有特殊原因，我猜想，那對年輕男女應該是新婚不久的夫婦，那位老者應該是岳父大人。我只是路過時看了一眼，沒有看到裡面的更多情況。接著我繼續騎行在春天的森林中。

　　當然，那只是一個印象而已，但是在我眼中，如此迅速出現又如此迅速消失的這一愉快清新的場景，就像是一個寓言。我當時感覺好像我很想停下來，摘下帽子並感謝我素不相識的朋友，因為他們給了人們這麼淳

樸、愉悅和甜美的畫面。如果我了解他們更多的話，我敢肯定地說，他們也會和我一樣在職業上全心投入，也會和我一樣認真或煩惱。但是，就在那個時刻，他們找到空閒的時間，僅僅為了享受生活的甜美滋味，既不對過去遺憾也不對未來期許。我敢說使他們（草坪上的那對年輕人）興致盎然的談笑一定是很溫暖的，我還肯定地說，如果我加入他們，我會發現他們的談話是很單調和無聊的。但是，他們具有象徵意義，他們代表了我的想法，而且還讓我懂得我們將來應該更多地追求什麼 —— 簡單地生活。這是一堂人生的課，毫無疑問你在你的芬芳蔭綠的花園裡也在學著。你沒有賺錢的必要，你唯一的任務是讓自己好起來。但是對我本人來說，我知道我努力太多、思考太多、期望太多和擔心太多，而且在不知疲倦地追求太多的目標、抱負、夢想和虛幻。我一直過的生活，幾乎根本不能稱之為生活，只能叫做瞎忙，我就像一個工作狂，沒有閒暇散散步、坐一坐、聊一聊、看看天空和大地、嗅一嗅花香、觀察一下動物的滑稽行為、與孩子一起玩耍，甚至都沒有時間吃喝。然而這正是我們繼承來的傳統，只有這樣做才代表你是個男人，畢竟，一個人只有一次生命而且很短。也恰恰就是在這樣一些時刻，我才會從我的夢境中醒來，並且意識到我的生命流逝得多麼快，我對生活本質了解得又是多麼的少。我的大腦從早到晚思考著紛繁複雜的一切，但是除了生活。當然，在某種程度上，這對於一個忙於事業的男人來說是不可避免的。但我錯就錯在，沒有時不時地回歸到一種睿智和耐心的心態中，沒有安靜地在人生大海的岸邊坐一下，沒有玩一玩岸邊的鵝卵石，沒有看一看波濤跌宕和航輪駛過，也沒有關注被海浪激起的奇怪東西和空氣中苦鹹的味道。我為什麼不這樣做呢？誠實地講，那是因為我對此已經厭倦。我似乎必須時時處於忙亂，而且必須時時痛苦地逼迫自己奔向某一微不足道的理想，或者我已計劃好的某一虛無的目標。在

我達到這一理想或目標之後，我必須決定下一個理想或目標，這個過程再一次開始。目標就是這種欲望，促使我去做比較現實的事情、趕緊坐下來寫東西、努力追求某一可證明自己的明確結果，也正是這種做法毀了我和許多其他人。那麼，我的目標究竟應該什麼時候去履行，它有什麼價值？我不是一個特別成功的男人，我不能欺騙自己相信我的工作有什麼超常的價值。但在此期間，所有真實的生活體驗都越我而過。對不起上帝，我一直沒有時間談戀愛！那是一個讓人可憐的實情。

有時候你會遇見一些沒有這些偉大志向的人，生活對他們來說就是藝術，然後你也意識到生活是比書籍和圖畫都美妙很多的創造。它是一種甜蜜莊嚴的音樂。這樣生活的男人和女人有時間讀讀書、聊聊天、寫寫信，也有時間旅遊參觀、去農場轉轉、與一些無聊的人坐一坐、多與孩子待在一起，也有時間到大自然中享受清新空氣、飼養家禽、與雇工交談，也有時間去教堂做禮拜，想一想他或她的至親在做什麼，參加花園派對和舞會，也有時間欣賞年輕人的愛好、傾聽懺悔、嘗試別人做的事情，這樣才會到處受歡迎，才會為自己留下溫馨的回憶、才會獲得甜蜜淚水的沐浴。那才是生活。一個人很可能認為，這樣的生活在 100 年前其實更現實、更多。但是，現在人要求的太多，過分強調刺激性愉悅，無論是在工作上還是在玩樂上。我看到的花園裡的那三個人，對我來說是一堂人生課，而且不管現實中他們可能發生什麼，在我頭腦印象中這對年輕人永遠都是徜徉在蘋果樹之間和水仙花之間，並深情地望著對方，同時那位老人面帶慈祥微笑讀著《天國紀事報》，這個微笑永遠不老。

你永遠的朋友，
T. B.

阿普頓，1904 年 5 月 9 日

阿普頓，1904 年 5 月 9 日

我親愛的赫伯特：

我想談論一下關於「雄心」的這個話題 —— 你介意嗎？

昨天在小教堂，我的一個同事做了一個關於「作為」的很不錯的布道。他感到的壓力是在講道中常見的一種壓力，簡單地說就是 —— 一個基督教講道者在向他的基督聽眾宣揚「雄心」時，應該到一個怎樣的程度是合理的？我認為，如果一個人讀了《福音書》，他應該很清楚「雄心」並非一個基督徒的主要動機所在。對我來說，基督教義的根本就是，一個人應該擁有或獲得一種追求美德的熱情。愛美德因為它的美，就如同藝術家熱愛構造與色彩的美一樣，而對我來說，作為一個基督徒明顯象徵的「簡單樸素」，卻似乎與個人「雄心」不一致。我沒看到任何跡象允許一個基督徒去做他希望做的、所謂的「提升」自我。更被接受的理念是，充滿智慧與愛的上帝是把一個人引導成為他希望成為的那個樣子，一個人只有在努力履行上帝旨意、全心全意愛一切生命的時候，才會找到自己至高無上的快樂。一個富人應該把自己從他的財富中解脫出來，或者至少確保這些財富對他來說不是累贅，一個窮人就不要努力去追求這些財富。當然，有種可能的情況，是在世界出現宗教萌芽時，最初的基督教徒被希望從事一種特殊行業，而當社會已經基督教化後，一種完全不同的經濟形式開始盛行。這是一種可以自圓其說的觀點，但是我認為很難在《福音書》中找到合理的解釋。「雄心」實際上意味著，如果一個人要躋身前列，他就必須把別人擠出道路，而且必須靠自己的力量。在不犧牲任何人利益的情況下取得成功，只有那些有著崇高品格和卓越天賦的人才可能做到。

但是，就這個問題來說，很難了解學生面對的是什麼動機，名聲和榮譽思想、獲得所有人都想要但又都沒有的東西的願望，這些都深深紮根於

孩子們幼稚的頭腦中。再者，我們無論是在工作中還是玩樂中，都很直接地鼓勵人要有雄心，以至於我們很難再登上學校講壇去宣講一個與此迥異的觀點。告訴孩子們必須為做得最好而努力去做得最好，不要考慮任何成功後的報酬──這是一個非常好的想法，但這種想法實際嗎？如果我們給那些做事沒有成功希望的傻孩子們一些獎勵，如果我們給那些比賽很努力但技能不長進的孩子們隊服，那麼我們敢說會有一些美德的回報；但是孩子鄙視碌碌無為的聽話認真行為，我們也把獎勵都給了那些有天資的孩子。一些傳教士列舉勇敢但失敗的、與困難抗爭的例子，以此認為他們走出了誤區，但最終還是歸結為這些人的人生得到了承認這樣一種補償。問題不是我們是否能夠給那些不成功的人提供一種激勵，而是我們是否不應該打擊各種形式的雄心？但是，對於天真活潑的孩子們來說，雄心是最強大的動機力量。

在講道的過程中，傳教士引用了幾句奧瑪·開儼[33]的詩，來說明不積極進取的人生是可恥的。其實傳教士那樣做是很危險的。優美的四行詩如同蜂蜜一樣甘甜，帶著它高貴的魅力在四方傳播。詩中蒼老的懺悔人以他溫和、撩人的享樂式風雅把我的心掠走。我恐怕我願意像保羅（Paolo）那樣坐在法蘭西絲卡（Francesca）的身邊（二人都是奧瑪·開儼詩歌中的人物──譯者注）。我那天再也聽不進去布道了，我心裡不斷地重複著那些無與倫比的四行詩句，感覺到這首詩是對曾經以來的、單純的不可知論最精彩的描述。詩中最糟的一面是，那位優雅的背信者卻使得詩歌看起來如此優美，以至於讀者感覺不到詩中的羞恥和徒勞。

33奧瑪·開儼（Omar Khayyam, 1048-1122），波斯詩人、天文學家、數學家。代表作《魯拜集》（*The rubaiyat*）。

阿普頓，1904 年 5 月 9 日

　　那天晚上，我一直在閱讀關於費茲傑羅[34]的書，所以你也許猜得出來
布道對我產生了怎樣的後果。那並非是一本完全討人喜歡的書，但確實是
一本有趣的書。與任何其他書籍或文章相比，它的特點是透過細微之處，
更清晰地描述了這個男人。現在我又被另一個問題困擾 —— 費茲傑羅的
一生是毫無價值的嗎？他曾經有著偉大的文學雄心壯志，但從中一無所
獲。他過著單純、天真、隔世的生活，陶醉於大自然，並樂與卑微者為
伍，懷著極高的熱情愛他的朋友，對來到他社交圈裡的所有人都報以永遠
的、無微不至的關懷，同時他也受到幾個天才的豪放男人的擁戴。他自己
感覺他總是要指責別人，他規勸別人去做那些他自己也不能實踐的活動。
然而他的人生成就，卻是許多其他更忙碌、更認真的人沒有取得的。他為
後人留下大量的優秀文學作品和堪稱絕世完美的永恆詩篇。我相信，他是
無意間留下了許多最優美、最溫柔、最幽默、最智慧的英語書信。我發現
自己一直在追問，所有這一切是否能夠換種方式達到這種效果。

　　但是憑良心，我不能建議任何人把費茲傑羅的人生作為典範。他的
生活是破敗的、不穩定的、瑣碎的，他做了許多糊塗的甚至是愚蠢的事
情，他閒散無聊、神經怪異。同時，一個可怕的疑慮又悄悄地爬上我的心
頭 —— 許多忙碌的人們正經歷著更糟的人生。我不是指那些獻身事業的
人，因為這些活動無論多麼枯燥無味，也都影響著其他人。我當然承認醫
生、教師、牧師、慈善家甚至國會議員，他們的人生很有意義。還有那些
做著世界上不可或缺的工作的人們 —— 農民、打雜、工人和漁民，他們
的工作也意義重大。但是，那些為自己孩子們創造財富的商人，以及為金
錢和讚譽而努力的律師、藝術家、作家 —— 這些人真的比我們的那位懶

---

34 愛德華・費茲傑羅（Edward FitzGerald, 1809-1883），英國著名詩人，是奧瑪・開儼
　　詩歌的英譯者。

散的朋友更高貴嗎？首先，費茲傑羅的生活極其簡單樸素。他的生活幾乎無依無靠，更談不上什麼奢華，他就像田野裡的百合花。但凡他是一個自私的人，情況都會有所不同，但是他深切溫柔地愛著他的同胞，他把慈愛悄悄給予了他周圍所有的人。

我發現我很難明確自己的觀點。我承認，如果我們都成為費茲傑羅那樣的人，這個世界就會轟然倒塌。但是同樣，如果我們都真的按照布道宣講的那樣去做，世界也會崩潰。對許多人來說，做些事情絕對是自我的決定，他們要打發時間，否則他們會感到無聊。我很難理解為什麼一個可以用娛樂、書籍、音樂、閒逛、交談打發人生的人就不應該這樣去做。如果你能，請幫我解開這個謎團吧！

對我來說，福音書裡講的簡單樸素似乎與不斷擴張的英格蘭不相符，而且我也不敢即刻肯定英格蘭擴張就是最佳理想。

你永遠的朋友，
T. B.

阿普頓，1904年5月15日

阿普頓，1904 年 5 月 15 日

我親愛的赫伯特：

　　你問我最近讀了什麼書沒有，是的，我一直在讀《斯托基公司》[35]，讀得很痛苦但我希望會有所收穫。這是一本讓人驚異的書，書中隨處可見讓讀者感受到機敏、新鮮和難以置信的匠心獨到的地方。以漫不經心的輕鬆氣氛揭開一幕幕場景，然而瞬間呈現在你眼前的畫面簡直讓你瞠目結舌，喘息不斷。但是我現在不想討論這本書的文學價值，儘管它的價值很大。我就是想放鬆一下我裝滿令我煩惱思想的大腦。首先，我認為書中反應的根本不是學校生活的合理情景。如果真是回憶往事 —— 書中學校生活的相似性和逼真性不可否認 —— 那麼這所學校一定是一個很怪異的學校。首先，書中的重點圍繞著一群迥異於常人的學生展開。真是奇怪，斯托基公司就是由這樣一群稀有的孩子組成的。書中出現的其他孩子僅是作為一個陪襯，而且這些主角的行為都被描寫成英雄史詩《伊利亞德》中勇士的行為。他們橫衝直撞，揮刀舞劍，而學生隊伍如同綿羊四處潰逃，這些學生在故事裡的作用就是湊個人數，並把他們的腦袋貢獻給這些主角們的寒光凜凜的刀鋒。最重要的角色甚至也是如此，雖然他們表現得現實一些，因此很難讓我想到類似於基拉里漫畫那樣的富有生氣的畫面。他們非常花哨、異想天開、令人恐懼，而且還有點荒誕不經。所有情節都被拉長、加寬、放大、誇張。我頭腦中難以想像的是，這些如此目無法律、如此放蕩不羈而且時不時地偏好如此低級趣味的孩子們，怎麼能擁有如此明顯的健全思想和男人氣概。我只能不大度地說，根據我的經驗，我相信這

---

35 《斯托基公司》（*Stalky & Company*），英國作家約瑟夫·魯德亞德·吉卜林（Joseph Rudyard Kipling, 1865-1936）的小說，書中主要描寫一個青春期男孩在寄宿學校的經歷，該書首版 1899 年出版，之後成為暢銷書。

類怪異魯莽的孩子只能在更灰暗的樂趣中尋找滿足。但是吉卜林[36]是一個天才的魔術師，在讀這本書的時候，你可能認為那種情況不是真的，但又可能使你相信，在這種特殊情況下，孩子們會是和他們表現出來的一樣，是那麼成熟、敏銳和智慧。我的個人經驗再一次告訴我，沒有孩子能夠如此輕鬆地保持著這樣一個高水準的創造力和洞察力。我所了解的所有孩子的主要特點是，他們都很琢磨不定，都很不成熟。一個聰明的孩子會說出極有洞察力的話，但更多的時候他也會說很多愚蠢的話。最有創造性的孩子也會長時間迷失於常規老路，但吉卜林書中的主角們從來都不傳統，從來都不平庸，而且永不安靜，這也是《湯姆·布朗》中體現的最高價值之一。

　　但是，如果說這本書對我有一點簡單的教育作用，那就主要是書中有關於校長的介紹。這部分裡極盡逼真地刻劃了我們校長這個團體，我看到了我們的過錯和缺點，而且我很遺憾地說，在合上書的那一刻我感覺書中在告訴讀者，管理學校這類事一定是一個乏味無聊的工作。我的自我，那個沒有過錯的自我在大喊著反對這種偏見，而且在無力辯解著 —— 這個職業是最高貴的職業。後來我想到了金和普勞特[37]，但一想到我可能成為他們那樣的人，我所有的最強烈的願望都灰飛煙滅了。

　　我想吉卜林會說，他透過書中塑造出的校長和牧師的形象，已經對這個職業做出了充分的評判。很明顯，校長是其選任者很尊敬的一個形象。他正直、人道、寬厚，但外表確實給人一種冰冷的敬畏感和嚴肅感，他行動很神祕，行為表現也突發無常、讓人無法預料。但是，一般來說，校長總是處於局面的上風。雖然關於他沒有多少詩情畫意的描述，但他很明顯

---

36 Kipling，《斯托基公司》的作者，英國小說家、詩人，諾貝爾文學獎獲得者。
37 《斯托基公司》中的人物，是兩位校長。

是一個思想健全和有男人氣概的人，他總是在合適的時間鞭策合適的人，而且最終是鼓勵更多的人。但是，充其量他也就是一個神父。他沒有多少同情和溫柔之心，他敏感、爽快、知性，但他既沒有魅力也沒有智慧（至少對我來講是這樣），或者即使他有這些東西，他也是把它們掩蓋在一個華麗的金屬外衣下，只是私底下才揭開它。我感覺校長沒有什麼其他信仰，但卻有著所有智慧者的信仰。吉卜林好像很鄙視情懷感傷這類東西，但對我來說他卻像丟棄了幾朵美麗的鮮花，並冷漠地把自己捆綁在同一個牢籠之內。在一個聰明的校長心裡應該有一個寶藏，既不需要當眾展示也無需累述渲染，但是在恰當的時候，他會用恰當的方式向孩子證明，約束或者可能約束心靈的神聖而美麗的東西是存在的。如果校長有這樣一塊至寶，他可以把它放在銀行，只在假期去看看 [38]。

那位「神父」是一個非常人性化的角色 —— 對我來說是全書最有吸引力的人物，他有些智慧而且親切，還有一點點的愛慕虛榮。但是（我承認我是一個非常學究的人）我真的不喜歡他懶散遊蕩、在學生書房吸菸的舉動。我想，他的所謂容忍，更是容忍自己糟糕的慵懶，更是超出可接受程度的容忍。他透過「供出」他的同事這樣的手段贏得了學生們的信賴，我感覺與他的職業榮譽相比，他似乎更在乎孩子們的榮譽。

但是，說到金和普勞特這兩位校長 —— 他們真是讓我倒胃口，噁心至極。他們以自己的方式表現著善良與責任。但是，難道一定要做一個老夫子才能維護紀律？難道一定要做個鬼祟之人才能保持警覺？在我的內心深處，我擔心吉卜林認為，校長是一個寬厚或者自尊的人不願意做的工作。但是，實際上這種工作是非常有用和必要的。如果這個行業最終被認

---

38 一種比喻的說法，暗示校長在假期時可能需要引導學生。

為是令人厭惡的，我們也理應接受責難。我真誠希望吉卜林用他的寫作才華使得我們校長的道路更順暢，而不是更坎坷。實際上，校長的道路上布滿陷阱。一個以自我為王、盛氣凌人的男人常常會在聽命於他的學生中找到市場，因此可以對他們橫行霸道。但另一方面，一個勇敢而體恤人的男人 —— 有許多這樣的人 —— 既可以學又可以教大量的正面知識，如果他能帶著愛與希望肩負起他的責任的話。當然，金是一個愛嘮叨的、盛氣凌人的人，他欣喜於小的成績，自我陶醉。他還是一個憤世嫉俗、貪婪卑下的人，他對於刺探學生祕密樂此不疲，他總是先把孩子想得最壞，他自負、覦覥還愛發脾氣，他很無情，喜歡看著他的獵物痛哭流涕。我認識很多校長，但我沒遇到過一個像金先生這樣的人，也許在某個私立學校有這樣的校長，那我就不很清楚了。但即便是金這樣的校長也對我有裨益，他使我更加確信，和依靠嚴詞、加強紀律相比，透過禮貌得體的善意規勸更能奏效。他教會我不要浮誇自大，也不要熱衷於刨根追底。他讓我明白，校長巡查的目的是幫助孩子去完善自我，而不是尋求懲戒他們的快感。

普勞特是一個缺乏活力的感傷主義者，他確信措詞警句對孩子的作用。他比金好些，但卻是一個讓人無法忍受的蠢蛋。當他們把一個簡單的問題處理得一團糟時，我真想一下子衝到他們兩個面前。在我想朝著金高傲離去的背影踢上一腳的同時，我盡量耐著性子、唯一想對普勞特說的是：告訴他他是怎樣的一個傻瓜。他是絕對無用的品性的完美典範，是一道沒有加鹽調味的、缺少滋味的菜。

當然，書中還有其他一些人物，他們每個人都以自己的方式表現出荒誕不經和卑劣行為，每個人物都是一個反面典型。但是，如果說這本書講的故事不是這麼脫離實際，如果說吉卜林書中寫的校長典型是一個溫和莊

重的紳士，而且他的職業感沒有使他成為一個自命不凡的人，如果是這樣的話，我會對此表示諒解的。如果吉卜林回應說這個校長在這樣的環境中履行著職責，我就想說，在這一點上這位校長是一個自命不凡的人，而且他還是極度恐懼自負的。在我看來，有氣概的男人是無需考慮有無氣概的男人，而不是刻意穿著大衣和皮靴、走路如牛、講話粗聲粗氣的男人。那就是一種姿態，談不上比別的姿態好或者壞。我希望在書中看到的是一個簡單直率的男人，一個熱衷自己事業且無愧於自己興趣的男人，一個吸引孩子且無愧於愛心的男人。

　　我感到唯一安慰的是，我和許多讀過這本書的孩子交流過，他們都覺得挺好玩、很有趣、挺高興。但是，他們坦誠地告訴我，書中的這類孩子他們從來沒見過，而且，當我小心地問及書中的這些校長時，他們都很羞怯地笑著說他們不太懂。

　　我承認我們做校長的肯定有很多缺點，但是我們真的在努力做得更好些，而且就像我之前說的那樣，我只希望像吉卜林這樣有才學的人能夠向我們伸出援助之手，而不是把我們推回醜惡的泥沼，許多好同行也是我的朋友和同事，他們無論多麼微弱無力，但都在一直努力地逃出這個泥沼。

你永遠的朋友，

T. B.

阿普頓，1904 年 5 月 21 日

阿普頓，1904 年 5 月 21 日

我親愛的赫伯特：

自從我上次寫信以來，我一直在想我是否也可能寫一個發生在學校裡的故事。我常常渴望著嘗試一下。這方面的書籍幾乎都不是很理想。《湯姆·布朗》[39] 仍然是這類書中最好的。學監法勒[40] 的書籍在某種程度上很有活力，但它們太過情緒化了。我上次寫信說過，《斯托基公司》一書儘管表現出睿智驚人的眼光，但不具有代表性。吉爾克斯（Gilkes）的書可謂對這個話題頗有研究，但主題缺乏統一性。《蒂姆》是一本很有趣的書，但反應的思想有些另類。《我在伊頓生活中的一天》[41] 雖然敘述得很逼真，但構思又明顯太過滑稽了。

首先，設計情節就是個難題。校園裡發生的事不適合於戲劇性氛圍。再有，學校生活都是很多的平凡瑣事，涉及到極細微的情節，這樣就使得寫這類故事變得特別麻煩。另外一個大難題是考慮學生們交談的內容，而這些對話通常都是一些具體事件和偶發事件，缺乏幽默和靈活成分。

坦率地說，有些話題可以表現得直白粗俗幽默些，我們承認這適合孩子說話的特徵，但不可能在書中這樣去表現，而刪除這種東西無疑又使事實大打折扣。當然，天才作家也許能夠擺脫所有這些障礙，但是即便是天才，他也會發現很難讓自己再回到並體會孩子的幼稚和視野狹隘的狀態。

---

39 《湯姆·布朗》是英國作家托瑪斯·休斯（Thomas Hughes, 1882-1896）的半自傳體小說，1857 年出版，書中主人公就是湯姆·布朗，描寫的是布朗在英國公學上學時的故事。

40 弗雷德里克·威廉·法拉爾（Frederic William Farrar, 1831-1903），英國作家、牧師。代表作：〈論節欲〉、〈生活的韻律〉、〈上帝背後的追隨者〉、《自由意識教育文集》、《學校趣事》等。

41 《我在伊頓生活中的一天》（*A Day of My Life at Eton*），喬治·紐根特·班克斯（George Nugent Bankes, 1861-1935）的小說，英國作家、曾任伊頓公學教師、學監等職，代表作：《一個伊頓生的信》、《劍橋瑣事》等。

他們的輕信，他們的偏見，他們的習慣，他們的笨口拙舌——所有這些特點都很難表述。只有透過孩子自己之口才能表達出這些東西，但沒有哪個孩子擁有足夠輕鬆的表達能力，能把這些東西說清楚，也沒有哪個孩子能夠足夠客觀地既做當事人，又做講述人。一個具有語言天賦而且非常聰明的大學生也許能夠寫出一本真實的校園故事，但是，這項工作似乎需要某種只有經歷才能獲得的成熟和寬容，而正是這種經歷，恰恰可能使得故事的魅力銳減。

通常，在這類書中，對整個孩童時期的構思似乎都表現為孩子犯錯和過失，一個孩子一般都代表著慷慨、粗心、不諳世故。根據我的經歷，我認為孩子的特徵表現非常豐富。孩子是最頑固的保守派。他們喜歡獨斷和專權，他們又極度恭敬順從，他們不太考慮寬容、正義和公平，他們有某種洞察品格的能力，但是對有些品性，如粗俗，他們似乎卻缺少探察能力。他們非常喜歡肩負責任和有點權力。一般來說，他們不說實話，他們對弱者沒有什麼惻隱之心。通常人們認為，他們有很強的自由意識，但實際情況並非如此，現實中他們都非常追求他們的強權或者堅持他們自己認為的權利，而卻不去考慮別人承受專橫的現實，他們沒有什麼民主概念，他們只是盲目屈從於習慣和傳統。我也不認為他們特別有深情和感激之心，在規定和習慣範圍內對他們施以的做法，他們都會盲目地接受，勢所必然，同時他們也深受接觸到的外界正常生活過程中的禮儀和同情心的影響。我的意思是說，他們無法區別一位投入全部精力、認真負責的校長和一位是不問世事的校長，他們不會對校長的巨大付出表示感激，也不會對被糊弄而感到憤怒。但是，如果一個校長請孩子們一起吃早飯、客氣地與他們交談、友善地對他們表示興趣，他就會深受學生喜愛，而這種名望是一個辛勞但嘴拙的人不可能獲得的。他們極易受到個人情義的影響，而對

阿普頓，1904 年 5 月 21 日

一個一心為他們好的校長的美德表現卻視而不見。例如他們會為一個喜歡讚譽、欣賞勤勞的校長而努力學習和做事，但是一個苛刻要求努力和責任的校長卻往往被看成是一個以奴役為樂的人。

實際上，孩子是嚴重的自我主義者和個人主義者。當然也有例外，有些孩子就很有情誼、心存誠實、興趣積極、志向遠大，但我這裡要說的不是例外而是通常情況。

你會問學生還剩下什麼了，還有什麼能讓人覺得與孩子相處有意思和魅力啊，我就要告訴你這些。當然有，那就是青春和天真的魔力。我上面描述過的那些品性是很表面的，是孩子們從他們周圍社會中接受的慣例。人類天生的高貴品德潛藏在許多孩子的內心，但是，大多時候這些性情被一種強烈的害羞所左右，這樣就使得他們生活在兩個世界，而且非常強烈和牢固地保持內心世界不受外界生活干擾。他們都是個體，要接近他們必須言行得體、親切溫和。與許多孩子建立私人友好關係是可以做到的，只要他們明白那是一種隱祕的相互了解，而且不會被公開展示或炫耀。在他們的內心有許多高尚美麗東西的萌芽，但這些東西很可能在外部世界生活的不斷影響下而逐漸暗淡 —— 除非這個孩子有個聰明慈愛的年長朋友 —— 一位母親、一位父親、一位姐妹，甚至一位校長。孩子對這些事情都表現得很沒自信，他們需要鼓勵和安慰。公共學校潛在的危險是，由於校長過度勞累，那種學生內心的東西很可能被完全忽視，結果這些美好品德的萌芽既得不到陽光普照也得不到雨露澆灌。公眾精神、責任、智力興趣、非傳統願望、善良的夢想 —— 一個孩子很可能認為談論這些東西就會被人認為是自負而招致譴責，然而一個校長可以不用裝腔作勢很自然地談論這些內心的美德，他可以表明這些東西是他內心的生活而且不讓這

些東西病態地影響到他的外部生活，他還有豐富博學的內心世界，這樣的校長才可能永遠擁有一個強大而樸素的能量。

但是就靠一本書的幾頁紙把這一切說清楚幾乎是不可能的事情，一個讀者想要的是對學生外在生活明快清晰的描述，對內心世界啟示性的簡要評論。不幸的是，真正懂孩子的人往往對孩子生活中的痛苦、未實現的抱負和令人悲傷的挫敗感到深深同情，以至於他無法輕鬆地完全描述出這種孩子內心之外的生活，因此他的書就變得有些病態和感傷。還有，要實事求是地描繪一個孩子常常會讓人感到反感，讓人感覺這幾乎是一種虛偽，因為有些孩子 —— 也常常是最有趣的 —— 如果公平描述，他們就會在公眾面前顯得不著調、傻氣、很傳統甚至很粗野，然而在這些缺點背後可能有很優秀的東西，雖然不常被看到。再者，那些自然、活潑、嘰嘰喳喳的孩子雖然常常是被試圖描述的對象，但他們真的不是最有趣的一群。他們很可能在之後的人生中發展成為最無聊的人，而後來發展成為優秀的人，往往是那種早期表現為笨拙、靦腆、棘手、沉悶而且非常敏感、在無言的遲鈍中尋得安慰的孩子。

我親身經歷的最異乎尋常的事例，是用文字完全表達不出來的，在這些事例中，有的孩子向我坦露了他們的內在心靈。如果我要寫出孩子們在一些關鍵場合對我說的話，一定會被嘲笑為不可能和不真誠。

所以你看到，這些困難幾乎是無法逾越的鴻溝。敘述常常是瑣碎的，孩子的對話常常是不自然的，動機常常是讓人費解的。實際上，最大的困難是對孩子行為與語言的完全無法理解。一個校長得學著懂得一切皆有可能，一個表面有著完美性格的孩子會突然表現出沒有人性的行為，一個壞小子的行為言談也有時會像是一個光明的天使。讓人感興趣的就是這種神

阿普頓，1904 年 5 月 21 日

祕與無法預知，要想預見學生發生的事件或預測他們的行為很難。一般來說，在以後生活中，這種衝動任性隨著不斷成熟和物質條件的變化會逐漸減弱。但他不會徹底改變，還會表現出一時是魔鬼，一時是天使，因此，我們能得出的唯一結論是，最好對待這類事情是來之則泰然處之，不要試圖描述不可描述的東西。

你永遠的朋友，
T. B.

阿普頓，1904 年 5 月 28 日

阿普頓，1904 年 5 月 28 日

親愛的赫伯特：

　　我有個突如其來的消息，我要告訴你一個祕密。有提議讓我擔任一個重要的學術職位，也就是說，我接到了一個祕密通知，如果我想做我就能被選上這個位置。整件事都是保密的，所以我甚至也不應該告訴你這個職位是什麼。我本應該非常願意與你交流一下，但是當時我必須馬上拿定主意，根本沒有時間寫信給你，再者，我確信，若我真的需要你對這件事情利弊判斷，你也會和我做出一樣的決定。

　　你馬上會說你想知道根據我的基督教信條，我是怎麼能夠表示拒絕的，而且你還會說，上帝已經指引我們該走什麼樣的路，我們就應該照著走。好吧，我承認我當時也感覺這是接受這項職位的一個很重要的理由。當時，這個事情來得太突然，完全不是我追求的，而且這項動議是由許多推薦人作出的，他們知道他們想要的那類人而且選擇範圍很大。這裡不存在個人影響或個人關係問題。我幾乎不認識選委會裡的任何一個人，而且他們花費了大量精力對相關候選人的情況進行了諮詢調查。

　　但是，用一句不太重聽的話來說，外部召喚和內心召喚之間是有著很大區別的。我們相信上帝安排 —— 一個人應該接受所有召喚，而且去做要求他去做的任何事，但是這件事未必符合這一信條。有誘惑這樣一類的事情，也有上帝發出的召喚這樣一類的事情，而後者似乎才是為了讓一個人能夠判斷自己的優勢和能力，並進而實現他應該做的事業。這件事就像右轉道路被阻斷的迷宮裡的一條通道，你要向左急轉的這個事實也未必是清晰地指示你這就是你應該做的，這也許只會使人思考促使他走這個路徑的理由。

　　我沒有馬上就有那種相應的感覺 —— 服從這個召喚就是我的責任。我當時有點驚喜不已（這一點我要承認的），但是冷靜下來之後，接下這

個職位使我感到一種難以言明的勉強，也感覺到難以勝任，尤其還有一種強烈的感覺 —— 我更應該做些別的事情。

我不是想說，這個職位表面上看沒有什麼太多吸引人的地方。其實，這個職位就意味著金錢、權力、地位和影響 —— 所有好事，所有我也非常想要的好東西。在這個層面上說，我和其他人一樣，我也渴望大房子、高收入、事業成功、受尊敬、有影響力 —— 實際上我比許多人更渴望。

但是，我很快就意識到，如果僅僅為了這一誘人的職位以及被稱之為「權威」的那種飄飄然，這是一個卑鄙的理由。我不是假裝高尚，但是我知道，如果在我的頭腦中沒有比那更超然的思想，我會是一個可憐的、無法脫離這些物質影響的動物。這些東西僅僅是個人利益，關鍵的問題還是工作、能力、實現藏於我心的大量的教育改革思想，以及提高總體智力水準的措施 —— 我認為現在的學生總體智力水準要低於實際應該達到的水準。

因此，經過認真思考之後，我還不夠格承擔這個職位。我根本不是阿特拉斯[42]，我沒有足夠的勇氣膽識，我敏感得有些離譜，而且一旦不受歡迎、遭遇反對，我也不會應付。尖銳、激烈和個人的敵意就會擊垮我的精神。一個真誠的基督教徒也許會說，一個人沒有心胸軟弱的權利，他會被賜予力量的。在某些情況下確實如此，當一些無法忍受和不可避免的災難必須面對的時候，我就常常有這樣的感受。但是，不權衡一個人自身的缺點，是一種輕率的、有害的行為。如果風琴演奏者沒到場，沒有人會僅僅因為相信一個不懂音樂的人被賜予了勇氣，就說他應該承擔演奏風琴的任務。基督曾警告過他的信徒們不要不計成本地從事一項事業。但是，這裡我承認對於我

---

42 Atlas，希臘神話中的大力士。

的窘境最讓人憂鬱的一點是 —— 拒絕那些決策者認為我能夠做好的事情，是一種膽怯和懶惰的行為嗎？或者，根據對自己的性格判斷而拒絕我自覺無法勝任的工作，是慎重和聰明的嗎？

現在，就我目前的工作來說，情況就大不一樣了。我知道我的優勢可以勝任這個職位，我知道我有能力做我所承擔的事情。與學生打交道的藝術，完全不同於與成人打交道的藝術，發出的指令不受重視，和發出的指令是最高指示也是完全不一樣的感受。當然我們也都明白，如果一個人能夠做到完全忠誠的服從，他就很可能可以指揮。但是，有相當多的人，我認為自己也屬於這類人群，他們局限於一種認知，用塔西佗[43]的話來說就是「職位能顯山某些人的長處，也能顯出某些人的短處。」

之後，我感覺到必須恢復常態並滿懷欣喜地去做事，而不是心情沉重和缺乏自信。當然，也有些實例證明，一個勉強接受的工作也能帶來令人驚異的成功。但是，如果一個人承擔重要工作感到很勉強而且缺乏自信，他就不應該再認為這項工作是上帝的召喚。

我很清楚，像我這樣的性格，用太複雜微妙的方式來處理那樣一個局面會有怎樣的危險。那是最難擺脫的，因為它恰是你的思維模式中的一部分。我也試圖盡可能簡單輕鬆地看待整個事情，並問自己接受這個職位是否僅僅意味著一個普通的責任而已。如果這個職位是有條件競爭的，我也就會有疑慮了，但是我被推薦到這個職位顯得很容易並有讚許之意，好像我是這個職位毫無疑問的人選。

唉，那一天過得心躁不安，但是我只能祈禱我會有一個清晰的抉定（我可以對你說那話）。經過權衡利弊，最終思考的結果是這個職位不適合我。

---

43 塔西佗（Tacitus, 55-117），古羅馬最偉大的歷史學家。

因此，我拒絕了。現在我欣慰地說，我一直以來都堅持那種神聖不變的信念——我做得對。甚至一些個人利益對我也不再有吸引力了，它們甚至無法像《天路歷程》（*The Pilgrim's Progress*）中的「老亞當」[44]那樣鎖住我的咽喉、給我致命一擊。不過像我這樣對「敬畏與權威」非常敏感的人，如果持續地、不準確地將自我描述成權威，還是一點頭就會讓腳下的大地一顫的權威，我的美麗心靈也會有某種淫威的快樂。

　　但是，即使我像大官僚一樣點了頭，如果腳下的大地不顫，怎麼辦呢？

　　我肯定不會後悔的，而且我甚至認為我的良心也不會譴責我的，我還認為我不會（僅因此之故）與那些被賦予重大機遇但不利用的人們一起被貶到地獄。

　　如果可以，請給予我鼓勵！如歌中所唱，蘋果慰我心。我擔心你只告訴我，你對我沒志氣的判斷是對的。

你永遠的朋友，
T. B.

---

44 「老亞當」指人類本性中邪惡、自私、不思悔改的一面。

阿普頓，1904年6月4日

阿普頓，1904 年 6 月 4 日

親愛的赫伯特：

我沒什麼話題可寫了。夏天到了，我也進入了地獄，我渾身出汗、如同水洗，我的心都像被烤化了一樣，我沒有力氣也沒有耐心，除了清晨和深夜。我無法工作，也不能懶惰。我唯一的安慰 —— 而且我希望這種安慰能夠更持久些 —— 是大多數人更喜歡熱天。

如果我是一個美術家，畫五六筆，會畫出個什麼樣呢？我這裡努力用散文的形式給你描繪一下。這附近有一個挺大的地方，叫拉什頓公園。我和蘭德爾一邊騎著車從小屋旁經過，一邊像忒奧克里托斯[45] 田園詩裡的那位漁民那樣，詛咒著這晴空萬里的夏日，這時他問我想不想從公園內穿行而過。這片土地的主人佩恩先生是他的一個朋友，而且給了他特許令 —— 想什麼時候穿越都可以。我們馬上就得到了允許，而且很快我們就置身在一個樂園當中。佩恩因他的園藝師們而聞名，我認為我從來沒看過比這更美麗的地方。大地優美地延綿起伏，我們騎過一片片軟綿綿的草地，看到一簇簇盛開著杜鵑花的花圃，還有可以遠眺群山的林中空地。對我來說，這似乎就是一個使人流連忘返的人間天堂，就是《公主》中提到的那座華麗的宮殿。我們時不時還可以看到在我們斜上方有座房屋，它的百葉窗眨著眼，像對我們表示歡迎。我沒看到什麼幽靈，這更增加了這個地方無限神奇的魅力，這裡甚如自然形成之作，而非人類凡能所為。我們路過了一個巨大噴泉，建在高大的海扇殼造型石上，看著泉水流入一個藍色瓷磚鋪就的水池。之後，我們選擇了一條蜿蜒小徑進入翠綠迷濛的樹林。轉眼之間，我們就到達了一個老式花園，它的四周是黃楊圍成的籬笆，裡面開滿了鮮豔的花朵。在左側花園靠近樹林的邊界處，擺放著一排

---

45 忒奧克里托斯，（Theocritus, 310B.C.-250 B. C.），古希臘著名詩人，學者。西方田園詩派的創始人。

碩大的大理石花盆，由於年代久遠而呈現灰白色，從這些花盆中向外垂吊著開花的藤蔓。這個花園很有洛可可式風格，就像一幅古老的法國畫，一切都是如此的令人心醉。在花園的右側是一堵長長的厚重磚牆，在牆根處立著一些陳舊的大理石雕像，給人一種風吹日曬褪色後的柔和。持續的陽光不斷傾瀉在這個甜美亮麗的地方，花兒的馨香彌漫在周圍的空氣中，一隻鴿子躲在某棵枝葉繁茂的大樹上，輕輕地咕咕叫著，好似牠那顆弱小的心裡充滿著一種慵懶的滿足。

離我們最近的一座雕像引起了我的注意。我想像不出這座雕像想要表達什麼。那是一個留著鬍鬚的老者形象，他頭戴一頂古怪的無沿帽子，身穿下垂的長袍，雙手握著一種說不出形狀的不明物體，臉上帶著一種僵硬的、令人不悅的微笑，他似乎在朝我們笑，就好像他知道這座花園的祕密，卻又不去揭穿，而一旦揭穿，我們心裡將會充滿一種神祕的恐懼。我至今還沒看過一個如此讓我感覺不好的雕像。他似乎在說，在這個美麗芳香的地方，有著某種罪惡的、齷齪的神祕。就像我們從某個富麗堂皇的走廊打開一扇門，卻發現一個奇怪的、猛獸樣的東西在一個高貴的房間裡東奔西跑。

我也不知道這是怎麼了！但是這座雕像給我的似乎就是那種感覺。我並不懷疑，那位聰明的貴族，花園的原主人在建造這所花園時，將那座雕像放在那個位置有什麼特殊用意。那座雕像是讓我們明白在我們的歡樂背後沒有醜惡，但即使這不是它要傳遞的資訊，不是神祕的本質，那麼這座雕像不就是只能代表著結束，那個我們所有人都會有的痛苦的結束嗎？因為在那個最終時刻，嘴唇是不動的，眼睛是閉著的，心臟是停止的。

阿普頓，1904 年 6 月 4 日

　　靜靜的雕像，帶著它神祕和邪惡的微笑，破壞明媚的陽光和可愛的花朵。但我們轉身離開時，我心情一片明朗。

你永遠的朋友，
T. B.

阿普頓，1904 年 6 月 11 日

阿普頓，1904 年 6 月 11 日

親愛的赫伯特：

　　是的，我相信你是對的。一年年來，使我變得越來越沒耐心的東西是各種形式的恪守常規。我很清楚，對什麼都不耐煩是相當愚蠢的。思想上的頑固並非與真誠相悖，因為一個簡單的原因 —— 恪守常規是一種百分之九十九的人都喜歡的東西。大多數人不喜歡對什麼事都有自己的思想，他們不想弄清他們喜歡什麼或者為什麼喜歡。這往往是一種根深蒂固的謙遜思想造成的。普通的人會對自己說，「我是誰啊？我憑什麼建立新規啊？如果我認識的所有人都喜歡某些職業和某些娛樂，他們很可能是有道理的，那麼我也應該試著喜歡這些東西。」我意思是說這種思想常常不會說出來，但是它存在著，而且對多數人來說，習慣的力量是難以克服的。人們是逐漸地喜歡上他們所做的事情的，而且很少叩問自己是否真的喜歡或為什麼喜歡。

　　當然，在某種程度上，恪守常規是一種有用的、不會引起衝突的手段。我這裡不是在宣導什麼反抗思想。人們應該擁有簡單平靜的普通生活、穿戴習慣和行為規範，這樣既省時間又避免麻煩，更重要的是，心裡放鬆。但我真正想說的是，在遵守生活的普通慣例的同時，聰明的人們可能會對職業、娛樂、朋友等方面有著他們自己的觀點，他們不會在社會潮流設定的環境中像綿羊一樣墨守舊習。我想表達的意思可以用幾個例子來說明。昨晚，在吃晚飯的時候我遇見了我們的老熟人福斯特先生，他也在我們學校工作。他和我在一個辦公室，我認為你平時對他了解的不多。他很可愛，是一位很幽默的先生，但是他的整個心思都放在怎麼發掘學校社會生活的精確準則上。他會玩「正確的」遊戲，穿「恰當的」衣服，認識「合適的」人。他喜歡被看作「合乎潮流」。他從不與無名或落伍的男孩

交朋友。當他自己默默無名時，他在夥伴面前表現得相當令人愉悅，但他會默默等待時機把自己推薦給那些出色的男孩們。而且時機到來的時候，他會禮貌地拋開原有的老朋友，一頭栽進更顯要的圈子。他從不冒犯他人，從不驕傲自負，但在他的那些卑微的朋友得到顯要承認之前，他只會選擇離開；當他的這些朋友得到認可之後，他會與他們重續友情。像多數冷靜和頭腦清晰的人一樣，他實現了自己的一些志向。他成為了所謂的公眾人物，他不裝腔作勢，他總是很隨和，他從不嘲諷批評。一直以來都是這樣。他娶了一位漂亮的妻子，有一份穩定不錯的行政職位。昨晚我遇見了他。他帶著一成不變的愉快微笑走進房間，他穿著得體，搭配嚴謹。他的表情和舉止非常自然恰當。他從沒試圖看看我或者保持老朋友的感覺，但是，我在這裡有一定的位置，所以很明顯的，禮貌尊重地對待我是比較合適的。他走過來親切地和我打招呼，要不是他有點禿頭，我是可以把他看成一個大男孩的。他讓我想起了一些童年趣事，他誠懇關切地問了一下我的工作情況，並恰到好處地恭維了我一番。此時，我意識到我就是他棋局中的一個小卒，根據他的要求被優美地四處擺放。我們又談了其他一些事情。他有著一些非常符合時宜的政治主張，有一點謹慎的自由主義，他談到了某些政治家的功績並適當地給予讚譽，他又慨嘆他的某些老朋友在政治生活中的失敗。「他是一個很好的人，」他評論休斯道：「但是就是有點兒 —— 我該怎麼說呢？ —— 不切實際？」他看的都是正規的戲劇，聽的是恰當的音樂，讀的是正常的書籍。他對喬治‧梅瑞狄斯的默默無聞表示哀嘆，並補充說他是一個毋庸置疑的天才。他承認自己是華格納的熱誠崇拜者，他認為埃爾加是一個強權人物，但是關於史特勞斯他還沒有把握給出最終評價。我發現，「沒有把握能評價」一個人是他最愛使用的說辭。如果他發現某個人在生活中的任何方面表現出有活力和創造力的跡

阿普頓，1904 年 6 月 11 日

象，他就會一直關注他。如果這個人成功了，他就會表揚這個人並且說他已經觀察到他的崛起了。如果這個人失敗了，他就會說出好多這個人失敗的理由，並補充說他以前就總擔心某某有點兒不切實際。

我無法跟你描述在我心頭壓抑的那種厭倦和沉悶，全然沒有了慷慨寬容與興趣。這位溫和審慎的評論家正在追求的是獲得讚許。福斯特的觀點似乎徹底顛覆了生活的本質，使一切失去了魅力和個性。

後來又談到了高爾夫球運動，這時我辦公室的一位來客（我馬上就要介紹他）很直率地說他認為高爾夫球運動和飲酒是這個國家的兩大禍根。聽了這話，我們的「本正」先生（福斯特）很有禮貌地轉向他，把他的這句言論當成了一句妙語，並且回應說他恐怕必須為自己參加過多高爾夫球運動而反省。「你看到的都是令人愉快的人，」他說，「都是那麼的愉快。對某個年齡層來說，要鍛鍊身體，高爾夫球運動是一個很好的選擇。一個人參加一項體面的運動可以一直到六十歲 —— 雖然，當然了，這毫無疑問有點過頭了。」我們都感覺他說得對，他的觀點合情入理，但是卻更讓我想表達對高爾夫球運動的強烈反感（其實我沒有什麼反感），雖然我最終克制住了這種想法。

引起爭論的這位來客就是我的一個同事，他的名字叫默奇森 —— 你不認識他 —— 他是一個高大、威武、醜陋、友善的人，從許多方面講，他是這裡最棒的教師之一。他總是很友好、很有趣、很有禮貌。他很有主張，但是除非場合需要，否則他不會發表觀點。他心靈內秀，有自己的追求，了解自己的內心。他很寬容，和幾乎所有的人都能處得來。孩子們都尊敬他，愛上他的課，認為他智慧聰明、通情達理、幽默風趣。有很多東西他不懂，但他願意承認自己的無知。一旦他真正明白了某個東西，他就

會有濃厚的興趣，你也總會感覺到他新穎鮮活的思想和觀點。而這些思想觀點也不會像從罐頭裡取沙丁魚那樣一成不變的老套。他有一些固執的偏見，對此他總能給出一個合理的理由，但是他主動承認這不過是一個興趣層面的問題。他不會不切實際地嘗試動搖根深蒂固的事物，但是他會以可以達到的最佳方式努力去做。他不是什麼天才，他的性格也根本談不上完美。他把自己意識到的缺點全盤托出並且從不試圖遮掩。但是，他很單純、直率、仁義、真誠。如果他再多些膽識、熱情，我認為他真的會是一個了不起的人，但是他就是沒有這樣的東西。

很好判斷，福斯特和默奇森這兩個人形成了一個巨大反差。他們剛好有助於說明我要表達的意思。我們的朋友福斯特絕對符合公認的準則，也很令人愉快，但你永遠不會想信任他或者和他說心事。然而，另一方面，就一些細小的現實規範，我又沒有更願意與之商討的人 —— 他的建議常常很棒。

但是默奇森是一個很真實的人，他知道他的局限，但他從不按別人既有的觀點看待事物。他根據自己的思想和性格對待每一個問題，根據人和事本身的情況來評價他們。

當然，人們不應該希望恪守常規的人追求標新立異，那樣會產生最令人厭惡的恪守常規，因為那僅僅是一種假象，卻可能會被認為是標新立異。要做的就是自然，如果一個人只是想弄明白貓是怎麼跳躍的而跟在其後跟著跳躍，最好就大膽去做，這並不存在什麼虛偽假像。

但是我相信，作為一個教師他的責任應該是，盡可能地讓孩子明白，只有是發自一個人內心的時候，觀點、興趣、情感才有價值。我是學生的時候就沒有人告訴我這一點，因此我深受其害。我發現 —— 我現在在談

阿普頓，1904 年 6 月 11 日

論心智問題 ── 某些作者被當做典型，我很遺憾不怎麼喜歡。我不是在形成自己的觀點，也不是在追問我敬仰什麼以及為什麼敬仰，而是許多年來，我一直在無力地試圖欣賞我被告之應該欣賞的東西。結果只會是荒廢時間、思想迷惘。還是一個學生的時候，我就是這樣遵守著社會規範。我試著去喜歡那些制度安排，而且還隱約為自己某些方面做得不夠而內疚。直到上劍橋大學的時候我才知道有思想解放這個概念 ── 但那也只是一定程度上的理解。當然了，如果我具有更大的創新能力，我早就應該理解到這一點了。但是，世界對我來說似乎就是一個巨大的、有序的、親切的陰謀，人人參與其中，無論一個人心靈多麼脆弱。我逐漸懂得了，恰當地順從膚淺常規，不僅不會受到失去自我帶來的懲罰，而且還會找到快樂。一個不費腦力的判斷和守規可靠的信奉，能夠得到世界已經認定好了的最佳且最高標準的回報。

你永遠的朋友
T. B.

阿普頓，1904 年 6 月 18 日

阿普頓，1904 年 6 月 18 日

親愛的赫伯特：

　　我現在心裡很不舒服。今天早上我接到了一封能讓大多校長絕望的信。我們學校有一個 17 歲的男孩，他沒有直系親屬，他沒有爸爸也沒有媽媽，沒有兄弟也沒有姐妹。他的假期都是和一個姨媽度過的，他的姨媽是一個聰明可愛的人，但糟糕的是，她柔弱無力（順便補充一句，在英語中沒有用來形容「男人」很女性化的詞彙，這多麼糟糕啊。而「女人」的含義則相當不同，這個詞聽起來總是有點兒缺乏尊敬。「夫人」這個詞當然另當別論了，但它僅用於某些古典句式中）。這個男孩脆弱、聰明、冷漠。他很少參加體育活動，因為他既沒有體力也沒有天賦。他覺得與人交朋友很難，因此，他像所有未經歷過成功的聰明人一樣，用一種玩世不恭的外衣把自己保護起來。他的姨媽非常關心他，一切都為了他好，可惜她太無能為力了，沒辦法照顧他。結果，在假期沒有人管他，實際上他想幹什麼就幹什麼。他打從心裡討厭學校，我毫不懷疑。幸運的是，他還有一種興趣，對科學的興趣，而且還不僅僅是興趣，而是熱情。他不僅涉獵關於化學的東西或者電力學，還閱讀一些枯燥、難懂、深奧的科學書籍，同時還撰寫一些複雜的專論，他這些論文我讀不太懂但我非常欣賞。這幾乎是他生活的重心，我竭盡所能給予鼓勵。我詢問他的研究情況，盡可能地給一些建議，稱讚他實驗和論文取得成功，只要我能理解這些東西我就公開、開明地給予表揚。

　　今天早上，他的某個監護人寫了一封信給我，主要談他的情況。這位監護人是一位鄉村紳士，擁有很大的地產，他和我的這位被監護人的表姐結了婚。他是一位自大、高傲、強勢的人，說起話來志得意滿，但是他沒有意識到，就是他這種態度使別人懶得反駁。他寫信說，他非常關心他的

受監護人的學習情況。他說，這個孩子愛幻想、很細膩，而且過分自信。情況就是那樣，他在繼續按照自己的「需求」建立原則。他必須加入活躍快樂的同儕中，他必須參加體育活動，他必須去體育館。之後，他必須學會自立，他不能扯後腿，必須教會他懂得為別人著想是他的義務，他必須學著樂於助人，他必須懂得關心他人。他繼續說，他所希望的就是受監護人能受到一位意志堅強、頭腦聰穎的人的薰陶（這是對我的一個挑釁），並且說如果我在閒暇時關注此事，他將不勝感激。

那麼，他想讓我做什麼呢？他想讓我和這孩子一起賽跑嗎？把他介紹給球隊隊長嗎？儘管沒有運動天賦，卻硬把他塞進板球隊或足球隊裡嗎？當我的這位強勢朋友是學生的時候 —— 他一定是一個讓人討厭的學生 —— 如果一位老師告訴他要把一個肥胖、笨拙、不懂球技的學生送進學校的 11 人板球隊，就是為了培養他，那麼他會怎麼說呢？

至於教育他多關心他人，這錯誤的原因是源於假期。在這裡他並不散漫，他的許多行為都符合那種團體生活的規範。他希望我去男孩家裡並教育孩子應該自己擦靴子和搬運木柴嗎？

事實是，作為監護人的這位男人根本沒有什麼方針，他看到了男孩的缺點，對我提出了一些要求，就像我是一個工匠，負責把缺陷矯正。

當然，我很想回給這個男人一封措辭嚴厲的信，指出他的建議愚昧無知。但是那樣做更於事無補。

結果，我寫信說我收到了他充滿慈愛和智慧的來信，說他恰好指出了問題所在，並告訴他直接指出的這些問題我當然也很憂慮。然後，我補充說，如果他回憶一下他的學生時代，他一定會理解一位老師在一個學生的體育和社交方面的幫助是很有限的，一個老師只能確保一個學生獲得公平

阿普頓，1904 年 6 月 18 日

的機會或者不被忽視，但是其他學生不會僅僅為了鼓勵他的社交，而容忍這位不適合入隊的學生加入球隊（我知道他不是想建議這一點）。然後我又指出，在這裡並不缺乏紀律規範，那是在家裡他被寵壞了，在有的方面我只能提建議，並沒有別的辦法，我希望這位監護人能夠利用他的影響力把孩子的缺點減到最少。

這個男人會同意我信中的觀點的，他會認為我很通情達理，也會認為自己絕頂聰明。

你是不覺得這有點玩世不恭？我不這樣認為。這個男人真的很為這個男孩著想，這一點和我一樣，我們最好觀點一致而不是存在分歧。他的來信錯就錯在除了愚蠢之外還很無禮。愚蠢我可以原諒，而無禮也是愚蠢的另外一種表現形式。在他的頭腦中，他覺得我教育孩子拿報酬，就應該樂於接受建議，一個見多識廣、樂善好施的男人指出我自己很可能尚未發現的東西，對此我應該感恩。

我應該繼續用我自己的理論引導這個學生。我不期望他去參加體育活動。人道地講，我認為不應該強迫一個敏感柔弱的孩子參加體育比賽，因為在這樣的比賽中，他只能使自己由始至終看起來都很滑稽可悲。當然了，如果一個沒有運動能力的孩子能夠不斷地心平氣和地堅持參加運動，他也會得到不錯的鍛鍊，而且通常來說，是會贏得尊重、獲得安慰的。但是，這個男孩不會那樣做。

那麼，我應該在這個學生表現出興趣的方面多給予鼓勵，在這些不常見的領域幫他搭建起一個堅實的基礎。最重要的是他應該有「某種」引人注意的有益健康的天性。他有很多突發奇想的點子。他從不會做魯莽或邪惡的事情 —— 他沒有那種壞心。我應該鼓勵他學點政治，試著讓他的頭

腦中產生一種為同胞做事的理想，而不是過著一種完全孤獨自戀的生活。

　　我有一個理論，在教育上鼓勵天賦要遠好於僅僅試圖改掉缺點。一個人不可能透過壓制弱點而徹底根除它們。他必須培養活力、興趣和能力。這種情況就像關於惡魔的格言：僅僅把惡魔趕走並留下空蕩心靈也是沒用的，一個人必須努力讓某種強大高貴的靈魂占據心靈，他必須在現有的基礎上去建立這些東西。

　　這個孩子思維細膩，能力也強，還很聰明。他一旦不感覺拘束，他就是一個很有趣的夥伴。如果那位忙碌、操心、熱誠的討厭傢伙別對他干涉太多就好了！我擔心他做的就是讓孩子和他待在一起，讓孩子和他出去打獵，並無情地嘲笑孩子的笨拙。一個愚蠢親近的男人對一個如此敏感的男孩施加痛苦的影響，想一想都挺可怕的。

　　在半學年結束時，我應該寫一封信匯報一下男孩的課業，並要委婉地暗示，如果男孩在學習上受到了鼓勵，他也許會取得很好的成績，而且最終在政治或科學上有所建樹。他的這位監護人會很急切 —— 看看男孩能不能取得好成績！如果我能和他見一面，我會向他保證我肯定沒說錯。

　　我親愛的赫伯特，這一切對你來說似乎很無聊吧？你看，你從來沒有以專業知識與這麼討厭而愚蠢的人打過交道。為所欲為且尷尬地引導一個人按你的要求去做事，並且讓他相信你一直在聽從他的意見並十分重視他的訓誡，所有這些做法都給人一種不同尋常的愉悅。但我可以誠實地講，我的主要目的並非炫耀我自己這種處世之道，而是真正地為這個孩子好，我知道你相信我說的這些。

你永遠的朋友，
T. B.

阿普頓，1904 年 6 月 25 日

阿普頓，1904 年 6 月 25 日

親愛的赫伯特：

　　這算不上一封信，這是一幅素描畫，一幅出自我的作品集的透明水彩畫。

　　昨天天氣悶熱，讓人焦躁不安，如墨濃雲背後醞釀著驚雷，這樣的天氣不免讓人期盼明媚的陽光、清爽的空氣，甚至哪怕看到冰冷光禿的群嶺山峰，在這樣的天氣裡，一個人會特別想逃離自我、逃離悶熱的房間和焦躁的人群。於是，我走出房門，騎上我那寬容隱忍的自行車，沿著鄉間小道一路而行。很快，我的坐騎就穿越了一片寬闊的公用地，我感覺就像來到了《天路歷程》裡傳道者用手指向的那片田野，接著向左轉向了河畔。在凝滯的空氣中，河對岸憂鬱的群山覆蓋著陰綠的樹木，呈現出一種朦朧風韻的美感。那些因河流阻隔而人跡罕至的原野峰巒，現在看起來是那麼的神祕，而原野上的每棵樹和每塊草坡，都是人們目光所及，但卻很少親自踏上的土地！小路的盡頭是枝葉繁茂的榆樹林下的一小片青草地。左側是一個帶有穀倉和牛欄的農場，掩映在雄偉高大的胡桃林中，右側是一個小村莊，也是叢林環抱，但能看到一處帶有白色窗扉的低矮瓦房，坐落在一個長滿玫瑰花的花園中，還有一個大鴿舍，一群起飛的鴿子在鴿舍上空盤旋著。在附近，就在河的不遠處坐落著一個有些古老的教堂，木質的尖塔高高聳立著，教堂周圍生長著濃陰蔽日的樹木，此景如同夢著遺失的夢。

　　這裡的一切寧和靜謐，就連孩子們的活動也慢悠悠的，好像沒有什麼會驚擾到他們。遠處寬闊的河流穿越原野，在原野對面傳來了一聲低沉的雷鳴，接著幾顆豆大的雨滴劈啪地砸在高大的榆樹林上。

　　這個偏僻河邊的小村落還有一段古老的歷史，這座教堂遠離行政區，

它剛好坐落在一條穿越平原直達河邊的狹窄的陸地上，它的歷史可以追溯到一個遙遠的過去，在當時這條河算得上是一條貿易公路，鄰近的村落前沒有這樣的河流，他們發現建立一個碼頭用水路運送他們的農產品、木材、磚石比較方便。但是這裡的碼頭很早就消失了，雖然一些黑色的木樁表明它曾經存在過。因為已經沒有卸貨地點和供人休息的旅館，這個小村莊已經脫離了靠河吃飯的日子，而專心於一份自己的安逸生活。

離教堂幾步之遙，河水無聲卻有力地流向下游的大壩。今天的大雨使河水漲滿，泛著濁流，衝擊得柳樹不斷搖擺。今天河上幾乎空寂無人，而往日卻是生機勃勃。我一下子覺得這好像是一個寓言。這條細長的、跳躍的、泛著銀光的生命，穿過無人光顧的、長著高大榆樹的草地一路奔來，隔著濃密的枝葉你聽到了蕩槳擊水之聲、槳架發出的吱呀之聲、休假人們的閒聊之聲。對於休假的人們來說河岸就是他們路過的一道風景，但他們對於河岸周圍靜謐的田野卻一無所知。於是我開始聯想，這很像生活本身，生活總是在光明、熟悉的道路上運行，而對於它周圍廣袤神祕的大地卻毫不察覺。是否存在看不見的神靈？他們在驚奇地看著這條奔淌於殘損斷沿河岸間的河流？我知道不是這樣，然而似乎好像也許就是這樣。

大堤周圍彌漫著青草的芳香氣息，河水穿過閘門、泛著白色的泡沫傾瀉而下，下方是一處深深的水池，這裡是男性代代光顧的地方，他們穿著法蘭絨男褲，頭戴草帽，穿過一片片溫馨的牧場來到這裡游泳。在如此甜蜜的記憶中，我有我的故事：約一個夥伴一起去河堤，一路上帶著童年的快樂天真談論著我們所有的小祕密和我們的一切夢想，光著腳踏在涼爽的草地上，呼吸著令人振奮的清新氣息，聆聽著叮咚奔流的溪水聲，之後再靜靜地漫步回到充滿單純快樂的現實生活。

阿普頓，1904 年 6 月 25 日

「啊！快樂的田野，啊！怡人的綠蔭，啊！痴愛你田野也是徒然！」

悲傷的伊頓詩人如此吟唱 —— 但是我認為並非徒然，因為這些美好的回憶並不憂傷。快樂時光結束走遠而且也無法再現，但是它們卻像一汪不會枯竭的甘甜泉水，可以再次沐浴和淨化一顆疲憊的心靈。它們可以使你回到

「充滿快樂、無憂無慮的時代。」

沉靜而不傷感是晚年生活的快樂泉源。想一想已經過去的美好，想一想已經經歷並無法複製的人生，這些都不是令人沮喪的事情，除非任其無限感傷和遺憾。對我來說回想這些事情更是表明 —— 無論我們會是什麼樣子，只要我們打開懷抱、敞開心扉，我們就會融入同樣的靜謐寧和之美。耐心地、勇敢地甚至愉快地慢慢變老 —— 這才是祕訣。為已逝去的快樂而苦惱毫無意義，這就像為年輕時沒有更強大、更堅定、更有志向而遺憾一樣。如果生活不是更甜美，那麼就讓它變得更有趣，建立新關係，開闢新道路，而且也應該有一份簡單寧靜的生活，也應該更加堅信，無論發生什麼，我們都是明智和慈愛的。

所以，在那條奔流的小河不遠處的那座神聖的小教堂邊，我陷入深深的思索。

但是時間提醒我該走了。雷聲已經一路向西，微風漸起，榆樹沙沙作響。天光已隱隱退去。但是我還在沉思當中，我的心滿滿的，因為這樣的時刻就是人生最珍貴的時刻，在這樣的時候情景交融達到了某種完美的統一。有時候有景無情，或者有情卻無合適的場景釋放，但是今天，此情此景皆我獨享，思緒如同一段華美憂傷的樂曲穿過榆樹林、越過朦朧群山，回到它神祕的家園。

好了，我的水彩畫該畫完了。有點激動，但絕對是真情實感。告訴我你是否喜歡這類東西。如果喜歡，那我真的很開心，可以時不時地給你寫這樣的信。但是也許對你來說，這封信有點裝腔作勢，如果真是那樣的話，我就不再給你寫這樣遐想沉思的東西了。

　　你好像非常幸福快樂，因為你喜歡炎熱，像蜥蜴一樣享受炎熱。問候你所有的家人。

你永遠的朋友，
T. B.

阿普頓，1904 年 7 月 1 日

阿普頓，1904 年 7 月 1 日

親愛的赫伯特：

　　你關於養成習慣的說法非常有趣。確實如此，如果沒有條理，一個人做不成多少事。同樣，如果一個人對自己的生活和工作能夠做出一定的規劃，那麼做點大事就會非常輕鬆。應該好好思考一下這個問題，一個人每天可以寫一小段文章，如寫滿一頁普通的八開紙足矣，這對於任何生活境況的人來說都不難。如果他一直堅持，那就意味著，在一年時間裡他會完成大量的作品。有時候，我的同事很吃驚於我能夠擠出時間從事這麼大量的文學創作，而且，如果我把我在這上面實際能夠投入的時間告訴他們，他們也會同樣吃驚我能夠把一切完成，因為時間似乎太少。實際就是這樣，在週二我會拿出一小時，也可能兩小時，週四兩小時，週五一小時，週六兩小時，週日一小時或兩小時 —— 一週輕鬆地擠出九個小時，而且也無需再多。但是，雖然寫作對我來說是最純粹的享受和愛好，可我沒有片刻懈怠工作，我是充分利用每一秒時間。這還沒有包括閱讀時間，但是，透過隨身攜帶書籍並認真研讀，我就不需要再複讀同樣的知識，這樣我一週也閱讀了不少。我也訓練自己，一旦進入工作狀態就能夠全速筆耕不停，因此我能夠一小時寫 3 頁八開紙的文字，有時候甚至是 4 頁。結果，你也會看到的，在 12 週的時間裡我能夠寫作 300 到 400 頁。奇怪的是，我在上班時間要比在假期能創作出更好的原創作品。我認為是大量的非腦力工作，而不是耗盡精力的那類工作使得我的大腦更加清晰和精力充沛。當然那是相當凌亂的工作，但是我在假期就制定出計畫，列出我要做的主要事項，並且精心規劃我的職能作用，因此，我才可以竭力前進。

　　關於習慣的話題，我已經離題了。上面說的這些事僅能說明，如果你對這件事足夠喜歡，就很容易形成習慣。假如我真的不喜歡寫作，我會有

大量的堂皇理由說明我為什麼不喜歡。

佩特在某篇文章中說過，養成習慣是人生的失敗。我想他這句話的意思是，如果一個人被束縛於他個人的微不足道的常規中，那麼這個常規也通常會最終導致這個人變得微不足道——思想狹隘和刻板傳統。我想他不是在說條理問題，因為他就是最有條理的男人之一。他常把一些想到的有意義的句子、一些零散的想法記錄在小卡片上。當這些卡片累積足夠多時，他就會把它們分類，而且他撰寫的文章都出自這些卡片。

但是，我同樣也意識到，如果一個習慣一旦養成，那麼它實際上很可能會變得專制。就拿我自己來說，我已經養成了只能在午茶和晚餐之間寫作的習慣，因為只有這段時間我可以自由支配，結果我在其他任何時間幾乎都無法寫作，而這在假期很不方便。再者，我太喜歡寫作，太喜歡斟酌字句，以至於我常常在假期裡把每天的時間都排滿，目的就是有充足的時間寫作，因此，每年的大半年時間裡，我都失去了最好的、最快樂的白日時光，以及那些令倦怠世界變得芬芳涼爽的甜美夏夜。

一個人當然應該有家庭生活習慣，但是如果一個人對此做出些微調，也沒有什麼不好。我之所以不在意住在哪裡，甚至也從不想著旅行，那是因為這麼做會弄亂我的日程計畫，我沒有把握能夠確保我有時間寫我愛寫的東西。但是這樣做是不對的，那是為了生命而失去生命的根基，我認為我們確實應該追求生活中偶爾的改變，並學會平靜地接受一個人日常習慣的變化。如果你發現早上時間寫作適合你，就確保在早上擠出時間，這樣做當然是很明智的。就我個人來說，我的大腦在早上不是最佳狀態，因為睡眠讓它還沒有完全清醒並富有活力，在它舒展和振作之前，需要一定的例行工作和身體活動刺激它。

阿普頓，1904 年 7 月 1 日

　　我又逐漸養成了另一個困擾我的毛病 —— 閒不下來。每當我想起我們在伊頓經常整晚閒聊的情景，我都會覺得非常有趣。我還記得，你有一個小房間，上面走廊的盡頭是木柵式的窗戶，有一天晚茶後就在這個小房間裡你對我說：「想一想，我們有四個小時可以什麼都不做多讓人高興啊！」你還記得那個晚上嗎？有一次學校球賽之後我們很疲憊，於是我們一起愉快地喝茶聊天。不知何時，舉止奇怪、態度冷漠的約翰和艾倫走進來洗餐具，他們拎著那個嚇人的、裝著茶葉渣的、呼呼冒著熱氣的大容器，把我們的茶杯放在裡面，儘管我們坐在那裡他們還是開始收拾桌子。這裡六點之前就停止服務了，但是直到九點半祈禱鐘聲敲響，我們才意識到我們就這樣隔著桌子坐了整個晚上，我們究竟閒聊了些什麼呢？現在，我多麼希望老天給我機會、讓我能夠那樣坐著閒聊啊！這就是我養成的毛病 —— 我不喜歡單純的閒聊。這麼說並不是我自負，因為我常常後悔痛恨自己聊天時說蠢話。對我來說，現在沒有什麼能比靜靜地坐在那裡、還知道自己必須得講一小時的話，更能讓我迅速而徹底地耗費體力了。

　　我說這一切的意義就是，你必須特別小心地培養習慣，而我必須特別小心地擺脫習慣。你一定要養成不看報、不閒逛、不閒聊的習慣，而我必須試著學會閒散一下。我認為，作為一個校長，他也許是一個優秀的巡迴演講者。我這裡有一個大花園 —— 我認為你從來沒見過它 —— 裡面有一大片丁香花和蜿蜒其間的石子路。我恐怕我也從沒進去過。但是，如果在清爽的夏季，我真能感受一下在花園裡坐一坐、在花園裡喝喝茶的樂趣，如果有學生願意的話，再約上他們一起來到這個花園，我想那對我們都是大有裨益的，也一定會讓孩子們留下一些甜蜜的回憶。我認為我在老海沃德先生的花園裡度過的少年時光，是我最快樂難忘的回憶。他對我和法蘭西斯‧霍華德說，如果我們願意，可以隨時去那裡坐。他沒邀請你，我也

一直不敢請求他邀請你。那是一個叫人賞心悅目的小地方，周圍樹木環抱一片草坪，涼亭下面擺滿了扶手椅，涼亭的後面是一片果園。霍華德和我曾經有段時間經常去那裡看書和聊天。我記得他還大聲朗讀過莎士比亞的十四行詩，雖然我一點也不知道這些詩是什麼 —— 但是他那厚重、洪亮的聲音現在還時常縈繞於耳，我還記得當時他給我看了他自己創作的詩歌的手抄本。我當時覺得這些詩真的是太棒了！我從中抄錄下來許多，而且至今還保留著。海沃德當時經常來這裡散步，我會看見他頭戴著一頂大草帽站在那裡，雙手背在後面，儼然就是一位快樂悠閒的老頭。「不用起來，孩子們，」他常常這樣說。有一兩次他和我們一起坐下來，閒談一通我們正在閱讀的某本書。他從不試圖取悅我們，但我常常感覺得到我們是受歡迎的，而且我們喜歡來這裡讓他真的感到很高興。他現在住在郊區，靠養老金過活，我真應該去看看他啊！

　　我喋喋不休說了這麼多，從來也沒想到會給你寫這樣一封信，但是我確實很高興你真的安頓了下來。正如沃爾塔說的那樣，我們必須培育我們的花園，我只希望我自己的心靈花園有更多的「亭榭和噴泉」，少栽種一些彆腳的蔬菜，但是各處要有盛開的花朵。

你永遠的朋友，
T. B.

阿普頓僧侶果園，1904 年 7 月 11 日

阿普頓僧侶果園，1904 年 7 月 11 日

我親愛的赫伯特：

　　我又要向你傾訴我心中的鬱悶了。我剛剛結束一場令人疲憊的經歷。今天早上，我帶著極大的真誠送走了一位情不投意不合的來客。我告訴你他的名字，你一定會吃驚的，因為他是一個知名、成功、受人喜愛（許多人這樣認為）的人。他就是律師界的頭面人物，威廉・韋爾博雷先生（William Welbore）。他的孩子住在我的房子裡，韋爾・博雷先生主動提出要留下來和我一起度過一個星期天，他的口氣就像給了我一個恩惠。我沒有什麼真實的理由拒絕，而且說實話，如果我當時推辭的話，我的那位學生也會知道原因的。

　　除非是一個你熟悉的、可以隨便招呼的老朋友，否則任何一個人住在這個房子裡，對我來說都是很頭疼的事。我沒有可稱得上客房的房間，當我想到書房待一下時，當我想工作或在不便的時候想抽根菸時，客人總會來到書房和我交談。我的書房也是我的辦公室，總會有學生不斷進來，而且當我遇到反應遲鈍的客人時，我就不得不找其他地方接待學生 —— 比如走廊和門後。這次事情中最糟糕的是，那是一個陰雨連綿的星期天，結果我的客人與我一起坐了一整天，而且我敢肯定，他相信自己一直在以某種富有情趣的交談方式在激勵一個呆板的職業男人。另外的麻煩就是叫人安排餐點，你知道，我一個人的時候我從來不吃晚飯，只是到學生餐廳吃一片冷盤肉而已。但是，在這種情況下，我不得不在週六準備一次像樣的晚餐，週日再一次。早餐時間，我本預計讀幾封信、看看報紙，但是也被用來應付客人的交談了。我不好意思說我被怎樣地分心煩擾，但是一個校長實際上都必須一直處在工作狀態中（不應該被這樣干擾）。我不知道，如果韋爾博雷先生在他的房間裡招待我一兩天會有怎樣的感受！但是我承

認，一個人不應該執著於自己的習慣。

　　如果韋爾博雷先生是一位與我意氣相投的客人，我也就能更平和地忍耐了。但是，甚至就在我能夠離開他的那一點點時間裡，我都會感覺對他有強烈的反感，為此我也感到有些羞愧。我討厭他的衣服、靴子和眼鏡，也不喜歡他清嗓和大笑的方式。他是一個成功、直率、世俗的人，在朋友那裡口碑不錯。星期六午茶他及時到場，談了一下他孩子的事。這種情況下的男人，再也不像華茲華斯筆下的主角，就是孩子的父親，而且這個孩子將來長大會完全像他。小韋爾博雷做事準時但缺乏趣味，他在賽場上表現得高雅體面，他喜歡認識好孩子，他一點也不討人厭，但是他嘲笑那些哪怕有一點點靦腆、遲鈍或者有悖常規的孩子。實際上，他是一個有些世故的小男孩。當然，我不太喜歡那種人，因此，我試圖向這位父親暗示這個孩子處事有些不對勁。聽了我的話，他表現得有些不耐煩，就好像討論的都是我職責內的事，最後他放聲大笑，令人很不舒服，他說：「好了，你似乎也說不出查理哪地方有問題，他好像還很出名。我承認我對他沒有進行太多的情操教育，但如果一個孩子正常學習、參加活動、不捅簍子，我認為他就沒有什麼不對勁。」之後他帶有攻擊性地恭維我道：「我聽說你對孩子特別寬鬆，我真的應該感謝你對我兒子這麼關注。」接著他離開了一會兒，去看他的孩子。晚餐時他出現在桌旁，我已經邀請了兩三位最聰明的同事一起用餐。韋爾博雷先生又是一番炫耀。他講了一些故事，又說了一些無趣的法律上的笑話。我的一位同事，派翠克是一個有主見的人，他大膽地對韋爾博雷先生的一個觀點表示懷疑，結果韋爾博雷先生用了一連串的質問使得派翠克徹底無聲了，就好像他以一種傲慢的態度在審問一個目擊證人，最後他說：「派翠克先生，你知道，那類事不會在法庭上發生，你必須弄清楚你談的話題啊。」我毫不吃驚，晚飯結束後我的同

事都各式各樣工作上的藉口抽身離開了。之後，韋爾博雷先生一直坐到了午夜，他一邊抽著氣味濃烈的雪茄，一邊向我灌輸他關於教育的思想。那真是一種難以忍受的屈辱，因為我的觀點被他一一駁倒。

星期天過得如同惡夢，我的每一秒空閒時間，都用在了陪伴韋爾博雷先生上。與他一起吃早餐，帶他去小教堂，領他去看學生吃間餐，陪他一起散步，坐著和他聊天。我的壓力太大了。這位先生看待一切事物，都有著和我不一樣的觀點。當然，一個人應該能夠忍受那種情況，我也不是刻意在說我的觀點就比他的好，但是我實在難以忍受他表現出來的那種他在各方面觀點都優於我的意識。他認為我是一個笨拙的人，像一個老古板，一個多愁善感的人。而且我還恥辱地覺得，他完全認定像我這樣一個苦力之輩會持有相當一本正經的觀點，而且他認為一個校長就該像一個教區牧師或花匠那樣，無非是個世故的人。我感覺這位先生甚至比我還要一本正經，只是是以他的方式，而且甚至還更偽善，因為他用傳統的標準判斷一切。他的人生追求就是一個可以讓人找到正確做事方法的職位，如果你做到了，那麼金錢和尊重這僅有的兩個值得擁有的東西就自然會得到。「當然他和我不是一類人，」在討論某個我唯一徹底敬仰的人時，他會這樣駁斥道。我們就這樣度過了星期天。我只能說，在星期一早上看到他駕車離開時，我徹底地鬆了一口氣，而且我相信他有一種施恩意識，好像他把更寬廣的大世界的氣息注入到了一個渺小的生命中。大世界啊！如果這個大世界中都是韋爾博雷這樣的人，那該多麼可怕啊！我唯一的安慰是，韋爾博雷那類人不會取得太大的成就。他們在某方面會非常成功，他們會得到他們想要的東西。不久之後，韋爾博雷就會成為一名法官，而且他已經賺了大錢。但是在那些重大的職位上是需要更多智慧和寬容的 —— 至少我是這樣認為的。韋爾博雷的世界觀就是擁有一個令人舒心的職位，這

樣的職位可以使像他這類人賺錢和得到快樂。他認為藝術、宗教、魅力、詩歌、音樂都是內在的東西而已。我倒真希望他不知道那些是內在的東西。上帝禁止我們假裝喜歡這類東西 —— 如果我們真不喜歡的話 —— 而且，這位先生畢竟不是一個偽君子。但是他的觀點是，任何一個不是按規範教育出來的人，都必然是劣等的，而且最讓我厭惡的是，在星期天下午我們見了一位內閣大臣，他是一位著名的文學研究者。這位大臣與韋爾博雷先生討論了幾本書，當時韋爾博雷先生非常恭敬地傾聽，因為大臣很符合潮流。後來他跟我說，人們的小缺點都很怪，但是他還是很敬重大臣的成功，因為他有權有點小毛病。如果是我的一個同事用這樣的方式和他爭論，他一定會用嘲笑和難聽的話把我的這位同事弄得無地自容。

好吧，還是讓我把韋爾博雷先生從腦海中抹掉吧。整個過程最糟糕的是，雖然我和他合不來，但是他卻在我的思想中投下了某種陰影，就好像我看到了他向我喜歡的雕像臉上吐了口痰。我討厭各種惡習。如果韋爾博雷先生討厭某個惡習，那根本原因僅是這個惡習有可能妨礙了那種成功所必須的固有培養方式。

實事求是地講，對我來說韋爾博雷先生似乎比那些酒鬼和壞蛋更強烈地預示著實現地球上的人間天堂有多難。人們感到這個塵世之俗太強大，強大到甚至不道德，而且更糟的是，整個社會沒有多少東西能夠讓韋爾博雷先生感受到這種狀態。

你永遠的朋友，
T. B.

阿普頓，1904 年 7 月 16 日

阿普頓，1904 年 7 月 16 日

親愛的赫伯特：

　　我敢說世界上存在的最大罪惡，就是愚蠢，比世界上任何其他品行都有害的，是愚蠢與德行結合的那類品行。我每天都越來越為我們所謂的傳統學校提供的教育感到洩氣。你知道我們這裡是相當傳統的，別無選擇地執行這樣的體制，常常超出我靠自尊和信條能忍耐的程度。人們看到，每年都有大量快樂、健康、既聰明又樂於學習的孩子入學，而在畢業時，人們也看到了相應的一群年輕紳士們離開，他們既一無所學也一無所能，而且還對一切才智的東西報以極度嘲諷的態度。這就是我們一週週給他們「餵養飼料」的結果，我們收集飼料，剁碎飼料，整理飼料，再用數個小時一匙一匙地餵飼料，結果卻是這個樣子。我本身就是這種教育的受害者，我七歲時開始學習拉丁語，九歲時學習希臘語，但是，在我離開劍橋時，這兩種語言我都忘得差不多了。我無法坐在一把扶手椅中讀一本希臘語的書或者拉丁語的書，而且我對此也絲毫沒有興趣。我對法語知之甚少，對數學了解不多，對科學一竅不通，我也不懂歷史，不懂德語，不懂義大利語。我對藝術或音樂也一無所知，對地理的了解也相當幼稚。然而我卻堅定地熱愛文學，我自己閱讀了大量的英語著作。這太丟人了，受到精深教育的一個人竟然會如此粗淺無知。我唯一的成就就是能寫出相當不錯的拉丁語詩歌。

　　然而，這種不合理的體制還在年復一年地繼續。前幾天，我和我的幾個非常優秀的同事熱烈地討論體制問題。我無法向你描述這些博學多識的大師們當時有多麼令人氣憤。他們說的都是老一套 —— 一個人必須打基礎；這個基礎僅能透過利用最優秀的文學作品建立；拉丁語是關鍵，因為它是許多其他語言的根基；希臘語是精華，因為它使人類智慧到達最高

峰，「而且它還擁有非常高貴的文法。」同事中一位狂熱的希臘學家如是說；而且他還認為，有了這等文法，一個思維敏捷的人可以自己完成其餘的一切。在很多情況下，這個根基是不可靠的，因此所有希冀建立上層階級的願望也就破滅了，我極力主張這樣的觀點，但還是白費口舌。我個人認為：希臘語和拉丁語是學生最後到某一階段時才要學的東西，而非一開始就要學的東西；這兩種語言的文學作品是困難且高深的，是需要啟蒙後才能理解的；人們應當從了解的東西開始重新接受教育。

似乎可以用一個比喻來說明這種情況。如果一個人住在平地，但想到達小山上的某個位置，他必須從這個平地開始向上開闢一條路。那會是一條從底部開始的路，那會是一條不斷向上的一條路，最終會是一條僅被有需要到山上那個位置的人使用的路。但是，我覺得那些傳統的理論家們是在群山高處鋪設一段複雜的碎石路，鋪完之後說喜歡上山的人，可以在平地與這段碎石路間再自己鋪路。

我要怎樣糾正這一切呢？首先我會改變方法。如果一個人想要有效地教授一個學生法語或德語，以便這個學生能夠閱讀和欣賞，那麼除了完全必要學習的東西外，他就要摒棄大部分的文法。在傳統教學情況下，那完全是另外一種方式，文法本身就是一個科目，學生們必須死記他們從來沒遇見的一些長長的生字和形態清單表，他們必須能夠對不同種類的用法進行複雜的分析，儘管這些分析對解決語言本身問題沒有任何幫助。這種方法一開始就錯了。文法是科學的或哲學的語言理論，對於一個有著堅毅品性的人來說，它也許是一個有趣和有價值的研究方向，但是它對於理解作者和欣賞寫作風格沒有幫助。

那麼，不考慮那些有特殊傳統學習能力的孩子，我要為其他所有的孩子取消大多數作文課。很難想像教一個學生用德語或法語最基本的東西去

創作韻文、史詩、英雄雙韻體或者抒情詩！這種想法只會證明它的愚蠢。我要教學生們寫拉丁語散文，因為這是一門比較難的科目，但它可以使學生了解英語散文實際含義的解構過程。我要為普通學生取消所有的拉丁語詩歌寫作和所有各類希臘語寫作。這樣做不僅會使他們的語言課學得更快，而且還會節省大量的時間。之後我還要具體分析，取消一些價值不大的課程，而且不管怎樣我都要推行下去，直到學生們能夠流暢閱讀為止。

當然，上面提到的教學方法改進計畫，是以已經學會希臘語和拉丁語為前提的。就個人而言，我首先願意學好拉丁語，而在大多情況下完全放棄希臘語。我會非常認真地教所有學生法語。我會努力讓他們能夠輕鬆地讀寫法語，因為讀寫自如才是他們語言學教育的宗旨。我還要教他們歷史，主要是現代英國史，還有現代地理，再教他們一點點數學和基礎科學知識。我確信，這樣的學生才是受到了良好的教育，他們才永遠不會認為他們受到的教育沒有用。

當我拋出這些觀點時，我的同事提出了一些最輕鬆的選擇，談到的是那種沒有活力的教育。我的反駁觀點是，用傳統教育方法教育出來的學生，都是那類知識無能的典型。他們缺乏熱情、冷嘲熱諷，甚至無法讀寫他們曾經被認真教授過的語言。

我想嘗試一下各種方式，但是我的那些比較謹慎的朋友們說那只會使情況更糟。我不同意這樣的說法。我還是堅稱不可能使情況更糟，而且我們培養出來的大多數孩子在知識方面都很欠缺，因此任何變化都會是一種改善。

但是，我改變不了什麼，也沒有人願意嘗試，結果還是老樣子。我盡最大努力 —— 幸運的是，我們體制還允許這樣做 —— 教我的學生一點歷

史，讓他們寫寫隨筆。結果肯定是令人鼓舞的，但與此同時，我的那些同事還是在用老一套的教學方法，他們還是那樣樂此不疲，那樣認真負責，那樣辛苦勤勉，很明顯對教學效果沒有絲毫不安。

我簡直忍無可忍 —— 一個人不能永遠履行一個他沒有任何信任感的體制。如果有一些改善的跡象，我會非常高興。如果校長在學生入學之時就堅持這些孩子必須掌握法語和德語知識，那會發揮點作用，因為那個時候做改變不會有太多衝突。但是，如果教師根本教授不了現代課程，甚至只知道用於教學目的的傳統方式，那麼即便是一位有著開放思想的新校長也會絕望地被束縛著。

向你傾訴我的苦水，我感覺好多了。每年的這個時候，我都會明顯感到一種責任，因為這個時候正是這裡的板球賽季。對於板球賽來說，孩子們有著無與倫比的極高熱情，但他們更感興趣的不是比賽本身，而是打好比賽帶來的那種社會層面的回報。我那些可敬的同事都沉湎於競技之中，他們的那種熱誠讓我沮喪至極。在晚飯時能夠見到幾位可愛的人，他們會心不在焉地談論政治和某些書籍，熱情洋溢地大談流言蜚語，但是如果談到什麼時間練球最好，或者建立一個教學事故追查委員會，這些人馬上就會嚴肅起來。有人就會正襟危坐，發表一些主張。他會說，「下午不是練球的最好時間，因為學生們不在最佳狀態，而且專業運動員飯後也精神不振。關於在校時間安排的討論，不管怎樣，我認為必須讓出傍晚時間練球。」

這樣關於運動的說法顯得有些迂腐、自負、嚴肅，簡直是可悲可嘆。我感覺，整個事情是扭曲的、不合適的。我是一個缺乏運動能力的人，對於我們這樣的人來說，鍛鍊就是一種愉悅和娛樂。如果我不喜歡一項運動

阿普頓，1904 年 7 月 16 日

我就不參加。我看不出被一項娛樂弄煩的道理所在。非常多的孩子討厭他們的體育活動，但是他們不敢說出來，因為公共輿論的強大。隨著盛夏到來，他們利用各種理由逃避日常體育活動，而僅剩的堅持著的孩子們，幾乎都是那些對「隊服」垂涎已久的孩子們，因為「隊服」對他們意味著重要的社會地位。我的願望是，孩子們應該以一種實際的、有效率的方式對待課業，同時又樂於參加體育活動。實際情況是，他們對待體育活動非常認真，對待課業極其厭倦。課業成了體育運動緊張氣氛中的一種放鬆，如果全體放棄課業，體育活動從早到晚進行，那麼許多孩子就會不堪重負而崩潰。我不期望所有的孩子都熱衷於他們的課業，所有健康的人都喜歡運動娛樂勝過工作學習，尤其是我本人。但一個聰明的專業人工對自己的工作是有熱情的，我希望他們相信我上面說的話，並對此感興趣。在傳統學校中，讓課業普遍受到嘲諷的原因是，這些課業似乎是一種沒有意義的課業，是一種學生們希望盡快在大腦中抹去的傳統課業。

　　我很清楚，這是一部令人憂傷的哀史，但是它也是我逐漸習慣的一個思考模式。再回到我剛開始說的那個命題，正是那些有德行的人的愚蠢，促使這種枯燥脫節的體制不斷延續。

你永遠的朋友，
T. B.

阿普頓，1904 年 7 月 22 日

阿普頓，1904 年 7 月 22 日

我親愛的赫伯特：

　　……我今天一個人去散步了，回來時路過了城裡的一個新區。我第一次了解這個地區是在三十年前，當時這裡只有一座房屋——一個舊農家，兩堵別致的、色澤柔和的山牆，沿著道路修建的一堵飽經風霜的、堅固的磚砌院牆，低處是一個果園，四周是寂靜的田野，在牆的盡頭立著一排上等的榆樹。這不是一個建築價值很高的地方，但是它在那裡帶著堅強和尊嚴歷經歲月，為風雨陽光的靜默洗禮後，獲得了一份樸素的典雅。起初，一排別墅在這個農家一側當起鄰居，其規劃無序、顏色鄙俗，接著一長排的黃色磚房出現在了另一側，從此，這座農舍開始有了一種不情願的、令人憐惜的氣氛，就像一個體面淳樸的人陷在一個庸俗的群體當中。今天我發現那些榆樹已經被砍伐掉了，曾經如此堅固結實的老牆也半壁坍塌，牆內的小花園到處是木板和一堆堆磚頭，花箱式籬笆翻倒著，裡面的花朵已被無情踩踏，房子本身已被打上了拆遷的標記。

　　這一情形讓我有種莫名的哀傷。我知道人口一定會成長，人們需要居住在他們工作單位附近的、方便的房屋中。我們城鎮發展迅速，有大量的待遇很好的工作。這些都是一個慈善家和社會改革者應該喜歡看到的。但是我情不自禁地感覺到失去了某個淳樸美麗的東西，雖然我知道它並沒有吸引很多人，雖然這座房屋被認為是不便的、過時的。我感覺這個老地方好像已經擁有了某種人性，它一定在經歷著無辜的、痛苦的折磨。我知道到處都有這類淳樸之美，但是我還是認為，一個歷經彌久而成熟的東西，一個在大自然的溫柔懷抱中沉澱和吸收了大量芬芳的東西，是不應該如此殘忍地且必然地承受這種毀滅之痛的。

　　我還深深意識到了更加悲觀的東西——那種令人難過的變遷興衰，

那種我們生活中缺乏的永恆。我們高興地來到世間，作為孩子我們認為世間生活是永恆的。而那種情況本身就很奇怪 —— 對於孩子自身來說，他是這個家庭的後來者，是父母的新寶貝，他會認為他在這個世界上現在的狀態是必然的，他周圍的人和物就是既定生活秩序的全部。實際上，我是一個孩子的時候，我就在舊學堂裡看書時震驚地得知，我媽媽在我出生前不久也一直是個孩子。

接著，生活開始繼續，我們逐漸地、一點點意識到世界在急速變化。我們周圍的人有的去世，退出了他們的歷史。我們離開我們一直熱愛的家。我們終日忙碌，從中學到大學，然後進入社會。接著，就在像我過的一樣的這種生活中，明白了這一課。學生來這裡接受我們的呵護教育，他們是一群脆弱的小東西；似乎沒過太久他們就成了一群年輕而有尊嚴的人；再過幾年他們又成為了父母，準備為自己的孩子操心；一個人幾乎無法清晰地回想起自己稚嫩的臉龐和成年時長著鬍鬚的面孔。

接著，我們的朋友開始四處闖蕩；時間過得越來越快，不斷地過各種週年紀念日；很快我們就意識到我們一定會死的這個問題。

在這樣的世間激流中，一個人要緊緊鎖住的是什麼呢？我們享受的那些愉悅開始變得平淡；我們安逸地坐在爐邊；我們把喜愛的書籍堆滿桌子；我們養成習慣；我們發現我們真正的興趣。我們知道我們的能力有多大。可是，無論我們的日常活動有多麼簡單和明確，我們都會不時警告自己忍耐寬容，世界上沒有長存的城市；或早或晚我們會知道我們必須找到要堅持的東西，一種能夠使我們安息的永恆不變的東西：一定存在某種靈魂之錨。而且，我認為我們許多人在恬淡寡欲的耐心中找到庇護之地；杯子裝滿水時我們喝它，但是如果杯子是空的，我們盡量做到不抱怨。

可以說，我現在是向你坦白我的內在想法。心靈之錨不可能是物質的，因為那根本沒有安全可言；它也不可能是純粹才智的，因為那也是一個多變不定的東西。精神泉源漸漸地、柔和地耗盡，我們必須找到能夠注滿它的泉水。有人會說一個人的信仰能夠滿足這種需求，我同意這樣的說法，但我認為它必須是一種對人生的信仰，即使在這種人生中我們的存在與結束是一個不解之謎。而且它必須是一個超出教條主義信仰的、更深刻的信仰，因為情況每天也在變，而且最簡單的信條也包含著某種人類的衝動和錯誤。

對我來說只有兩種東西似乎指向希望。第一種是人類最強烈和最深刻的情感，愛的力量 —— 我指的不是那種強烈自私的愛的形式，不是那種年輕人對美的渴望，也不是母親對嬰兒的那種強烈的愛，因為這些情感中有一些物質面的成分。我指的是那種寧和純淨的精神體現，一位父親對一個兒子的愛，一個朋友對一個朋友的愛，那種愛可以使身在險境的人容光煥發，那種愛可以在痛苦的掙扎中微笑。對我來說，那似乎才是唯一可以溫柔地對抗變化、磨難和死亡的東西。

再有就是對具有無限創造力的上帝的信仰，是祂讓我們存在。雖然祂的顯現神祕而陌生，或者有時候還似乎有些殘酷而冷漠，但即便是在最壞的情況下，上帝的顯現似乎也都帶著愛的目的，儘管這種愛意會像浩瀚江河遇到小的暗礁碎石一樣被某個急湍橫流阻撓。為什麼這些障礙會存在，它們是如何產生的，實際上是說不清的；但是足以令我們相信，一個竭盡所能並確保一個光明而遙遠的勝利的意志。

對上帝的信仰和對愛的信仰，對我來說似乎就是基督教啟示的力量。耶穌指引給人的正是這兩種東西。雖然被規矩、詭辯、迂腐、虛假動機等

等蒙蔽，但基督信條的深奧祕密不變。如果我們勇於把我們的意志跟上帝的意志連結在一起，無論多麼無力，無論有多少抱怨，如果我們努力不去違背上帝愛的旨意，不滋長仇恨與衝突，一次次伸出手傳遞同情或信任，不拒絕溫柔愛憐，相信人的忠誠與良好意願，那麼我們就是走在正道上。我們也許會犯錯，我們也許會有千百次的失敗，但是通往天堂的鑰匙在我們的手裡。

你永遠的朋友，
T. B.

阿普頓，1904 年 7 月 29 日

阿普頓，1904 年 7 月 29 日

親愛的赫伯特：

　　如果這封信過分傷感，你一定要原諒我，但是這是這一年當中對我來說最充滿悲傷的一天 —— 夏天畢業季的最後一天。我的心就像浸滿水的海綿，必須流淌釋放一些。最後這些日子我一直忙得不可開交 —— 寫成績報告，看論文。昨天是令人難過的同學們分手的日子。有五六個學生要離去，我盡可能真實地評價他們每個人，指出他們頭腦裡存在著某種東西，必須要溫柔充滿慈愛地加以呵護。一些孩子再也抑制不住情緒，突然就哭了起來。我回憶起在伊頓的時候，當時我是辯論協會的成員，現在想起來最後一次會議，好像就發生在昨天一樣。我們選了新會員並且鼓掌表示感謝。你也一定記得，當時的校長也是球隊的隊長司各特，就坐在桌後的高背椅裡，他的對面是當時的祕書里德爾 —— 那個高大的小夥子，他手裡拿著他的記事本。同學們鼓掌表示對校長的感謝，他聲音顫抖地說了幾句話就坐下了，接著同學建議鼓掌表示對那位祕書的感謝，因此，他也站起來準備說些感謝的話。可就在祕書致詞過程中，我們都注意到了校長的一個動作：他把頭深深地埋在雙手中，大聲地嗚咽起來。里德爾停下講話，身子顫抖了一下，環視四周，沒講完致詞就坐了下來，把臉緊貼著記事本，痛哭得如同一個孩子。我記得當時在場的人都哭了。這些男孩並不多愁善感，但他們是坦直誠實的年輕人，而且我原來還以為他們很瞧不起情感的東西。我永遠不會忘記那個場面，並因此明白了不少事情。

　　今天我醒來很早，聽到的都是離校的忙碌聲。我心裡一陣酸楚，但是很快我就帶著一種輕鬆心情起床，舒心地吃了早餐，去看了一兩個學生，他們是我特別的朋友，因為他們的來訪，我開始感覺沉重和失意。之後我寫了幾封信，又繼續工作。今天下午 —— 酷熱難耐 —— 我去了空寂無人

的田野和街道散散步。

又一個美麗的夏日畢業季結束了，它將永不再現。當然在這裡曾經有過惡行。我希望我能換種心情。但是這裡的氛圍是好的，沒有哪些知識毒害了頭腦。也曾有過閒散的時候（我對此並不太遺憾），當然也有過常見的煩惱，但是仍不可否認的事實是，那麼多快樂、聰明的學生一直在這裡過著也許是他們一生中最好的時光，他們分享著平等愉快的友誼、參加各種體育活動、學習令大家都快樂的課業、享受著優美的環境、欣賞著古老的塔樓和高大繁茂的榆樹投在茂密草坪間的影子。這樣的場景將會在未來的某個時候，在這些學生疲倦的時候，浮現在他們的腦中，也許是在陽光灼熱的異國他鄉，也許是在煙霧彌漫的辦公室 ── 而且，甚至是在歷經痛苦的臨終病床上。

整個校園彌漫著一種難以想像的沉默氣氛，就好像它剛剛失去了它懷抱著的年輕生命，又好像它舒展開了它的美麗供人受用和分享，但卻沒有人前來認領。與此相反，我卻想到了無數家庭中洋溢著的幸福，爸爸媽媽在聆聽著校車的車輪聲，盼著他們的孩子回家，弟弟妹妹們衝出門外去歡迎他們的大哥哥，他們歡叫著親吻著，男孩則為眼前這一切非常熟悉的場景和一張張家人的面孔而欣喜。如果想到了這些舊日的幸福歡樂正在另外的某個地方上演著，我們就不應該在這裡惆悵、孤獨、寂寞。

但是，我在這裡還是寂寞的一個人，想像著、探求著、渴望著我幾乎無法知曉的答案。真實的家庭生活，自己的孩子。你可能認為自己無用孤獨，但畢竟你真實地擁有妻子、孩子和家庭。而對於我來說，我珍視的那些孩子們已經把我遺忘了。無需諱言，孩子們忘掉我就像他們很高興忘掉生活中的一件蹩腳的傢俱、擁擠的走廊、光禿禿的校舍、塗滿墨跡的書

桌。他們會很高興不用第二天上課聽我講什麼散文，也不用再忍受賀瑞斯叔叔的那類責備了。我作為校長，他們還不至於對我太反感，我知道有些孩子甚至會懷著膽怯而欣喜的心情，歡迎我到他們家裡做客。

可是不久我又深切地感受到了自己的無能。有一個學生和我住在同個宿舍樓裡，我一直在努力和他交朋友。他長得比一般孩子高大，很單純。在學校裡他有很多熟人，但是朋友只有幾個。他與大家很友好，但封閉自己內心。他默不做聲，但很有想法，他喜歡書籍，在一個很有教養的家庭成長，與我見過的其他孩子相比，他對書籍的興趣更濃，觀點也更多。他很不錯，我盡量想成為他的朋友。我借給他書，並設法讓他到我這裡來，和他多交流，然而他對我的這種做法卻回以禮貌冷漠的態度：可以說，我沒能贏得他的信任。我感覺，如果我不是從說教的角度出發，事情就好辦多了。他是一個小孩子，也許我讓他懼怕，也許我使他厭倦，但主動權完全在我這裡，可這裡似乎存在一堵我無法突破的藩籬。確實，有時候我也認為，對於孩子來說這就是一個「性情不定的年紀」，因此我也不能完全和他們保持一致。昨晚我沒看到他 —— 他出去參加一個學校歡慶活動，今天早上，他沒打招呼就走了。我交了那麼多朋友，從來也沒太纏人，我想之所以感覺不舒服，就是因為我發現這孩子很難接近而使自己有種挫敗感，更因為我深知他有著與我意氣相投的天性，而且我們對許多事物的看法確實一樣。當然，大多數聰明人對孩子這樣的時期一點也不會感到擔心，他們在這個方面會不太顧忌而我卻不行，因為我認為我是在把這個高傲的年輕人所憎惡的方式強加給他。能夠對處理這類事情的能力感到不足，也許剛好使得我更容易取得成功，我必須這樣理解才會感到心裡安慰些。

現在，我必須看看書，騎騎車，寫寫東西以求慰藉，必須尋找快樂的自由感，來放鬆我疲憊的大腦。但是，我開始有點懷疑，書籍、藝術和大自然的美更適合人間真情的那種悲愁慰藉 —— 友情、愛情和親情。

我坐在書房裡寫作，上面的房間異常寂靜。落日餘暉灑滿草坪，我那小果園中的蘋果樹也泛著金光。一想到結束了的那些美妙時光，我的心情愈發沉重 —— 這一切意義何在呢？在上帝賦予我們的這短暫人生中，我們為什麼要有這些遠大的希望和渴求，以及這些深切的依戀呢？「正因為有了悲傷，這個世界才是世界，」一個智慧慈祥的老校長也是在這樣一個離校日這樣說道：「如果沒有悲傷，那該是多麼無聊。」我認為他說的沒錯，然而，總是相似但非理解，渴望但非獲得，最終陷入夢影般的迷惑 —— 什麼才能拯救和支撐一個深陷如此心境的人呢？

你永遠的朋友，
T. B.

阿普頓，1904 年 8 月 4 日

阿普頓，1904 年 8 月 4 日

我親愛的赫伯特：

　　我剛剛去過伍德科特回來，在假期快結束的這幾日，我一直一個人在學校這裡待著，今天早上我感覺慵懶無聊，於是兜裡揣上幾個三明治，騎上自行車就出發了。伍德科特離這裡只有十五英里的路程，因此我在那裡待了兩三個小時。你知道我出生在伍德科特，而且一直在那裡生活到十歲。我不知道我曾經住過的那間小屋現在的主人是誰，但是如果我寫信要求去看看老房子，他們定會邀請我一起吃午餐的，那樣我就不會那麼輕鬆了。

　　我離開那裡已經有三十年了，實際上我也有二十年沒去那裡了。我說不清在我內心記憶中有多深的故鄉回憶，但是在我第一眼看到那些熟悉的地方時，我有著一種非常少有的激動，一種幸福的心痛，一種對舊日時光的追思 —— 我無法描述。給人的感覺就好似過去的生活情境，依然在松林的後面發生著，如果我能再找到這樣的情境該有多好啊！又好像我從柵欄窺視，看到了小時候的自己正在灌木叢中專注於某個遊戲。我發現我的記憶在某些方面出奇地精確，而在另外一些方面又完全錯誤。記憶中的一些事物的比例範圍就完全錯了。例如，在我的記憶中從伍德科特到杜赫斯特似乎是一段相當遠的距離，但是現在感覺卻是咫尺之遙，在我大腦中清晰浮現的那些地方現在也完全變了，讓我幾乎無法相信它們就是我日思夜想的地方。當然，原來的樹木已經長得高大了，原來的種植園已經變成森林了，原來的森林已經消失了。我到處閒逛了一會兒，重走了一次我們兒時常走的小路，看看教堂、老房子、村中的蔬菜地和水磨用的貯水池。我出生的時候，我爸爸在伍德科特才剛剛定居兩年，但是，在我成長過程中，我感覺好像我們會永遠住在那裡，現在看來他只是許多居住和熱愛這個地方的到訪

匆匆過客中的一個。消失的另外一個東西是這裡的神祕。在那時，每條路都是一條細長的玉帶，向前一直延伸到未知的遠方，在大路和小徑之間的所有田野和森林都充滿著神祕氣氛，也沒有人去造訪。我發現我當時也沒有地域概念，最明顯的是，我似乎從來沒有眺望過遠處的風景，而這些風景現在使得這個地方豐富多彩。我認為，在一個人小的時候，圍欄和籬笆都是高大的障礙，而且我也認為好奇的小眼睛總是在搜索近處的事物，無暇關注遠處的東西。那座有長長的白色前庭的小屋掩映在灌木叢中，矗立在牧場的對面，看到這個場景我內心翻湧，時光彈指一瞬，而我卻感覺它好像一直在那裡沒變。

我想我的童年是快樂的，但是在當時我卻一點也沒意識到。我是一個比較任性的孩子，我有各種只有自己知道的小祕密，因此也不願意去上課和參加其他社交活動，但是，現在看來，那段寶貴而平靜的時光真是快樂無比。說來奇怪，除了那些燦爛的夏日，我卻記不清別的什麼了。腦子裡沒有風雨、淒冷、寒冬或者禿樹的印記──除了還能想起某些銀裝素裹的冬日，因為那樣的日子裡水塘結凍，孩子可以瘋狂地滑冰玩耍。我記起的都是盛開的鮮花、怒放的玫瑰、枝繁葉茂的樹叢和花園裡度過的快樂時光。當夏季非常炎熱的時候，我的爸爸媽媽就會出來到庭院裡吃飯，即便是現在，我似乎仍然感覺他們一年四季還是這樣做。我還記得我上床睡覺的情景，對著草坪的窗戶一直開著，我豎起耳朵聽著他們交談、沉默，然後是一陣搬東西的窸窣之聲，不知不覺中我已深深入睡。大腦真是太神奇了，它可以忘掉所有陰暗卻只記得陽光，這一點在人性中體現很深，以至於讓人很難不信這預示著什麼。一個人可以大膽設想，如果我們死後還有來世，大腦的這種神奇能力──如果還有記憶的話──就會戰勝過去，甚至無需來世，就在骯髒痛苦和無望煩惱的現實生活中。

阿普頓，1904 年 8 月 4 日

　　那麼，人們也想知道那種強烈的、永恆的直覺對於人們意味著什麼，而他們不過是為了一段短暫而磨難的片刻，而生活在這個世界。為什麼直覺與現實經歷如此矛盾，為什麼人類經歷了那麼長的歷史還沒懂得世間萬物瞬間即逝的道理？我們所有的直覺似乎都在說永恆，而我們所有的經歷卻都在說明迅速而無休止的變化，我迷惑了。

　　當我在伍德科特徘徊時，我的思緒陷入無限的憂傷，入眼一切催淚感懷，幸福的時光已不再，快樂人群再也看不到，熟悉的老面孔已經離去，那些熟悉的聲音再也聽不到 —— 所有這一切苦擾我心、悲我情思。一個人感覺自己很獨立，也能很好把控自己的命運，但是當他回到故鄉，他就會懷疑他是否真的有什麼抉擇的力量。我感覺得到，有如此奇怪的藩籬在控制著渺小的自我，我完全陷入到了這種情緒之中。這些都是毫無結果的思緒，但是人不能總是擺脫掉這些東西。一個人為什麼存在，這些豐富的情感意味著什麼，一個人對美好人間和摯愛親情的渴望又意味著什麼 —— 所有這一切都是無法清晰回答的。人生巨浪洶湧向前，我們被迫從孩童的小避風港裡出來，投入到茫然無知的人生大海當中。

　　我可愛的伍德科特、我珍貴的記憶中時光、我摯愛的那些逝去了的音容、我魅力無邊的昔日樹林和田野！我無法說清你對我的意義，但我堅信無論我的生命延續多久，你都存在於我的生命之中，實際上你永遠都屬於我，你就是我，無論那個我會是什麼樣子。

你永遠的朋友，

T. B.

附筆

　　順便還有一事，我想讓你為我做點事，我想要一張你們房子和客廳的
布局圖。我想看一眼你通常坐在哪裡看書寫作。另外，我還想要一張房子
附近的大路和小徑的地圖，並且請用紅筆標記出你平常慢走散步的路線。
因為我感覺對你的詳細情況了解的還是不夠。

東格林斯特德鎮，蜜蜂山，塞尼克茲莊園，1904 年 8 月 9 日

東格林斯特德鎮，蜜蜂山，塞尼克茲莊園，1904 年 8 月 9 日

親愛的赫伯特：

　　像唱聖歌的人們一樣，我正在帶著讚美和感激之情休假。我又感到無限愉悅，因為我也在撰寫一本書。請相信，沒有什麼能像寫作一樣給人帶來那種純粹的快樂。我和布拉德比住在一起，他已經在薩塞克斯[46]擁有一處小住宅。他已經休完假了，因此，他每天都得去城裡上班，這種情形剛好適合我，這樣說聽起來很不厚道，但情況確實如此。我上午工作和寫作，下午散步或騎自行車閒逛，然後我們一起吃晚飯，恬靜的夜晚一起讀讀書或者聊聊天。

　　但我想告訴你的並不是這些。昨天下午我回來喝午茶時，看到了一頂陌生的帽子，正在疑惑時，我吃驚地發現那帽子的主人是詹姆斯・庫伯，你記得他在伊頓讀書吧。當時我和他還算認識，而且在劍橋的時候我總能看見他，自那時到現在，我們會時不時地但隔好長時間連繫一次。

　　我很慚愧地承認我對他感到厭煩，雖然我向上帝保證我沒有表現出來。當時我騎自行車閒逛後回到了住處，滿腦子想法，正要把它們宣洩在紙上一吐為快。庫伯說他聽說我到這兒來了，他就不顧路途遙遠過來了，主要是看看我。他現在做買賣，看起來是發達了。我們喝了茶，聊了很多，但庫伯好像沒有走的意思，最後他說他覺得應該留下來看看布拉德比 —— 也許和我們一起吃晚餐。因此，我們一起到庭院裡去散步。漸漸地，我內疚但痛苦地感到我面前的這個人很無聊。是的，詹姆斯・庫伯是個很無趣的人！他特別多話，但大多是一些我不熟悉的話題。他已經成為一個植物學家，裝滿他的大腦的似乎都是那些枯燥的知識。他一直等到布拉德比回來，在這裡吃了晚餐，又聊了很多。最後他覺得他必須得走了，

---

46 薩塞克斯，Sussex，英格蘭東南部的歷史郡。

176

但走到大廳又聊了起來，走到門廊又說個沒完。他強烈要求我們去他那裡做客，很明顯他十分高興能再次見到我們。自從他來訪之後，我一直在深思。在這類事情上一個人應該怎麼做呢？對老朋友的忠誠，應該到一個什麼樣的程度呢？我承認我對自己也很苦惱和不滿，因為自己看到一個老朋友，卻沒有顯示出那麼快樂或興奮。但問題是，如果這位老相識是一個無聊的人，那應該怎麼辦呢？忙碌無暇的人應該如何對待友情呢？我在英國各地有很多朋友 —— 我是否應該利用假期去四處看望他們呢？我想我不願意這樣做的。如果庫伯以後和另外一個朋友說我是一個不念舊情的人，還說他見我不容易，卻發現我無暇敘舊，還尤其不願見他，那該怎麼辦呢？實際上，我真不希望我給他的是這樣的印象，但是，厭煩這種情緒很微妙，而且一個人很難不在行為中表現出來，儘管他很虔誠地想表現得更快樂。如果他真的是這樣的感受，那麼他是對的而我錯了嗎？和我不一樣，他在一生中做過不同的行業，雖然我們在過去那些快樂的時光裡曾有著許多共同點，但是現在我們幾乎沒有什麼共同之處。他很有可能認為我是一個無聊的人，而且在這一點上他很有可能是對的。但是，又能怎麼辦呢？誠實地講，如果庫伯需要我的幫助、建議、安慰，我會毫不猶豫地給他。但是，要對朋友忠誠，我就非要非常想見他，而且還要忍耐他的無聊嗎？我想，如果我有更單純更深情的內心，我就很有可能不會感到厭倦的，如果我看到老朋友很高興而且一起敘舊，那麼那種苛求的想法自然就會消失了。

我太輕易地交朋友，這讓我一生都深受其害。對我來說，與一個看似無聊的人在一起非常痛苦，但是我總是本能地、努力地表現出對他的興趣，而且也盡量激發他的熱情。到頭來 —— 我這裡完全承認 —— 我常常

東格林斯特德鎮，蜜蜂山，塞尼克茲莊園，1904 年 8 月 9 日

被認為對朋友更友好（而實際不是這樣），對朋友更忠誠，而這正是我難以承受之重。

你永遠的朋友。
T. B.

鮑爾多克小鎮，納普斯泰德教區牧師住所，1904 年 8 月 14 日

鮑爾多克小鎮，納普斯泰德教區牧師住所，1904 年 8 月 14 日

我親愛的赫伯特：

昨天，我遇見了一件稀奇的小事 —— 太稀奇了，太讓人費解了，我無法忍住不告訴你，雖然到目前為止，我也看不出來它有什麼答案和寓意。我現在和一個世交朋友在一起，他的名字叫鄧肯 —— 你不認識他 —— 他在希欽附近做牧師。我們當時本應是一起騎自行車去郊遊的，但是他突然臨時有事被叫走了。就剩下我朋友的妻子了，而且她還是一個病人，因此我只好自己出行了。

我騎車上路，穿過了鮑爾多克和阿什維爾。這裡，我必須停頓一下，告訴你一些關於後者的情況。這是一個規模不小的村子，到處是不規則的白房子，其中許多是茅草屋頂，但大多都表現出美麗別致的風格，在這些房屋中間高高聳立著一座古老教堂的鐘塔，這教堂是我所見過的教堂中最美麗的。它看起來更像是風雨侵蝕的峭壁尖峰，而不是一個鐘塔，它高大巍峨，拱形窗櫺和扶壁的暗淡模糊輪廓使它有一種奇特的優雅形式，與這塊「殘石」交相輝映。我想這個鐘塔不久之後一定會重建的，否則它堅持不了太長時間了。我想說的是，我很幸運在這個鐘塔衰敗的過程看到了它。它歷經滄桑，令人憐憫。它的神聖尊嚴，它的慈悲優雅，都使得它更像某種滄桑而神聖的幽靈，帶著美好慈悲的胸懷，經歷了困苦與不幸。繼續往村子裡走，就會看到另外一番美麗的景致。大路橫穿一條小堤壩，在左面你可以看到一片凹地，像一個採石場，裡面長滿了灰樹，還有一些濃密的矮灌木叢和高大植物。在靜靜的河邊草灘之間，從十多個小的坑窪處汩汩流出清水，匯成清澈的小溪，沿著滿是石頭的溝渠急速而下，匯集成一汪池水，然後再溢出繼續流淌。它是卡姆河的源頭之一。溪水涼爽清澈怡人，如同在石頭上徑直滑行。我找不出合適的詞彙來描述這個地方的絕

妙純淨與安寧。我發現自己在情不自禁地吟詠馬弗爾的絕美佳句 —— 你知道這些句子嗎？——

「心靈在這裡漂洗，純淨無比，

消除乾涸，永不枯竭！」

鐘塔和水源這兩個景象讓我心情無限舒暢，我繼續我的愉悅之旅，那種微妙的歡欣之情一般人是很難體會得到的。我看到的一切都那樣輕快、富有情趣、散發芬芳，我無法描繪。一會兒看到高高聳立的古老榆樹上閃耀的陽光，一會兒一片片圍繞著流水的平坦牧場又躍入眼簾，一會兒又看到在古老農莊裡、高高聳立在一排修剪過的榆樹叢中的煙囪，上面爬滿了青苔。穿行於鄉間小路，我最後來到了一座看起來空無一人的寂靜村莊。我想，人們一定都在田地裡勞動呢。村舍的門都敞開著。在一小片公共地旁有一座古老的、雙峰高聳的教堂，上面爬滿了常青藤。陽光溫馨地照耀著它那鉛皮的屋頂，以及它那雜草叢生的墓地。我把自行車放在門廊處，剛開始沒有找到入口，但是，最終我發現一個通往聖壇的、供牧師用的低矮房門打開著。教堂裡散發著一種古老神聖的氣息。裡面沒有陽光，因此非常涼爽。我走進教堂的正廳，在裡面轉了一會，看到了木質的屋頂，還有牆上殘留的一些古老的壁畫，也看到了一個騎士墓，他手托著頭，靜靜地、僵硬地躺在那裡。我拜讀了一兩塊墓誌銘，看到墓碑上生硬的碑文，心裡隱約有種愛憐與悲傷。然後我回到了聖壇。

在一條寬闊的石板路上，就在聖壇臺階下方的地面上有一灘黑漆漆的東西，我彎下腰來查看，發現竟是一小灘血跡，瞬間一種莫名的恐懼襲遍全身。在血跡旁邊有兩塊粗糙的石頭，上面也沾上了血跡，但明顯已經乾涸凝固。好像這裡剛剛發生一起石刑，可怕犯罪的第一現場在這裡，之後

鮑爾多克小鎮，納普斯泰德教區牧師住所，1904 年 8 月 14 日

又轉移到戶外。讓我更感到奇怪的是，東面的窗子粗淺描繪的就是聖史蒂芬在受石刑，我早就發現這座教堂是為他而建的。

我無法給你說清這件事。實際上，我冥思苦想，也想不出怎樣才能解釋清楚我所看到的蛛絲馬跡。我走出教堂來到庭院 —— 剛剛看到的情景太讓我恐懼了 —— 我大腦一片空白，什麼也想不明白了。幾碼遠的灌木叢中是教區長的住宅。好像好久無人居住了，窗戶黑黑的也沒有帷幕，煙囪也沒冒煙。我忽然覺得，我一定是產生了某種奇怪的幻覺。因此，我又一次回到教堂裡，看一看是否是我的感覺欺騙了我。但不是！那兩塊石頭就在那裡，邊上的血跡赫然在目。

太陽開始落山了，我心裡帶著陰影，慢慢地騎上自行車離開，但是，在一路上，留在我心裡的陰影不斷地擴散和濃重。我感覺我好像看到了一個祕密。這樣的事件不會偶然地降臨在某人頭上，而且我有某種感覺，就像事情發生的那樣，我已經看到了靈魂暗淡的一面，我需要思考和深思。這些暴力和死亡的徵兆，潑濺的血跡，作為痛苦的證據，就發生在這安逸的聖所，就發生在這安寧和慈愛的上帝的聖壇面前。對我們來說，這能說明什麼呢？對我來說又意義何在呢？我不想告訴你這件事給我的啟示，也許你能猜得到，但是它發生了，那樣歷歷在目，就在那無聲的時刻，一個聲音在我的靈魂深處清晰地叩響。

但是我一定不能就此打住。我回來後，發現我的朋友也回來了，於是我把我遇到的事講給他聽。他很認真地但半信半疑地點著頭，我想他沒有完全明白我的意思。但是，他的妻子卻充滿好奇。她讓我把這件事再講給她聽。「那裡沒有人可以讓你打聽一下嗎？」她說：「我不弄明白會一直不安的。」她甚至懇求我告訴她那個地方的名字，但是我沒告訴她。「你

的意思是說你不想知道？」她說：「唉，你們男人啊！」那天晚上，住在附近的牧師和他的妻子還有女兒一起來這裡吃晚飯。大家要求我再把今天的經歷講一遍，結果還是同樣的反應。「那裡沒有人可以讓你打聽一下嗎？」牧師的女兒問道。我大笑著說道：「我敢說我本可以找到個人問一問的，但是我不想知道。我寧願自己有個小謎題，」我補充說。接著我們男人彼此點頭表示贊同，而女人們則面面相覷。「難道那不是相當的不可思議嗎？」我朋友的妻子說道。女孩兒也補充道：「我和你一樣，直到弄明白真相才會安心。」

　　我想，那就是男人和女人思維的差異所在。你會明白我的意思的，但是，如果把這個事情向你的妻子和女兒講，她們就會說：「那裡沒有人可以讓你打聽一下嗎？」而且還會說，「直到弄明白真相我才會安心。」我知道我的這種個人秀，會證明這是徒勞無益的。

你永遠的朋友，
T. B.

塞德伯鎮，格林霍伊，1904 年 8 月 21 日

塞德伯鎮，格林霍伊，1904 年 8 月 21 日

我親愛的赫伯特：

　　我想我在品味上屬於早期維多利亞型，但是我剛剛又一次拿起《簡·愛》，一直在讀著，而且帶著極大的滿足感（我馬上會告訴你我為什麼一直在讀它）。我第一次讀這本書還是在伊頓上學的時候，而且自那以後我已經讀了不下二十次了。我知道書中的大部分內容有些荒誕不經，但是對我來說，它再荒誕不經也沒有像早期義大利畫中的那些僵硬的動物和樹木或者群山那麼荒誕。一個人在閱讀它時露出的微笑，不是輕蔑的而是憐惜的。

　　再說，對待繪畫作品的方式有兩種。舉例來說，如果一幅肖像畫非常逼真而且很接近原型，一個人就會說：「多麼栩栩如生啊！」如果這幅肖像畫很多方面不像原型，一個人也總可以說：「多麼的富有象徵意義啊！」對於第一種肖像畫，一個人也許說畫中人彷彿就在眼前，而對於後者，一個人也許會說這位畫家竭力在刻劃靈魂而非肉體。那麼，我姑且認為把《簡·愛》稱之為象徵意義作品是比較合理的。其中有些人刻劃的是比較生動的。那位年老、和藹、快樂的女管家費爾菲克斯夫人，保姆貝希，還有以羅徹斯特先生作為監護人的法國小女孩阿黛勒，以及李佛斯兩姐妹 —— 他們都是絕妙的人物描寫肖像畫。但是，羅徹斯特先生，高傲的女爵英格拉姆小姐（她常會對她那個下人說「別在那兒閒聊了，你這個蠢貨，照我說的去做。」），還有簡·愛的追求者、藍眼睛的聖約翰·李佛斯 —— 這些都是誇張諷刺人物或者特徵突出人物，關鍵還是根據你怎麼看待他們。對我來說他們是特徵突出人物：他們的性格是經過作者精心構思的，如果說有些誇張，那只是因為夏綠蒂·勃朗特沒有和現實生活中的那些類型的人們打過交道。但是，我認為一個讀者可以拋開人物表面上

的語言、儀態和行為去深入了解這些人物的靈魂。我並非主要因為這些人物的刻劃才喜歡這本書。真正吸引我的是書中呈現出的浪漫、美好、整個故事的詩意筆調以及賦予人物生命的精神力量與高度激情的特殊融合。書中的愛情場面散發著奇特的光輝，這一點與我在聽坦尼森的歌曲〈到花園裡來，莫德〉時感受到的一樣，戀人的情感波動總是帶動著這個世界的愛的律動。另外還有，夏綠蒂‧勃朗特有一種無與倫比的天賦，她能夠將豐富的人類情感與自然場景進行結合。那是一個冰冷的寒天，僵硬的大地都屏住呼吸，凝結中的春天還在寒冷中徘徊，黑漆漆的堤道覆蓋著光滑的冰層，而就是在這樣的時節，簡‧愛第一次遇見了羅徹斯特先生。同樣還有夏季花園裡的場景，恰恰就在雷電交加的暴風雨到來之前，羅徹斯特先生呼喚簡‧愛來花園裡看一隻大天蛾在花瓣中飲水。這類場景富有生活氣息，對我來說就非常真實，彷彿就在眼前。

還有，我知道的作家中沒有哪個像夏綠蒂‧勃朗特那樣對壁爐旁家的氣氛有如此詩性的描繪。夜晚時分，火苗在煙囪裡跳躍，燭光搖曳，無處落腳的寒風在外面哀嚎，心滿意足的人沉浸在夢鄉 —— 我在任何其他書中都沒有看到這樣的東西。

實際上，夏綠蒂‧勃朗特給我帶來的是那種相當天才的感受，這一點我在別的書中還沒有發現。我很難確定在哪裡體現出這種天才，但是，她大膽描繪的愛情對我來說，似乎有著一種不同於其他愛情形式的特質；它是一顆純潔靈魂的熱烈激情；它是肉體、精神和心靈的美麗融合；它是一種打破一切偽裝的愛情，也是那種出自人類本質的、精神對精神的愛慕；這種愛情不是輕鬆能孕育出來或隨意付出的；它不會源於偶然的友情，不會來自於對肉體的欲望，也不會產生於對充滿陽光和甜蜜的靈魂的幸福加

塞德伯鎮，格林霍伊，1904 年 8 月 21 日

以分享的渴望；它是孕育在憂鬱和悲傷之中，它需要一個相配的深度和強度的情感呼應，它需要在戀人身上探查一種對美德的深深情懷。簡·愛的一個勝利就是，她對羅徹斯特先生的愛戀打破了那些膚淺的偽道德，這些偽道德是純潔人性所厭惡不齒的，因為可以肯定這類東西是偽裝的而非靈魂的本質。我認為，這裡恰好是《簡·愛》令人振奮的希冀所在，那種基督式的力量，辨識出隱藏在肉體與精神本性重大過失背後的、愛的激情靈魂。

我不知道你是否曾經遇到過一本名字叫《威廉·柯瑞的書信和日記》[47]的書 —— 如果你還沒有看過這本書，那我一定要給你寄去 —— 這本書深深地感動了我，慰藉了我的精神，在這一點上超過我知道的幾乎所有的書。你知道，威廉·寇里是伊頓的一位老師，在我們那個時候之前，他的人生相當不如意，但是，他有著一些非常優秀的、我認為現今很少有的所有德行 —— 熱情、慈愛、堅強的精神意志。我認為，以心智為標準，他是他那個時代絕對一流男人之一。他有著堪稱完美的記憶力，思維高度清晰活躍，表達流暢透徹。但是與情感世界相比，他不太在乎這些天賦能力，情感才是他真正的人生。總是讓我興奮不已的是，我發現他對於夏綠蒂·勃朗特的評價和我一樣。實際上，我一直認為，不計較民族差異的話，他剛好就是她在《維萊特》中刻劃的保羅·伊曼紐爾那類男人。

畢竟，個性才是藝術最重要的基礎，我認為在夏綠蒂·勃朗特的書中，我最欣賞的是書中展現的她個人的自我揭示。看得出她是一個醜陋、脆弱、不屈、熱情的人，習慣了貧窮和艱辛，不做無謂幻想，不屈從物質誘惑，但總是閃耀著神聖光芒的人 —— 這就是在她書中體現出來的品

---

47 《威廉·柯瑞的書信和日記》（*Letters and Journals of William Cory*），威廉·約翰遜·柯瑞（William Johnson Cory, 1823-1892）的作品，英國教育家、詩人。

德。作為一個作家，夏綠蒂·勃朗特似乎就是一個放大鏡，對準了一個焦點——靈魂最狂烈的火焰。我願意愚淺地認為，這個世界上存在許多這種精神，但是很難見到其與這種藝術才能並存，那是一種能夠自我表達的精神力量。

　　現在我告訴你是什麼讓我在這個時候又重拾《簡·愛》這本書的。一兩天前，我去英格爾伯羅紫色高地下的一個偏僻的峽谷中騎遊。我路過了一個叫做洛伍德的小村莊，並看到在路下方的小溪邊矗立著一座高大的建築。此時，一個令人興奮的畫面躍入我的腦海：簡·愛上學時的場景，好像就在一個類似這樣的地方。我正疑惑間，看到了路邊的一座房子的牆上鑲有一塊牌匾。我下了自行車，看到了那個牌子！就是這個地方，就是這個建築，就是在這裡夏綠蒂·勃朗特度過了她的學童時代。那是一座低矮簡陋的房屋，現在被分成了幾個小室。但是，你仍然可以看到宿舍的窗戶，小菜園，潺潺的小溪，橫穿草坪的小路，以及遠處長長的一片荒野。在對面的房子裡掛著布羅克赫斯特本人的一張肖像畫（他真實名字叫卡勒斯·威爾遜），他看起來很嚴厲，我帶點冒犯地認為他在那本書中是可惡該死的形象。對我來說那真是一個非常神聖的時刻。我想起了坦普爾小姐和海倫·伯恩斯，我想起了那個淒涼之地的冷酷、貧困和艱辛。但是我感覺到那裡去一次還是值得的。在那個時刻，我走近了那個靈魂，那個跟命運和人生中的恐怖與悲痛做著勇敢搏鬥的、永不熄滅的靈魂，我走近了那個用筆堅定而真實地書寫著她純真願望和不朽夢想的靈魂。

你永遠的朋友，
T. B.

塞特爾，阿什菲爾德，1904 年 8 月 27 日

塞特爾，阿什菲爾德，1904 年 8 月 27 日

親愛的赫伯特：

　　你讓我給你寄去幾本小說，這讓我相當為難。似乎很難找到值得寄去的書，這些書都是那種實在無聊時翻看一兩次然後一扔的書，但是我還真找不到其他書籍了。我感覺我們當今的小說家受到了同樣思潮的影響，這種思潮似乎正在脫離整個國民生活。我們每個部門裡都有許多接近一流的人，也就是那些有著天資和才能的人，但是卻鮮見具有特殊才華和無以爭辯的傑出人物。在文學上尤其如此，無論是詩人、歷史學家、評論家、劇作家還是小說家，雖然他們許多人達到了某一成就高度，也創作出了優秀作品，但是他們還算不上巨匠，或者說他們是非常小的巨匠。就我個人而言，我平時沒有讀很多的小說，而且我發現自己不知不覺地、一次又一次地重新拜讀起我曾摯愛的過去時代的作品。

　　當然現在也有一些惹人注目的小說家。喬治・梅瑞狄斯就是一個，雖然他現在幾乎已經停止了寫作。坦率地講，雖然我承認他的天賦、他的創造能力，還有他那高貴的、絕妙的對人物的構想能力，但是我沒有感覺到他作品中的現實性，或者更確切地說，我感到了現實性存在，但卻被一層面紗隔開 —— 一層不透光的厚紗，確實如此 —— 一層懸垂在我和書中場景之間的面紗。這層面紗便是喬治・梅瑞狄斯的個性特點。我承認那是一種足夠高貴的個性，是貴族氣勢。但是，在讀他的作品時，我感覺好像是在和一位高貴的人士同處一個富麗堂皇的房子裡，但是，在我想四處轉轉、自己尋找一些東西時，我的主人卻極度優雅地堅持陪著我，並指出他感興趣的東西，還把客人和其他出現在故事場景中的人的話，編譯成他自己的怪異語言。人物說話的方式不像我認為應該的那種方式，但卻像喬治・梅瑞狄斯在某種特定環境下的說話方式。讀他的書不會有靜心養神的

感覺，有的不僅是智力上，而且實際上是精神上挑戰的感覺。再者，我不喜歡那種風格，因為過於矯飾、不夠真實，可以說就像使用過了一種濃香水，讓人昏瞶而不是振奮。甚至當作品人物非常自然直接地用他們自己語言方式講話時，我都不敢肯定他們是什麼意思了。我讀著讀著就會產生無名怒火，因為我感覺我不絞盡腦汁，就無法理解書中的情節，而對我來說這種勞神似乎又毫無必要。小說應該就像散步，而喬治‧梅瑞狄斯卻讓它成為了障礙賽。

　　再說亨利‧詹姆斯[48]，他無疑是一位優秀的作家。記得有一次你和我開玩笑說你真的沒時間讀他的近期作品。就我來講，我承認諸如他的《羅德里克‧赫德森》、《貴婦的畫像》等這些早期作品，都是我愛不釋手的書籍。這些作品布局合理、敘事清晰。如果說它們有一個缺陷的話，那就是 —— 我倒真的不太想提 —— 作品中人物的血性不足。但當今的文學作品中仍不乏所謂的「男性氣概」的東西，而且在那些任何時候都保持傳統正派標準的人們面前，不失自我確實令人振奮。但亨利‧詹姆斯在他的近期作品中卻有新的取向，他變得極其機巧而且特別嬌柔，以往的那種清晰明快已被朦朧晦澀取代，他現在作品中的人物說起話來都非常隱晦，而且從一個細節到另一個細節跳躍很快，以至於在讀者頭腦中很難保持良好的連貫性。他似乎很恐懼明瞭無奇或直言不諱的方式，結果他的作品被遮住的不是作品，而是天性。在讀他作品中的人物對話時，我常常不得不絞盡腦汁猜想暗含的意思。再有就是那些長長的、印得密密麻麻的書頁，不分

---

48 亨利‧詹姆斯（Henry James, 1843 － 1916），英國以及美國的作家。他出身於紐約的
　　上層知識份子家庭，父親老亨利‧詹姆斯是著名學者，兄長威廉‧詹姆斯是知名的哲學
　　家和心理學家。詹姆斯本人長期旅居歐洲，對 19 世紀末美國和歐洲的上層生活有細緻
　　入微的觀察。20 世紀末，詹姆斯的不少作品被搬上銀幕，如《貴婦的畫像》、《華盛頓
　　廣場》等，受到了廣泛的關注。

塞特爾，阿什菲爾德，1904 年 8 月 27 日

段落，沒有喘息的空隙，這一點在《鴿翼》中就能看到，還有那些只做簡短凝練分析的書頁 —— 所有這些在閱讀時，會有很高的智性享受，但是也會有很大的精神壓力。這很像是一個人徘徊在充滿美麗奇妙的九曲長廊中、卻永遠找不到房間。在一部構想的作品中，我所希望的是盡可能簡單地直接交代情感，達到一個情境的高潮。亨利·詹姆斯的作品我不太確定情境是什麼。同時，他的作品充斥著華美與精緻，他已經掌握了隱喻手法，並將其發揮到極致，實際上，整頁篇幅似乎都滲透著一些詩意的思想，就好像有人在書中夾了一種水果，它的汁液浸透全篇。這還不算，我剛剛看完一部他近期的作品，我發現自己完全迷失在一種迷局中。我不知道這部作品究竟是要寫什麼，人物出現了，也神祕莫測地點頭和微笑了，也拋下了似乎靈光閃動的隻言片語，我感覺這背後蘊藏著一個很重要的觀念，但我仍然不知道它是什麼。

還有其他兩三位作家的書我也有興趣讀。其中一個是約翰·奧立佛·霍布斯[49]。她的書對我來說似乎並非十分自然，而且都帶有景物描述的特質，但是其中卻不乏高貴和激情，文體新穎、剛健而且全文充滿精美的格言警句。她作品中的人物給讀者一種高貴俠義的感覺，他們都有著一種也許過於崇高的氣質，因此看起來也不像他們真實的自我，但是，那是一種高貴的浪漫，是中古時代而不是現代的浪漫，滲透著一種風格獨特的苦澀與芳香交織的幽默。

漢弗萊·沃德夫人[50]是另一位作家，我常讀她的作品。一直以來，我

---

49 約翰·奧利佛·霍布斯（John Oliver Hobbes, 1867-1906），英美小說家、劇作家，代表作《罪人的喜劇》、《酒莊》等。

50 漢弗萊·沃德夫人（Mrs. Humphry Ward, 1851-1920），英國小說家。代表作：《米莉和歐麗》、《偉大的輝煌》、《收穫》等。

注意到她在交代背景上非常認真。景物、人物都做到極其細緻耐心的分析，但是不管怎樣我有種感覺，在她的早期作品中，作者的道德態度（一種拘謹的不可知論）影響了那些作品的人性光輝，給我的感覺好像是：書中到處充斥著類似楊小姐（Miss Yonge）書中體現的那種道德標準，但楊的書是從完全不同的立場來寫的。我感覺在書中不會得到我偏愛的東西，要想賞讀這些書籍，我必須得和這些女作家保持一致。實際上，沃德夫人的小說對於我來說，似乎是聰穎天賦、耐心觀察和忠實創作所能達到的最高峰了，但是那種成就光輝還沒有普照大地。然而我還是想說，沃德夫人寫的每本書都是在上一本書基礎上的提高，會讓讀者看到更廣、更遠、更自由的人生觀，內容也更加現實、更加人性，藝術處理也更加嫻熟，這些書都值得細心品讀，我一定會在托運時給你帶去一兩本的。

對我來說，喬治·摩爾[51]是現階段最偉大的作家之一。《伊絲特·沃特斯》（*Esther Waters*）、《伊芙琳·英尼斯》（*Evelyn Innes*）和《修女特蕾莎》（*Sister Theresa*）都是品質上乘的書。在這些書中我獲得一種絕對的現實感。我也許會感覺這些人物的語言和行為有些讓人費解、讓人驚詫甚至有時還令人作嘔，但是他們讓我吃驚讓我厭惡，就如同現實中人類反常行為對我產生影響一樣，我也許不喜歡他們，但我十分相信這些人物說話和舉止就應該是那個樣子。再者，《伊芙琳·英尼斯》和《修女特蕾莎》有著無與倫比的明晰易懂，和精確細緻的創作風格，這兩本書中有許多篇幅充滿著至高的詩情畫意。老英尼斯先生用他那令人生厭的偏見、迂腐的

---

51 喬治·摩爾（George Moore, 1852-1933），愛爾蘭小說家、短篇小說巨匠、詩人、藝術評論家、傳記作家、戲劇家。是世界文學史上一位一直被忽視的文學天才，在 1920 年代，一些批評家甚至視其為「在世的英國散文作家中的大師之一」。代表作：《熱情之花》、《一個青年的懺悔錄》、《春日》、《湖》、《埃伯利街談話錄》等。

塞特爾，阿什菲爾德，1904 年 8 月 27 日

格調，以及他那些中古時代的樂器影響著我，那種方式完全就像一個現實
生活中不屈不撓的空想主義者，在對我施以影響。神祕的尤利克修道院散
發著一種諱莫如深的魅力，有著相同或相似觀念的修女們，每個人卻都有
完全不同的個性。伊芙琳本人甚至表現出直白坦率的魅惑，是一個非常有
殺傷力的角色，我沒讀過哪本書能如此展現出隱居生活的那種難以琢磨的
魅力。但是，喬治・摩爾有兩個嚴重的缺陷，他有時候表現得粗俗，有時
候表現得直白。伊芙琳的情人是一個讓人起雞皮疙瘩的男人，但是卻讓讀
者感覺到他好像要代表這個塵世的魅力。再有，對我來說，刻劃一些直白
獸欲的場景並非是真正的現實主義。這樣的情景也許會發生，但是身處如
此狂欲狀態的行為人是不會談論這樣的事情的，更不會彼此交流，這也許
有些保守，但我仍不可救藥地認為，一個作者本不應該在書中表現那些用
對話無法重現、或用圖畫無法描繪的東西。如果不是這些問題，我認為喬
治・摩爾就應該是現階段最優秀的小說家了，當然，我也不能肯定我這樣
判斷是否正確。請看看這些書籍再給出見解，我過去一直認為你太容易放
棄，而沒有細看他的書籍，我還認為也許是我對這些書的讚美引起了你的
批判意識，但是現在我承認這些作品確實有很多地方需要批評。

　　還有一個作家，可惜最近去世了，他的書我過去常常愛不釋手，他就
是喬治・吉辛 [52]。在他描述他自己的那個社會階層時，書中都會呈現出相
同的殘酷現實氣氛，這正是我對小說作品中最重視的東西。書中人物不是
很缺乏教養的那般粗俗，他們的志向和愛好也常常是可悲的。但是，他們

---

[52] 喬治・羅伯特・吉辛（George Robert Gissing, 1857-1903），英國小說家，1880 年到
1903 年之間他發表了 23 部長篇小說。一開始他是自然主義的一員，後來他成為維多利
亞時代後期最傑出的現實主義作家之一。代表作：《拂曉時的工人》、《沒有階級地位
的人》、《提爾札》、《新格拉布街》、《在放逐中出生的》、《落單女人》、《週年紀
念》和《漩渦》等。

給人的感覺是真實的。後來他脫離了他那個社會背景，他的書也就變得充滿幻想和不現實。但是，在他最後的兩本著作《在愛奧尼亞海邊》（*By the Ionian Sea*）和《四季隨筆》（*The Private Papers of Henry Rycroft*）中，吉辛表現出了新的創作風格，創作出美輪美奐、詩情畫意般的理想主義文學經典。

湯瑪斯·哈代[53]是詩人和小說家。他書中常會寫到樹林深處吹拂出來帶著林木清香的微風，或者拋灑在開闊丘陵地帶上的雨滴等這類充滿夢幻、愁思和瑰麗的句子，但是我感覺還是沒有《皆大歡喜》或者《暴風雨》[54]中的那些情景真實。他書中的人物都像演員在演戲。另外他的作品中始終有著一種很強的性色彩，那些激情湧動的人們的行為似乎也讓人費解，他們的行為超出了我的經驗，因此，雖然我不能否認那種畫面的真實性，但我要說起碼對我來說不真實，因而也就沒有意義。

我的思維從來不受魯德亞德·吉卜林（Rudyard Kipling）作品中人物的支配。每當我讀他的作品時，我馬上就有一種強烈的自我意識，這讓我特別興奮，但我的大腦是非常清醒的。儘管我可能十分佩服他強大有力的構思能力，還有那極致無比的想像力，然而人物的整體表現卻令我討厭。我不喜歡他作品中的那些男性角色，我在現實生活中就不喜歡甚至很討厭這樣的人，因此就很自然地也不喜歡他作品中的這類人物。這完全是一個愛好問題。至於那些關於動物的故事，儘管這些動物被描述得極其聰明，

53湯瑪斯·哈代（Thomas Hardy, 1840-1928），英國詩人、小說家。代表作：《德伯家的苔絲》、《無名的裘德》、《統治者》等。他的作品對人民貧窮不幸的生活充滿同情，對工業文明和道德作了深刻的揭露和批判，但他的作品也帶有一些悲觀情緒和宿命論色彩。

54兩部都是莎士比亞的作品。

塞特爾，阿什菲爾德，1904 年 8 月 27 日

但牠們對於我來說，似乎也比不上畫家蘭德塞爾[55] 書中的那些嘴裡銜著法醫調查資料或菸斗的狗更真實。他的作品中我唯一重讀過的是《消失的光芒》（*The Light that Failed*），因為這部作品充滿了無限的力量和悲情，但是讓我生厭的那類問題仍然存在。

為了感受純粹的科幻，我常常閱讀赫伯特·喬治·威爾斯的作品。他有著窮盡可能的超凡想像力，而且經其文學加工後，能夠令人完全信服。但是，他是一個講故事的人，而不是一個劇作家。

對於以上這些比較挑剔的評價你也許感到厭倦。但是現今人們希望的是語言清晰、思想人性的作家，他們的書訊一公布，人們就會盼望著書的出版，而且還會提前預定。有一點我感覺不好，大多數作家似乎出了太多的作品。一部作品一旦成功，創作相同話題的類似作品的誘惑就會變得異常強烈，當然出版商的推波助瀾也起了很大作用。活著的作家中沒有多少能夠超然於金錢之上，但是如果說真的有這樣的作家，即便是這樣的社會現實，也不會汙染他的天賦。

我提到的這些作家對於我來說，似乎就像泛著泡沫的小溪，每條都在流動，每條都很優雅，每條都有自己的特點。但是人們渴望的是又深又寬的大河，對於某些讀者來說，這條大河應該是像司各特那樣人性湧動的洪流，或者像狄更斯那樣閃爍著幽默的波光，或者像夏綠蒂·勃朗特那樣帶著熾熱的激情，或者像史蒂文森所表現出來的那種大膽健康的歡樂和風趣。

現在，我們必須等待和期盼。同時，我要給那位我熟悉的、很棒的書商寫封信。他是為數不多的、對文學充滿極高熱情的人之一，雖然他從來

---

55 愛德溫·亨利·蘭德塞爾，Edwin Henry Landseer，1802-1873，英國畫家，尤以畫動物見長。英國倫敦特拉法加廣場的獅子雕塑就是蘭德塞爾的作品。

沒有寫作欲望，甚至連一行字也沒有創作過。我要告訴他你的愛好特點，他就會把一箱子漂亮的圖書給你打包好。但是我們有個條件，你必須寫一頁類似的書評作為交換。寫書評的唯一目的是了解一個人喜歡什麼，而且能夠自成一家，也就是說如同綿羊吃草 —— 多少個體也看似一體。

你永遠的朋友，
T. B.

塞特爾，阿什菲爾德，1904 年 9 月 4 日

塞特爾，阿什菲爾德，1904 年 9 月 4 日

親愛的赫伯特：

　　近來我一直在讀費茲傑羅的精美雜文《幼發拉底人》（*Euphranor*）。這部作品在形式和藝術手法上都採用了柏拉圖式的風格，但我從來不認為它非常成功。大多數追捧這部作品的讀者，最終感到欣賞這篇美文，就像啜飲了一大口醇香的美酒，除此之外，他們並不理解那些消失在黃昏暮光中的長袍人物寓意何在，也不知曉耶穌學院盛開的栗樹叢中傳出的夜鶯鳴啼意味如何。這部作品敘述不但散亂無章，而且還有點華而不實。不管怎麼說，這部作品不是我所希望的那種寫作方式，它更像迪比[56]的作品《戈德弗里德斯》（*Godefridus*）中適合大聲朗讀的段落一樣，主要是為了表現年輕人快樂旺盛的那種豪氣。「他們（年輕人）很容易因為無法擺脫所學到的箴言戒規，而感到羞愧（書中如是說）；他們有著高傲的靈魂，因為他們從不會感到羞辱或卑微，而且他們對社會現實也不很了解；他們注重榮譽而非利益，注重德行而非私利；他們在生活中更多表現出的是情感而非理智，理智往往摻雜著私利，情感往往牽絆著榮譽。」

　　毫無疑問，所有這一切都非常美好和崇高，但是，情況果真如此嗎？你我年輕時是這類人嗎？我們真的有這些美好品行嗎？也許你可能認為你是這種情況，但我只能遺憾地說我無法承認這是現實。

　　對我來說，我在青少年時期似乎經常犯錯。即使我到了現在這個年紀仍不完美，甚至很讓人遺憾。但是，我可以不帶一點兒自負、而且懷著承認缺陷的絕對謙卑態度、誠實地講，在某些方面我確實有了一點兒提升。我現在算不上慷慨或者高尚，但是我還沒有丟掉這些品性，因為我一直也沒有擁有它們。在少年與青年時代，我無疑更看重利益而不是榮譽；我追

---

56 威廉・迪比（William Digby, 1849-1904），英國作家、記者、慈善家。

求私利，很少考慮什麼美德。但是自從我對人們有了更多的了解，我逐漸意識到了這些良好品行的力量，榮譽和美德這些東西真的能在一些男人的靈魂中開花怒放，而且在一些女人的心中也是一樣。我感受到他們心靈的芬芳，我看到他們臉上綻放玫瑰一樣的榮譽之光，看到了美德像純潔的雪花蓮一樣，向他們彎腰致敬。我希望有一天，在初春裡的一天，我會發現在我貧瘠不堪的靈魂土地上，也有這樣嫩綠的東西在發芽。

人生之所以稱之為人生，是因為它有意義，但這一線希望不是人拒絕發揚光大過去時代的美德，而是人懷著崇敬之情，去學習本能永遠學不到的那些美好偉大的品德。

我現在回想，在我的少年時代，我是一個貪心、狹隘、自私、無聊的男孩。在我的青年時代，我是一個自負、急躁、自我、情緒不穩的年輕人。我還沒有完全根除掉這些「雜草」，但是我理解了而且堅信了美和榮譽甚至真理。

你永遠的朋友，
T. B.

阿普頓僧侶果園，1904 年 9 月 13 日

阿普頓僧侶果園，1904 年 9 月 13 日

親愛的赫伯特：

　　我剛剛度過一個長假回來，感覺不錯，準備工作。學生們還沒返校，但我已經開始著手準備下半學期的事務了。然而我沉靜的心境卻在今早被打破了。

　　我不知道你是否收到過非常不友好的信件，我想一個校長是尤其可能收到這樣信件的。我說的就是這樣一封信。我下樓吃早餐時心情不錯，隨手拿起一封信打開看，突然之間，這封信就像蛇一樣爬出來咬了我一口。我合上這封信，放到一邊，心想一會兒再讀吧。看著它就在我的餐盤旁邊，我的早餐變得索然無味，陽光也不再那樣明媚溫馨了。我拿了信上樓，覺得需要認真思考一下。我讀完一些其他的來信，之後又拿出這封信。再一次，那條蛇發出嘶嘶警告之聲，爬了出來，但是這次我集中精力，一口氣把它讀完，然後坐在那裡凝視著窗外。這封信很不友好，寫信的人很惡毒，信裡是一些令人不安的內容。對待這封信最好方式是什麼呢？憑藉經驗我知道，盡可能冷靜地即刻回信，選取一些信中說得對的內容記住以備將來之需，然後刻意徹底忘掉這件事。現在我的過往經歷告訴我，痛苦的感覺終究會一點點消失的，而且同時，一個人必須盡力客觀公正地理解這一整個事件。你需要弄清，一個人行為中究竟暗含著什麼？是這個人大膽到什麼也不在乎嗎？很可能是！但是最好的做法是即刻就回應這件事，否則會一直讓你焦躁不安，你也不用一條一條地回以長篇警句。這封信言過其實、含沙射影、惡意中傷，如果一個人讓這樣東西侵染大腦，那會使他懷疑所有人，讓他變得卑鄙膽怯。當蛇咬的傷口還在灼痛的時候，可能無法冷靜地提醒自己信裡那些話是言過其實、惡意中傷，即便在這個時候提醒也不會有任何安慰。是的，沒效果，唯一可做的就是投入

到日常的瑣事中，投入到工作中，大量閱讀 —— 任何可以恢復大腦健康狀態的讀物。

寫信告訴你這件事，我心裡就舒服了些，因為今天我一直感到痛苦不安，而這種痛苦不安又如此不真實和毫無意義，正像我冷漠地對待這個事件。冷漠確實可恥，但中招就糟糕極了。

我曾經看到過教堂裡發生一件很戲劇性的事。這座教堂就在我老家附近的一個鎮區上。教堂的牧師是我的一個朋友，他是一個非常從容安靜的人。那天，他在聖歌聲中走上了講壇。當聖歌結束的時候，他並沒有誦讀《聖經》，而是保持了很長時間的沉默。沉默的時間太長了，我認為他一定感覺很糟。沉默得讓人窒息，所有人的眼睛都看著聖壇。長時間的沉默之後，他慢慢地從桌墊處拿起一封信，低沉而清晰地說到：「兩週前，在我上講壇的時候，我發現了一封不知來自哪裡的、寫給我的信，我打開並閱讀了這封信。信沒有署名，而且內容充滿了誹謗。上週日我又發現了一封，這封信我沒有讀就燒掉了。今天，這裡還有一封信，我不打算讀 —— 」當著眾人的面，他邊說邊把這封信撕成兩半 「 —— 我警告，如果再有這類信件，我一定會把這事交給員警處理。如果必要，我願意就這些話題當面交流，儘管我覺得這些話題沒有善意。但是，用這種方式對會眾中任何一個成員進行誣告和惡意中傷，都是懦弱、恥辱的行為，是不符合基督教宗旨的行為。我非常想知道 —— 」他目光堅定地看著下面，「這些信是從哪裡發出來的。我嚴肅地告誡寫信人，如果我就此事採取行動，我一定會有確保行動有效的一些措施。」

這是我見過的把這類事情處理得最好的人了，表達時沒有激動或憤怒的跡象，緊接著他就像平時一樣，開始了他的誦經和講道。對我來說，那

阿普頓僧侶果園，1904 年 9 月 13 日

似乎是處理這類局面的超級典範。他非常有經驗，走時把撕碎的信件也一起帶走，我很佩服。

我曾經收到過一封匿名信，不是關於我的，而是關於一位朋友的。我把這封信拿給了一位著名的律師看，最後我們找到了處理這封信的正確方法。我還記得，當我們處理完之後，他拿起這封信——一個十分惡毒的憑證——若有所思地說：「我常常在懷疑，寄發這類東西究竟有什麼樂趣呢！我總是在想像著寄信人一邊看著手錶，一邊一臉壞笑地說：『我想某某人一會兒就接到我的信了！』我認為那一定是一種變態的情感。」

我應和道：「是的，難道你不覺得對一隻蛾子『呸』一聲也有種快感嗎？」律師朋友微笑著答道：「也許吧。」

好的，我一定要努力忘掉信這件事，但是我真的無法理解，做一件隱密卑鄙的事情竟能成為一個人心裡膽識和快樂的來源。我今早寫的信不是匿名的，但幾乎是一樣粗劣的，因為這封信讓人無法使用或者信賴上面的資訊，而且很令人不安。

告訴我你的想法！我想，一個人能了解自己的外在有多麼單薄和自我有多麼脆弱是一件好事。

你永遠的朋友，
T. B.

阿普頓，1904 年 9 月 20 日

阿普頓，1904 年 9 月 20 日

親愛的赫伯特：

　　最近我一直在讀馬克・帕蒂森[57]的《回憶錄》，這不是我第一次讀這部作品，但興趣只增不減。這部書是由他本人口述的，一直記錄到他生命的最後階段，在他去世後做了一些刪節後出版了。該書沒有得到積極的迴響，卻被貼上怯懦、嘲諷、激憤、不忠等等標籤，甚至被稱為是「黑暗中的哭泣」。一個人對一本書的評論一旦被普遍接受，便會先入為主，後來的讀者很難不受到這些觀點的影響。當拿起這本書的時候，讀者就心有準備地去尋找某些特點了，因此，一個人很難做到完全自由地、足夠超脫地去理解一部被大量評論的著作。但是我已經數次讀這部作品了，而且對其喜愛有加。書中沒有對慷慨大度等引人注目的品行進行渲染，而且毫無疑問，其中某些片段還令人反感。但從本質上來說，作品是一部公正、無畏、坦誠之作。作者對別人要求嚴格，對自己也毫不放鬆。他很明確地表示，他缺乏寬容和同情心，但對自己也是一樣的苛刻。我認為這部書的價值在於它絕對的真誠。他並不想不顧及他人地給自己的人生和品行畫一張完美的畫。讀者可以看到，他從一個醜陋、笨拙、幼稚的男孩成長為一個成熟、遁世、易怒、激憤的學生的過程。如果他不真誠，他很可能把自己的人生描述得色彩斑斕，因此也完全可能使自己擺脫被歪曲和誤解的境地。但他沒有這樣做。他非常清晰地向讀者呈現著，造成他人生悲劇的原因不僅是別人的陰謀詭計，更是他個人性格上的缺陷。他對自己沒有任何虛假描述，他也不希望他的讀者對他有任何不實的感受。全書充滿令人哀嘆的基調，其本質在於他不能全面地看待別人，而並非是他天生缺少這種判斷能力。畢竟，我們對他人的評價應該是個全面的綜合過程。這個綜合

---

57 馬克・帕蒂森（Mark Pattison, 1813-1884），英國作家、英國國教會牧師，曾在牛津大學林肯學院任職。代表作：《約翰・彌爾頓》、《隨筆和評論集》、《回憶錄》等。

過程要做加法也要做減法，關鍵在於透過加減之後的結果得出對一個人的評價。但是，對於馬克‧帕蒂森來說，他為人做的減法要遠遠多於加法，這個過程很符合他的性格。他對於周圍人的弱點看得很清楚，感受很敏銳，以至於他對於這些人的好品格無法做出公正判斷。這一點在他描述與紐曼和蒲賽的相處時表現得尤為明顯。帕蒂森曾一度是牛津運動[58]俱樂部的成員，但他內心一定一直是一個自由主義者和理性主義者，紐曼對他暫時的迷惑，似乎成為他往後人生中一種醜陋的催眠術，對此他一直在無力地順從著。當然，他書中引用的關於他在牛津運動中表現的日記、他曾聽到的一些談話、他所屈從的那種病態的思想框架，所有這一切對讀者來說都是糟粕。實際上，尤其是對紐曼談話的回憶，可以看出紐曼賣弄學問、追求神奇和目光狹隘的缺陷，這些都無可辯駁地證明了，紐曼一定是以此為榮地獻身於他所有的言行中。帕蒂森對蒲賽的批評更為尖刻，指責他（蒲賽）洩露了他（帕蒂森）在懺悔時曾向他（蒲賽）吐露的祕密。但是帕蒂森似乎沒有想到他自己是不是向別的朋友提到過那件事，無論那個祕密是什麼。

　　另外，該書展示了一個不同尋常的精神理想，並把它作為學生的追求標準，這讓讀者留下極為深刻的感受。我看過的書中，沒有哪本書能做到這樣：以一種如此專注和誠摯的態度表現出一個學者對知識廣度、深度和精度的熱切渴望，尤其這種熱情不摻雜任何個人追求。實際上，帕蒂森認為文學書面上過分的追求對於學生來說並非是一個無關緊要的缺點，而是一個玷汙性的罪過。

　　當然，對於持有這樣一種觀點的，很難不讓人覺得，這不過是一種個

58牛津運動：英國 1830 年代鼓吹復興天主教的運動。

人乏味的看法。帕蒂森所得到的回報與他的熱誠付出幾乎不成正比。他所獻身其中的那種思想體系，使他的成就很難在他人那裡獲得運用，但是，同時確實有一種既高貴又偉大的東西，存在於這位孤獨而辛勞的人的人生中，他不寄予希冀不求回報，唯一支撐他的是對無法實現的完美的一種追求。

但這並非在說這就是馬克・帕蒂森做的一切。在牛津，尤其是早些時候，他是一位很了不起的學者，後來他成為一座令人尊重和敬仰的豐碑。但是，在他感到非常失望──他沒有被選為校長之前，作為大學導師他很明顯是過著一種相當實際和滿意的生活。讀者能夠感受到帕蒂森用一種天真的方式緩解自己的失意，他在書中記述他逐漸意識到，他對於周圍的每一個人來說都是一位很有魅力的教授，甚至包括老校長本人。

他沒有競選上校長的經歷令人同情。帕蒂森以極其現實的態度揭露了這起骯髒齷齪的陰謀──把本屬於他的職位給了一位不稱職的人。但是，是否真的如同他認為的那樣，整個事件存在著這麼惡劣的陰謀也有些令人疑慮。但是，無論如何，人通常不會無緣無故樹立敵人。他似乎沒有問問自己，他的行為和言論是否促成了那種不快的局面。實際上，在他去世後的書中不難看到他用尖刻的語言評論他的同事，如果在他活著的時候他是用這種語言評說他們，那麼他落選之謎就完全清楚了。

他把這場不幸之後表現出來的沮喪和崩潰，毫無保留地告訴讀者，我感覺這並非怯懦。他超時工作、透支體力，身上有種很濃厚的病態氣質。當時他最渴望的目標是獲得一個管理職位，當這一職位很意外地落在他頭上後又很意外地被剝奪時，這對他來說一定是一個可怕痛苦的大災難。讀者感到不夠大度的是，他沒有更溫和地意識到這一切最終都成為了好事。

他在書中對這一事實仍表現得心有不甘。然而，正是這一職業上的打擊使他獲得了更多自由。因為這種變化他的身體也更加強壯，他開始做他的研究。後來，恰恰就在他的理想確立之時，校長職位擺在他的眼前 —— 而當時情況似乎是，憑他的行為他根本沒希望獲得這一職位。

另外，這本書是值得稱道的。馬克・帕蒂森雖然獲得了較高的文學成就，但是他在書中沒有表現出些許的自滿，而且剛好相反，他坦誠地認為成功對他沒有任何影響，卻讓他自卑地感到，在構思和處理上，完成的作品也許本可以更好。

掩卷深思，我對這位由於自身性格陷入無限窘境的男人表示極大的敬意。這本書還給了我巨大的精神鼓勵，他讓我意識到知識的崇高和美麗，知識分子人生的偉大。讀者也許會為帕蒂森的人生感到遺憾，因為他一生沒有擁有比較實用的權利，沒有與人建立比較和諧的關係，而且太注重追求而缺少助人的願望。但是，我們也知道，一個人不可能什麼都具備，況且他的一生是與物質主義、功利欲望、狹隘守舊的思想彼此衝突的一生。我們在這裡看到的是一個深受夢想折磨的偉大而孤獨的人物，因為他周圍的人沒有多少能夠理解他的夢想，而且支持他的人則少之又少。書中他哀婉地寫道：「我可以肯定地講，自從 1851 年以來，我一直在做著純粹的學習研究工作。這樣講沒有一點自誇的意思，因為令人奇怪的是，在一所看似培養科學與文學素養的大學裡，這種人生竟然很難被看作是一種值得稱道的人生。」

這樣一本書為我帶來的實際影響是，我懂得了全面詳盡敘述的極大優點。雖然這本書並非完全令人稱道，因為在這樣的地方作者一定會對作品進行大量關乎個人偏好和簡略的加工，但它仍讓我對自己的膚淺感到羞

阿普頓，1904 年 9 月 20 日

愧，我下定決心在這方面完善自我，即使我知道我將會犯同樣的錯誤，但一定會有所收穫的。這只是一個次要問題，真正的收穫是認識了一個真實的人、深入探查了他的精神、明白了人性差異、了解了一個人的崇高理想。同時，真正的收穫還有，要從他無法正確且圓滑、和睦與寬容的處世所帶來的失敗中學到更多；要懂得即使是再崇高的目的，一旦遠離塵世也一文不值；要盡量看到別人的優點而不是缺點；最終還要了解到我們所有人都有寬容和被寬容的需求。

你永遠的朋友，
T. B.

阿普頓，1904 年 9 月 26 日

阿普頓，1904 年 9 月 26 日

親愛的赫伯特：

我現在很操心學校的講道。我感覺我們應該從講道中受益更多，而現在情況遠非如此。這裡每天晚禱都有講道，我認為講的都很精明。學生們也很認真，傳教士心情想必也很愉快，小教堂裡溫馨明亮，音樂讓人心緒得到撫慰和鼓舞。這恰好就是孩子們願意關注自身、個人人生和品行的時刻，他們懷抱希望、態度認真、充滿熱情，這剛好就是趁熱打鐵的時刻。

然而，我覺得這種機會常常被錯過。首先，所有這些教職人員被要求依次來講道 —— 孩子們所說的「固定批量式教學」。校長每月講道一次，其餘則外聘一定數量的外部傳教士、年長的阿普頓鎮居民、當地的牧師以及其他人員。

讓我吃驚的是，認為每個牧師都勝任講道竟然是一個巨大的錯誤。我認為每個有思想的基督教徒都一定會有很豐富的某些布道資料，講道中一定會以動人的方式讓大家領會某些真理，其中也一定會飽含一些他悟出來的關於品行的道理。但是，他不一定要具備簡潔直接的表達能力。我感覺好像有一種錯誤的責任意識使得傳教士必須創作自己的講道文章。我不明白那些卓越的傳道者的文章為什麼不可以直接宣講，人們為什麼要聽一個倦怠之人關於某一話題的沉悶布道，而這一話題紐曼已經在某個教區講道中清晰透徹地講過了。傾聽乏味冗長地解釋那個老生常談的同一觀點，跟傾聽一位卓越大師和一位諸如紐曼這樣看穿心靈的人的話相比，哪個是更受益的呢？我更希望一個人在講道一開始，就直率地說他一直在思考一個特別的問題，而且他要讀一下紐曼一篇關於這個問題的布道文章。之後，如果哪個段落不清晰或者被簡化，他可以稍作解釋。

此外，我希望在講道中語言盡量樸素、簡單、直接，似乎沒有多少人

意識到這些表達能力並非是樸素、簡單和直率性格所致，而是長期實踐和認真研究的結果。

再者，我希望講道能更加敏銳和深刻。純潔、神聖、虔誠這些美德與孩子們的品行無關。如果要對此加以證明的話，我們都知道一個無以辯駁的事實——如果一個孩子在一個人身上使用神聖的、聖潔的或虔誠的這三個形容詞中的任何一個時，都不會被認為是一種敬意。從他們口中說出這些詞有些虛假聖潔之嫌，更像是某種形式上的教義尊重，甚至是一種偽善的謹慎之舉。忽視這一事實就是在犯大錯，我並非在說傳教士不應該讚揚這些美德，但是，如果他想宣揚，他就必須要能把他的思想變成孩子們可以接受的語言，他就必須能夠闡釋清楚這些品性與剛毅、幽默、厚道並不相悖。一位到學校講道的傳教士應該有一點溫和的諷刺風格，他應該能夠做到讓孩子們為他們毫無意義的墨守成規感到羞愧，他應該能夠讓孩子們感覺到他雖然是一個基督教徒，但他絕對依然是一個世俗之人。他不應該推崇那種我稱之為柔美式宗教的東西（我這裡用了一個較好的詞），那是神聖的唱詩班孩子和典型的臨終床榻邊的宗教。一個學生不一定要溫順、馴服、謙和，我恐怕我無法承認他就應該這樣。但是，如果一個傳教士一開始就很精於設計且幽默，他之後就能夠把他的聽眾帶到更純真更高尚的境界。如果是這樣，他就能吸引聽眾，因為他的聽眾將會感覺到他們最崇尚的品德——勇氣、敏銳、幽默——不一定要置於基督生活門外，而是可能會被應用於更高的層次。

另外，我認為現在的講道還很缺乏多樣性。人們很少聽到傳記式的講道，然而傳記是幾乎所有孩子會聽入迷的東西之一。我希望傳教士會不時地講一下某個傑出基督人物的生平經歷，讓他們感悟到，如果有那樣的意志，他們也可能會有那樣的人生。傳教士們宣揚自我犧牲和自我克制過

多，我感覺這些東西似乎是非常成人化的理想。我希望他們會充滿活力地多講講為善的愉悅、興味和樂趣。

我有這些想法源於我最近聽過的兩場布道。一個禮拜日，一位著名的傳教士來這裡布道，他大講了一番充分利用小教堂做禮拜的好處。我還沒聽過誰把這類課上好。他列舉了一些這樣做的最單純的動機。他說我們都相信我們的心是善良的，也相信如果我們正確對待禮拜，它就是一種根植善良的手段。他還說，在學校到小教堂做禮拜是必修課，這樣的安排很好，因為如果是選修課的話，就會有很多學生由於懶惰而蹺課，因此而失去許多受教育的機會。他又說，既然是必修課，我們就最好盡可能地充分利用。接著他又繼續講了注意聽講、上課態度等等問題。學校裡有一些年紀較大的孩子，他們都有一個不良習慣，會在布道過程中頭枕著胳膊趴在書上，隨時都會睡著。看到這種情況，傳教士停頓了一下說，他很清楚苦口婆心未必總會贏得相應的認真聽講。聽到這話，學生中傳出一陣輕微的笑聲，隨後，那些隨時準備入睡的學生們一個接著一個地、很尷尬地慢慢坐直身子，盡量表現出他們好像僅是自然地調整姿勢。這的確很可笑，但對違反紀律的學生很管用！接著，傳教士帶點情緒地講了在過去學校小教堂裡布道學生們是如何接受的，說那些不認真聽講的人根本得不到他們希望的那種基督寧靜，而那些尊崇精神與真理的人會發自內心地感覺到那份安寧。之後，他又描述了一個有氣概、純潔的、善良的完美學生應該是什麼樣子，他的話一下子吸引了所有的學生。孩子們大多很粗心，但是我確信，聽到這種有效簡潔的精神引導，他們中許多人不管怎樣，都會在最近一兩天裡表現不錯。

就在昨天，我們聽了一個完全不同類型的人的布道，我敢肯定，他足

夠真誠，也很高潔，但是他好像忘記了（如果他曾經了解）一個孩子的內心和思維是什麼樣子的。這次的布道中，傳道士一直在講學生要遵守紀律，他描述了聽話就要做出的犧牲，又枯燥無聊地介紹了一個教區牧師的生平。當今，要讓學生對一個人的生平故事感興趣，唯一的方法是，要傳遞勇敢精神，具有趣味性，確定有助於人類，使人感受到人際關係帶來的愉悅。

我必須承認，這次布道效果非常令人失望。在最後，他強烈地大聲呼籲道：「開始吧，」他說：「大家從現在，從今天就開始吧。」很遺憾地講，我當時就一直從我的小隔間裡、蠻有興趣地觀察著一個高大健碩的紅臉男孩的課堂表現，他是一個很有名的足球運動員，也是一個非常正派體面的小夥子。他在上課不久就趴著睡著了，聽到了這一大聲的號召，他平靜地睜開了一隻眼睛掃視一下傳道士，發現這一號召似乎跟他沒什麼大關係，他就發出一聲同情的嘆息，又把眼睛慢慢地閉上，再一次入睡。我暗自發笑，希望傳道士沒有發現這位學生。

但是，嚴肅地講，我覺得這樣浪費機會太可惜了。禮拜天晚上的課，是一週裡最可能在至美的氣氛中向孩子們傳輸宗教思想的時刻。我認為，大多數學生渴望做好孩子，他們尚未成熟的願望、他們徘徊猶豫的希冀以及他們缺乏自信的理想，這一切都應該予以細心呵護和讚揚和鼓勵。還有些時候，一個嚴正的道德準則應該加以宣講和強化，違反道德的行為應該受到批駁和阻止。我不介意宣教方式為何，但我重視心靈的感動和啟迪。世事都有批駁和讚美的空間。最好是兩者恰當的結合，如果惡行得以顯露真實面目，如果邪惡人生的黑暗、醜惡和痛苦能夠展示予人，如果緊隨其後的是靈魂導向真實而正確的道路，那麼才是盡力做能做的了。

阿普頓，1904 年 9 月 26 日

　　但是，我們都變得越來越機械和制式化。我的那些比較謹慎的同事都非常害怕他們稱之為信仰復興運動的東西，其實，他們恐懼的就是那些非傳統的東西。我希望看到，禮拜天布道能像阿諾德在拉格比做的那樣，成為一週最激動人心的事件之一。我希望傳道士是經過極其認真挑選的，而且事先知道應該講什麼。在學校小教堂裡的課無需再說教 —— 孩子們在他們的神學課上聽得夠多了。他們真正需要的是心靈的感動，是追求純潔和善良勇氣不足時給予的力量和幫助。為靈魂插上翅膀，這才是目標。但是更多的時候，我們不得不聽墨守成規的演說，在這樣的宣講中，傳道士往往會說故事場景大家都很熟悉無需累述，但會繼續從《聖地與聖經》（*The Land and the Book*）或者法勒的《基督的生命》（*The Life of Christ*）中選取一些無聊的情景。接著就是冗長的故事敘述，最終我們無非是從《劍橋聖經》（*Cambridge Bible for Schools*）或者《講道建議》（*Homiletcal Hints*）的注解說明中擷取幾處進行道德思考，結果使得即使是最熱誠的基督徒也會認為追求圓滿是一項十分枯燥的差事。

　　但是，一個勇敢無畏、心靈聰慧、單純質樸的人，是在用心和心交談，不是把持著一種無法實現的完美標準，而是像一個年長的朝聖者，只是他年齡大一點、意志堅強一點、路走的遠一點 —— 這樣一個人怎麼可能不踏上正確的道路、心向光明呢？學生們常常渴望著成為好孩子，但是他們往往感情用事，他們需要從內心感到善行是有趣的、美麗的、值得擁有的。

你永遠的朋友，
T. B.

阿普頓，1904 年 10 月 5 日

阿普頓，1904 年 10 月 5 日

親愛的赫伯特：

　　秋天到了，對我來說這是一年中最甜美的季節。當然，春天的美麗也令人陶醉，但是它帶給人一種慵懶悠然氣息，之後伴隨著春天的腳步遠去，人們迎來的又是炎熱的幾個月分。但是，現在夏季過去了，那些晚霞滿天的夜晚就要到來了，而且，就像安慰人們哀婉逝去的美麗夏日，整個世界綻放成為一場豐美莊嚴的告別盛宴。今天我和一個朋友一起漫步，去了一個不是很遠的地方，那在一個龐大而古老公園裡，是一座帶有護城河的宏大宅邸。我們離開小鎮，一路上能夠感覺出那種城鎮到郊區的、漸行漸遠的冷清，我們走的那條大路看起來並不荒涼，道路兩旁也沒有樹木，在離大路幾百碼的地方一片灌木叢躍入眼簾。在遠處田野凸顯出的一線濃密的樹叢，總會給人一種淡淡的神祕感，總會讓我感覺像是一個無聲的大部隊，在保衛著某個神祕的東西。我們離開大路，不久就走進了這片樹叢 —— 濕漉漉的林間小路鋪滿了一片金黃的落葉，隨處有向左或向右的岔路口，很快我們就看到了那座宅邸的屋頂和塔樓 —— 我必須告訴你，那是一棟哥德式風格的建築。那些早期的浪漫復興主義建築師雖然酷愛粉飾灰泥和淺雕壁龕，但他們某種程度上還有一種大眾意識。讓我欣喜不已的是，我知道著名的沃爾特爵士本人也親自參與了這座房屋的建設，而且還設計了碉樓和水門。房屋周圍環繞著很寬的護城河，黑色的河水裡遊動著數不清的鯉魚。這個地方出奇寂靜，偶爾聽到遠處傳來的沉悶的槍聲和幾聲水鳥尖厲的悲鳴。金黃的樹葉灑滿了水面，在水閘附近形成了一片緻密的葉毯。高高的榆樹金色點點，栗樹枝頭一片鏽紅。一位園丁不聲不響地、慢悠悠地打掃著落葉，讓人感覺這裡就他一個生命存在 —— 當宏大的房屋與一片片茂盛的米迦勒雛菊交相輝映，當黑漆漆的視窗反射出微弱星光落在牆面，他發出的聲響好像在說他就是這裡的靈魂。一切看起來都

那麼淒切而安逸，彷彿是帶著一種圓滿而高貴的尊嚴在靜默地逝去。我多麼希望我能言語表達出那種景象的淒美和凝重，那多像一張美麗的蒼老的面孔，讓人感受到內裡蘊含著一縷久經世事的隱忍、溫柔和信任的靈魂，它毫無恐懼和焦慮地等待著最後旅程的起航。

我感謝時光，我認為這是歲月不斷增長的益處之一，這些事物之美對於心靈來說，意味著更多。也許那種激情享樂的感知變得有些鈍化，但隨著人生繼續，那種世事的魅力、美妙、淒婉和神祕會顯現更多，對心靈施以更大的魔力。

我們沿著小橋走了一會兒，從護城河流出的小溪在它狹窄的水道中左沖右撞，嘶啞著流淌。那種悲傷哭泣般的聲音似乎更強烈地襯托出這裡樹林和天空的極度寂靜。護城河上方飄起一團團薄霧，在遠處我們可以看到長滿雜草的牧場，以及雜草中稀稀落落站立著的粗幹虯枝的老橡樹。春天清新的小雨，飄動的浮雲，夏日沐浴的高溫，這些時節都已結束 —— 只有灰白溫和的天空 —— 剩下的時節就是讓元氣回到它神祕的家園去休息、去長眠嗎？我會清醒、莊嚴地等待這一最後時刻，而且是情願地、耐心地，帶著一種肅穆的壯美，懷著感激、愛和信任地去等待。

那天陪我漫步的是文恩，他是我的一個同事，在此之前，我們曾討論過很多我們這個躁動地方的忙碌生活中的一些小利害和問題，但是現在我們一下都沉默了。纏繞在我們周圍的帷幔 —— 人生布幕拉開，我們瞬間看到了廣闊無邊和星光閃耀的靜止世界，看到了無形而亙古的黑夜，在這裡千年仿若昨日，世世代代的人們前仆後繼走進這個世界。這是一個沉重但還算不上讓人絕望的想法：因為靜止中有種東西在孕育，這種東西我們也許意識不到，但它確實存在。我們能夠讓這一冷靜而強大的思想貼近我

們的靈魂！那種不可獲知的神祕應該賜予我們力量，讓我們就像在一個強有力的臂膀中安息。這巨大神祕提供給人的信條非常清晰，但在它的背後卻有個讓人困惑的問題：我們個人渺小的人生，怎樣才可能非常明確地與塵世人生有別？為什麼我們活動其中的居所，就應該如此強烈地標為我們所有，而居所以外的一切卻與我們相隔無關？

　　然而，在這樣靜穆的秋日裡，一個人似乎更能接近那種神祕，更能體會那種莊重的傳承遺物，也會更少些自我、更靠近上帝。

你永遠的朋友，
T. B.

阿普頓，1904 年 10 月 12 日

阿普頓，1904 年 10 月 12 日

親愛的赫伯特：

　　我寫信只是想和你閒聊一下這裡發生的瑣事。我們委員會最近一直在開會討論小教堂禮拜的事情。我是委員會的成員，因此也參加了會議。一個人與他的同事就某個問題產生分歧，這類事情很常見，但每當這時我就發現，自己會對那些智慧德行之人所推崇的觀點感到迷茫。我不是說我一定正確，也不是說那些與我觀點相悖的人錯誤，但是我知道，我的一些委員同事肯定認為我是一個無聊而且執迷不悟的人。但是在某一點上我相信我是對的，就這類事情（關於小教堂禮拜）來說，我感覺唯一的方法是盡量達成某種寬泛的道德準則、確認你在努力的目標，接受這種準則之後，去努力地一步步具體實現。現在我感覺我的兩三個朋友一開始就錯了，他們頭腦裡已經形成了某些固有的具體做法，而且他們全力以赴地推行這些具體做法，根本不去嘗試建立一個準則。比如說，委員會成員羅伯茲就只是急於推行他所謂的禮拜儀式傳統，他說禮拜儀式是一門科學，而且要時刻牢記，這是十分重要的。他力薦的具體做法是，按照中世紀八度音制度，在某些季節的禮拜日早上或一週的每個早上，唱同一首聖歌。他把這稱為「多錘一根釘，重點記心中」，他說這類話不足為奇，他的比喻往往跟他的觀點文不對題。另外，他非常希望每週能有兩次啟應禱文課，按照他的說法，這樣培養的學生也許就有持續的虔誠聽講習慣。另外一個成員蘭德爾則極力主張禮拜應該具有他所認為的那種教益意義，他舉例說，那些布道課程應該依據《舊約全書》中的某些卷，以及《保羅書信》等等來進行宣講。他還堅決支持開展那類機械式教條的講道，因為教條是宗教的骨骼和肌肉。另外一位是老皮戈特，他認為做禮拜的總原則是崇拜與讚美，所以他極力回避一切主觀與個人的觀念。

我發現自己無論如何也無法贊同這三位智者的觀點。關於學校禮拜課，簡單地說我的觀點就是，它們應該滋養人的靈魂，並使靈魂漸漸地接近愛與信仰的真諦。我認為，歸根到底就是要喚起並保持一種純潔和寬厚的情感。大多數學生都有不同程度的信仰意識，就是說，他們有時候會意識到上帝的庇護，意識到罪孽的救贖，意識到聖靈於內心的存在。他們有時候能感悟到，他們也許可以成為的那個樣子，也能感悟到，他們本質不是現在的樣子 —— 他們更希望純潔而非汙濁，更希望無私而非自戀，更希望善良而非冷酷，更希望勇敢而非怯懦。儘管不是十分清晰，他們有時候還是能夠懂得幸福快樂來自於行動與寬厚，而且有時候為了讓自己良心不受罪惡玷汙，他們會放棄很多。我感覺學校禮拜課的目標就應該是，培育這些朦朧徘徊的夢想、提高對聖潔的幽美、寧靜的意識、賦予學生們一些強大而快樂的思想，使他們回到更完善、更值得的人生軌道。

　　我恐怕我無法給予禮拜儀式傳統的科學性很高評價。科學的精髓就在於科學本身是不斷進步的，我們的問題和需求與中世紀時的問題和需求是不一樣的。上帝與人的整體概念已經變得寬泛和深入。科學已經讓我們懂得天性是上帝的部分想法[59]，它不是讓我們去戰勝的東西。另外，科學也讓我們明白，人類很可能還沒有從慈悲墮落到腐朽，而是正在逐漸努力向上，脫離黑暗進入光明。還有，我們再也不會認為創造萬物都是為了人的利用和享樂，我們現在了解在地球上的許多地方，千萬年來，人類生活盛劇一直在根本無關人性地上演著。再有，正如一位大科學家最近指出的那樣，過去迫使信徒遁世或過苦行僧生活的那種憂鬱和無法釋懷的罪惡感，現在已經讓位於一個更崇高的公民道德觀念，已經使得人的心靈轉向調整

59此處「天性」指具有與生俱來的本質。

阿普頓，1904 年 10 月 12 日

而不是懺悔，基於這種情況還認為我們應該受制於那些帶著中世紀意識的精準虔誠形式，我感覺這就是一種完全倒退。

關於為了培養學生持續祈禱的動力而安排禮拜課，我認為這完全是一個不切實際的論調。首先，為了一個這樣培養出來的學生，你會鈍化其他九十九個學生的宗教易感性。孩子都是敏捷、活潑、輕快的動物，無法忍受乏味和壓迫的東西，因此，我認為要在他們中培養信仰意識，首要的工作是要使得信仰活動吸引人，而且要拋開一切可能令活動沉悶的東西。

至於那些機械教條的說教，我感覺學校裡的小教堂不是做這類事的地方，在學校學生們已經接收了大量的信仰說教，禮拜日更可能有過多的這類內容。我認為小教堂得是讓學生愛上他們的信仰（如果可能）並且發現信仰之美的地方，如果你能確保如此，那麼教條就不會出現了。關鍵的問題是，例如一個學生應該意識到他需贖罪而不是知道如何贖罪的形而上學的方法。在福音書中沒有多少教條的指令，它的內容似乎已經傳授給那些少數人，而不是大部分人，主要傳授給了講道者而不是群眾，因此，怎樣使用小教堂是至關重要的價值觀問題，而不是技術性問題。

關於崇拜讚美論，有個老觀念認為上帝也需要群眾對祂的仁慈和偉大給予一定的讚美，我認為這完全是一種原始未開化的迷信崇拜，這就是那類認為物質繁榮源於信仰崇拜的宗教思想。曾經有過那樣的時代，人們相信，做出一定數量的犧牲後，作為回報，虔誠人們的莊稼就會獲得陽光雨露的沐浴，在個人發展上他們要比那些不虔誠的人考慮得更細緻。人們聚在一起引吭高歌措詞有些過度讚美上帝的榮耀和莊嚴的聖歌，上帝聽到就能感到某種回報的滿足，我認為這樣的見解十分幼稚。

我個人的觀點是，禮拜課首先應該做到盡量簡短，應該多樣有趣，應

228

該動起來唱起來，每一次禮拜都應該用來安慰和滿足孩子們躁動的身心。雖然說一切應該簡短，但我認為不應該完全是一種平淡又淺顯的制式化東西。裡面應該蘊藏著許多細膩的特質，希望與信心、痛苦與悔恨、磨難與悲傷，這些微妙的情感許多孩子都能隱約地意識到。少年時代充滿了陽剛之氣的比拼打鬧，使孩子們不去理會許多細膩有益的品德，因此這些情感在我們的禮拜課上應該受到培育和重視。我認為，給那些活潑直爽的孩子也安排我們宗教活動的全部內容，是完全錯誤的，因為他們的興趣已經形成，而且他們從來也不知道什麼病痛和悲傷。在許多孩子內心有著大量祕密、脆弱、細膩的情感，這些東西不能簡單地分等，也不能因為情感主觀性而被忽視。

我認為，講道應該簡潔並合乎道德。這些課程的主要宗旨應該是喚醒寬宏的思想和希望以及純潔高尚的理想。傳記人物的東西對孩子來說都有很強的吸引力，如果一個人能夠向孩子證明，擁有深厚真摯的信仰，像熱愛自由和榮譽那樣熱愛真理和純潔，與擁有男子漢氣概並不矛盾，那麼一粒仁慈的種子就已經播種在孩子的心中了。

除了以上這些外，最重要的是，宗教活動不應該單純地從孩子的視角來進行，要讓他們覺得他們需要學習、需要克服苦難、需要追求神聖。要讓他們意識到這個世界困難重重，但是確實存在一個帶領人們穿越黑暗迷宮的提示，如果他們能夠掌握這個提示的話。要讓他們學會謙遜和感恩而不是自負和無情。更重要的是，要讓他們懂得，世上萬物並非偶然，而是一個靈魂有一個安置之所，只有透過正確理解人生世事，勇敢面對悲傷痛苦，慷慨奉獻仁慈愛心，感恩接受快樂愉悅，才能找到幸福。

最後，應該有種團結觀念，永遠合作，堅持我們認為正確和純潔的

東西，共同面對塵世而不是單打獨鬥，所有這些都應該是學生們應該秉承的。

　　即使像現在這樣，學生們也會在成長過程中愛上學校的小教堂的，他們會在若干年後意識到，小教堂是一個曾經給予他們仁慈與力量之光的地方。也許還可以比現在做得更好，但是，如果了解我們當前的情況和我們現有的條件，也就只能這樣了。我們一定要努力發現和激勵每一個美麗的志向、每一個神聖謙卑的思想，而不要使用折衷理論，更不要試圖逼迫孩子成為固定的類型。我們在學校生活的其他各個方面都這樣做了，但我更希望學校小教堂能是一個充滿自由的地方，在這裡幼小的心靈可以釋放那些隱隱迸發的高尚神聖的東西，這實際上也許最終就是天國之門。

　　只有這一次，我能夠在沒人打擾的情況下寫完這封信。一般來說，如果我的信看起來很混亂，請記住那常常是帶著壓力寫完的。我想我們都羨慕對方的境遇，你希望再多點壓力而我希望再少點壓力。知道你那裡一切都好，我非常高興，也謝謝荼莉的來信。

你永遠的朋友，
T. B.

阿普頓，1904 年 10 月 19 日

阿普頓，1904 年 10 月 19 日

親愛的赫伯特：

　　由於我所在委員會的原因，我現在一直琢磨禮拜儀式問題，但你一定會從中受益。

　　我一直好奇，是哪位祈禱書的編纂者把這篇讚美詩確定為我們晨禱的第一首聖歌，我說的好奇是人們常有的那種毫無目的的好奇，不會費盡心思地去追本溯源。我敢說，如果一個人不怕費事地去追索，他就會發現作為晨禱第一首聖歌有很多先例。但是，重要的是這首讚美詩被確定了，而且是一種天才式的一舉成功。（注意 —— 我發現它在每日祈禱書中被指定為教堂晨禱聖歌。）

　　這首讚美詩太完美了，表達方式出乎意料，我感覺選擇過程也一定投入了很深切誠摯的情感。許多有才華的基督教人士也不敢把一首讚美詩放在這樣的位置　——·首晨禱讚美詩能完全改變氣氛的位置，讓人們誦讀之後迸發出高尚而強烈的情感 —— 那才是偉大而壯麗的東西。

　　琢磨一下這首晨禱詩，我把其中的一些詩行寫了下來，僅作為一種體會這些偉大而簡單詞句的單純快樂：

「啊，來吧，讓我們向主歌唱；

讓我們為救世主的力量熱烈歡呼。」

　　多麼富有活力和生氣的詩句，就像創作者發出的邀請：「走開吧，沉悶的憂慮。」一下子讓我們融入到興奮勝利的情緒中，讓我們從思想的沉重陰影中跳脫出來。

「我們來到他面前表達感謝，用讚美詩表達我們對他的熱愛。

因為主是偉大的神，一位超乎眾神之王。

地之深處在他手中，山之高峰也屬於他。

大海是他的創造，陸地也出自他的雙手。

啊，來吧，讓我們屈膝敬拜，跪在主的面前。

因為他是主，我們的上帝，我們是他牧場上的羔羊。」

多麼熱情澎湃！當陽光普照萬里晴空，當清風快樂吹拂原野，那該是多麼令人愉悅的情景。毫無疑問，這首讚美詩承擔著責任，有著一種重要的使命，但是這位詩人的內心洋溢著一種簡單的快樂，所以他寫道：

「上帝在他的天堂，

世界是那般美好。」

我認為，如同大海吸納百川，這些詩句吸納了所有快樂與美麗之河，河流或者承載著來自大城市中心的船隻，或者從原始高沼地跌宕跳躍而下。所有這些我們生活中蘊含的甜美快樂都在這裡找到了靜謐安逸之所；所有的生活、行為、冥想、感知、愛、美、友誼、交流、思考的愉悅，統統都融入到一股感激與感恩的巨大洪流中；感恩是他創造了我們而不是我們創造了自己；感恩有綠色的牧場和奔流的江河養育我們；在這樣的氣氛中，所有的心神不安、所有的無聊懷疑都消失殆盡，我們為存在而欣喜。

接著，讚美詩忽然氣氛一轉，進入一種哀婉情調，直指那些由於倔強固執、自負渴求、憂慮多思而將自己封閉於偉大傳承之外的人們，如同向他們發出了懇切的召喚，一種哀戚的邀請。

「惟願你們今天聽他的話，不要再像祖先在米利巴和瑪撒時一樣硬著心腸。」[60]

「那時你們的祖先試探我，考驗我，觀看我的作為。」

---

60 「米利巴」是地名，這裡代表著「爭吵」；「瑪撒」是地名，這裡代表著「對神作為的窺探」。

接著，激憤情緒高漲，直指那些剛愎頑固的人們，他們不屈服、不接受引導，他們深陷一意孤行之悲哀中：

「四十年之久，我厭煩那個世代，因此說：他們是心裡迷誤的人民，竟不知我的道路。」

然後，聖詩情緒再次澎湃，表現出一種憤怒之極，就如同令人畏懼的霹靂：

「故而，我憤怒地發誓說：他們決不可進入我的安所。」

但是，即便如此，正是那種讓人生畏的責怒蘊含著一種美的思想，就如同酷熱的沙漠中的一片綠洲。「我的安所」 —— 那個甜美的港灣真的在等待著所有只願意跟隨並服從上帝的人。我非常確定，每次聽到這首令人驚異的讚美詩我都會增加一份觸動。像細膩溫柔的第 119 首讚美詩那樣的一些詩句，會在久頌默讀中慢慢浸潤心田。我小時候常常覺得那首詩很無聊，而現在我卻深深地喜歡上了它！但這還是與我說的晨禱讚美詩感覺不一樣，這首晨禱讚美詩簡潔直接，沒有任何的故作深奧。相反，這種深奧卻清晰可見，讓人覺得，如果要想獲得即刻的快樂激情，同時再用銳利的沉思之箭刺穿淡漠之心，那麼無疑這首讚美詩是不二之選。

我感覺在這封信中，我一直在努力做著解說員先生做的事 —— 帶你進入一個裝著掃把和蜘蛛的房間，並試圖從中獲得道義。但是我確信這首不同尋常讚美詩及其立場的魅力所在，正是指出了我們常常因熟識而生蔑的東西，試圖突破其外在，讓人們看到在一顆寶石的熾熱內心之下是多麼的明亮和快意。

我一直在想著寫封信，毫無疑問這個正好。我知道我明白過頭了。

你永遠的朋友，
T. B.

阿普頓，1904 年 10 月 25 日

阿普頓，1904 年 10 月 25 日

親愛的赫伯特：

　　最近我一直帶著濃厚的興趣在讀兩本書，《A 教授的書信集》（*Letters of Professor A*）和《F 主教的生平錄》（*Life of Bishop F*）。從形式上看，我認為書信集的編輯做得很棒。他的做法就是讓教授講述，而他本人卻站在後面像一個謹慎謙虛的指導人，在恰當的地方說必要的話。在此他會大受稱道，因為一些著名人物的傳記作家常常利用他們的特權做一些額外的自我標榜。他們自吹自擂，但若有人要直接求證時，他們又會表現得非常禮貌親切。

　　我曾經寫過一篇短篇的自傳，根據書的主題需要求助幾個朋友回憶一下過去的事情。我從來沒有對人的本性感受到這等陌生。很少有人為我提供我最想了解的東西 —— 事實情況、當時說的話、真實的行為表現。一部分人告訴我的東西有一點價值 —— 我的傳記主角曾參與的一些故事片段，但是其中卻摻雜著許多他們個人的觀點、行為和說辭。還有一部分人把我的傳記主角當作他們發表個人評論的藉口，繼而介紹的都是他們自己。其中最令人惱火的是有人竟給我寫了很長的關於他自己回憶的一段話，這樣寫道：「我還清晰地記得某某年的那個夏季，當時親愛的 P 先生就住在 F 地。我和我的妻子在那裡附近有一座小房子。我們發現在倫敦生活疲倦後，順便到那裡小住一段時間還是很不錯的。我十分清晰地記得有一次我還和 P 先生一起去散步。當時正是普法戰爭時期，而且，我對那種對我來說似乎是毫無目的的大規模犧牲感到無比憤怒。我記得我把我的想法一下子都向 F 先生傾訴了。」接著就是一兩頁對戰爭暴行的思考。「P 先生很感興趣地聽我講，現在我想不起來他當時怎麼說的了，但是我知道他當時說的話對我觸動很大。」等等這類話密密麻麻寫了許多頁。

而教授書信集的編輯根本沒做這類事，他完全居於幕後。但是，讀過這本書之後，我有一種感覺，除非主人公是一位寫信高手，否則這本書的內容結構不可能如此完美。可以說，其中大部分信件是業務信函，或者關於教會政治，或者討論歷史觀點。信中有許多地方表現出了機智多變的小幽默。但是，我認為這些東西本應該抽離於它們的語境而成為一種敘述形式。教授是一位品行獨特和個性突出的人。除了學識淵博外，他常識經驗豐富，為人開明虔誠，尤其具有一種不著邊際、有失尊嚴的幽默感。他把民族性格中古怪的英式特點表現得幾乎有些病態 —— 對脆弱行為嗤之以鼻，對強烈情感和溫柔體貼之類，更無法用輕鬆和自然的方式給予公平對待。我認為這令人有些反感。當一個人頭腦裡疑問教授是否嚴肅和虔誠的時候，十有八九閃現的畫面是 —— 教授穿著裙子、笨拙地跳躍和翻轉著出現在你的面前。幽默感是非常可貴的東西，尤其是對於一個神學教授來說，但是它應該是一種雅觀得體、見地深刻的幽默，而不是戲班小丑類的幽默。讀者痛苦地感到，特別是在這種人們再熟悉不過的書信集中，教授是在試圖驚嚇他的收信人，並讓他知道他可能多麼頑皮，以此為樂，幼稚至極。人們感到的那種吃驚，就彷彿去教授那裡辦正事，卻看到他在書房裡頭戴花帽騎在搖搖馬上玩耍一樣。道義上講，這也沒什麼不對，只是顯得有點荒唐，而這種荒唐與教授的儀表格格不入。

　　但是，F 主教的傳記，又讓我產生了一個更深刻、更有趣的疑問，而且我感覺這個問題我很難解答。很自然，一個人會對知識淵博之士給予敬仰，但是我一直在冥思苦想產生這種敬仰的原因。那種尊敬就是因為這個人為完成一項耗費腦力的艱巨任務而付出了耐心的勞動嗎？我不太明白博學的歷史學家工作的確切價值是什麼。歷史的根本價值在於它的教育功能。它對於人開拓更廣的視野和更深的洞察力都大有裨益。它可以修正狹

隘、膚淺、自我的觀點，它可以讓人了解英勇大義的人物，它可以展現高尚的人類品行。它可以讓我們學習那種無尚的自我犧牲精神，也讓我們了解那些為高尚事業而獻身的無數生命。它可以讓人閃爍愛國、自由、正義之光。當然，歷史也會向人展示陰暗的一面，讓人看到偉大的天性如何會被惡行抵消甚至褻瀆，偏執如何可以戰勝靈性，遠大的希冀如何可能變成泡影。所有這些都令人悲哀，然而它卻可以增加我們思想的深度和廣度，它可以教會我們不犯同樣的錯誤，讓我們更接近上帝深奧隱忍的意志。

但是，人們傾向於認為，那些生動、獨特、活躍的作者在演繹歷史方面要比那些耐心、勤勞、嚴謹的作者能幹得多。人們開始都可能無法忍受作者的呆板無趣，都可能更看重活力而不是精準，更看重色彩而不是真相。人們很容易認為，學富五車的歷史學家們所做研究的目的，就是為了證明白的不是人們原以為的那麼白，黑的也不是人們原以為的那麼黑，寬厚之人也有醜陋的一面，陰暗邪惡之輩也有很多可諒解的地方。這很明顯是一個錯誤的思考模式，但肯定會有人堅持追求歷史真相。問題在於歷史真相常常難以確定，文獻證明資料也不完整，而且甚至文獻本身也揭示不出歷史本源。當然，最完美的作者應該表現出一種綜合能力，既要有非常淵博的知識、良好的判斷力和正義之心，又要有高昂的熱情和澎湃的精力。如果一個歷史學家因為某些重大事實與人們對某些人物先入為主的看法實際不符，而因此對這部分歷史加以壓制，很明顯那對他來說非常不利，但我還是發現很難抵抗那種觀念 —— 從教育的角度來看，史實激勵要比史實精確重要的多。一個學生應該有立場，或愛或憎，這比他只懂得這麼做的原因更重要。因為我們想受益的就是品行和啟迪，而不是掌握微不足道的觀點和細微差別。

因此，站在教育的立場，我應該認為弗魯德是一位比弗里曼優秀的作家，就好比我認為一個學生應該注重維吉爾[61]其人，而不是應該確保他有最好的文本一樣。

　　我認為我最希望的事情是，學生在年輕的時候應該設法學著喜歡歷史 —— 無論他們對歷史有怎樣的偏見 —— 在他們年長的時候能夠修正錯誤觀念，並盡量獲得一個更全面更合理的觀點。

　　現在深入討論一下我的觀點，我感覺自己仍不是十分確定。但我認為，我必須把我的看法當作直擊弊病的武器，並且以忠誠的信仰為盾，迎擊暴怒反攻之矛。

　　我苦思冥想，這種淵博知識究竟作用何在？它能對哪類人群大有好處？我能隱約感到，受其恩澤的唯一人群是那些老道的政客，然而我發現，在政治上出現了一種越來越輕視深奧哲思的傾向，政客們越來越傾向於借助最近的先例，而不是去追溯事物的歷史本源。再深入一步講，我認為迂腐詳盡的歷史知識會困住實用型政客的手腳，而非助其借力上位。並非所有博學的業界人士皆是如此。一位科學界人士也許希望他的研究會對世界進步有某種直接作用，他的研究也許是與疾病災難相爭，他的研究也許可使人們一生的許多方面得以改善。

　　但是，這些學問大師，這些歷史文本的修補者，這些文法謎團的清理者，這些在古老編年史和過時原則海洋中的潛遊者 —— 他們究竟在做什麼呢？他們不過是在增加和恢復無用的知識，使人越來越難以獲得更寬闊更明達的知識，讓人永遠也達不到真正改變人性甚或品行的思想高度。當今世界存在的問題是書籍和記載的成倍增加，而且每一次新增的細節都只

61維吉爾，古羅馬詩人。

阿普頓，1904 年 10 月 25 日

會成為學生路途上的障礙。我不懷疑，這是一種膚淺、低等的看法。我在尋求幫助，我只是渴望一線啟迪的曙光。如果有什麼人為我指出這些東西的話，我將十分願意相信淵博知識的價值和用途。但是，現在給我的感覺是，這類淵博知識就像一座巨大的、故弄玄虛的幽谷，使那些擁有得天獨厚職位的人能夠向世人解釋他們存在的理由，並因此確保好處牢牢在手。反證一下，假設某個有錢人要捐助一個機構，目的就是讓機構成員數清編織地毯所用絨線的根數，人們可以想像一下這樣做的原因。一個人也許會說，完全有必要進行歸類、調查並獲得精確的事實，完全有必要對不同地毯進行用線數量比較，他也許還會說，鑑於至少能夠獲得精準結果這一事實，那些困擾該項任務的挫折簡直微不足道。

　　當然，這樣的事情太荒謬了！但是我信了，我多麼希望誰能令我不信！如果你能告訴我這類淵博知識會為國民生活帶來怎樣益處，你就能緩解我的疑慮。除非你也準備證明知識實質上是一種值得擁有的東西，否則不要只是告訴我，它可以擴大知識邊界。我不確定這不是一個可怕的謬論，一部毫無意義的天書，一個摩洛神 [62]。

你永遠的朋友，
T. B.

---

62 Moloch，《聖經舊約》中的神，指引起巨大犧牲的恐怖事物。

阿普頓，1904 年 11 月 1 日

阿普頓，1904 年 11 月 1 日

我親愛的赫伯特：

上個月，我走馬看花地讀了《赫伯特・史賓賽[63]自傳》(*Autobiography of Herbert Spencer*)。我現在也不明白他的思想理論 —— 我懷疑自己是否連他作品的五、六頁也沒讀過。正如他坦率承認那樣，這個男人一點吸引力也沒有。儘管如此，那仍然不失為一本非常令人關注的書，因為這本書是一位資深的自我中心主義者，在試圖為自己人生畫一張絕對嚴肅的畫像。當然，如果我曾經研讀和關注過他的一些書籍，我本應該以高度欣賞的態度來拜讀這本大作，但是我想當然地認為他是一位了不起的大人物，完成了一部偉大的作品，我想了解他是如何做到的。

這是一本我曾經讀過的、最強烈地悖於理性教育觀的書籍。我對公立學校的傳統體制感到絕望，但我不願被迫承認，與赫伯特・史賓賽以前的思想成就相比，這本書能播撒下更理性的花種。他一點也不缺乏審美觀念：他說巍峨的高山和大教堂的音樂是最能觸動他內心事物中的兩個；他描述了他曾在蘇格蘭看到的一次與眾不同的夕陽，描述了那次情感巔峰的經歷；他對音樂很投入，對畫作有些輕蔑。但是這個男人的自負和高傲，卻在書中每頁都有所顯露。他不會直接說他不懂藝術和文學，他卻武斷地加以評論，給讀者一種藝術和文學真的沒有什麼意義的感覺。他從一個小學四年級學生的視角批評那些古典文學。他坐在那裡，就像一隻無趣的老蜘蛛，編織著他的思想信條之網，通往靈魂的條條路徑他都沒有打開，他還否認這些途徑的存在。作為統計學和社會學專家，他本應該注意到被我們稱之為美的事物所影響的人數之眾，他本應該考慮到美的存在，即使他

---

63 赫伯特・史賓賽（Herbert Spencer, 1820-1903），英國哲學家、生活學家、人類學家、社會活動家。他為人所知的就是「社會達爾文主義之父」，所提出一套的學說把進化理論「適者生存」應用在社會學，尤其是教育及階級鬥爭。

無法感知它。但是，他沒有這樣做，他完全沉浸在一種自我滿足之中，完全是一種毋庸置疑的姿態。另外，更讓人吃驚的是，這個男人實際上是一位享樂主義者。他不止一次地抨擊那些把生活看作是工作附屬品的人。他非常清晰地闡釋了工作僅是人生一部分的觀點，也十分明確地提出生活是人的目的。他又說道，為了追求簡單的快樂而投入一些精力是合乎情理的，然而這樣的觀點卻沒有讓他釋放一下自己。實際情況是，他過於本位主義，過於把自己束縛在自己軀殼和生活之內，結果對他來說，其他人所做的和所關心的都是令他完全漠視的。他的交際活動也不算少，但都出於同一個目的。他喜歡住在舒適的鄉宅民居中，因為那樣他可以不太用腦，對健康大有裨益。他喜歡在外面吃飯，因為這樣他更有胃口。他所有的交往都服從同一個目的。對他來說，他似乎永遠不會考慮別人的情緒感受。在人生盛宴上，他取他能夠得到的，然後躲到別處去咀嚼去消化。在他人生最後階段，當迎來送往讓他心緒煩躁時，他選擇直接回避。當人們來看望他時，交談會讓他感覺疲憊或煩心，如果不太方便離開房間，他就會塞住兩耳，而不顧他人覺得難堪。他的人生建立在一個自我中心主義的思維框架上，下面提到的並非本書內容，是一件關於他的逸事，就能夠很好地說明這一點。

故事講道，一天晚上這位哲人在他的會所邀請一位不熟悉的年輕人和他玩撞球。這位年輕人球技不錯，兩次單桿清檯，把他的對手遠遠地拋在後面。當他結束比賽之後，史賓賽以一種嚴厲的口吻對他說：「用平常的心態玩撞球，才是人生一種愜意的調劑，而像你這樣對待玩撞球只能證明是虛度青春。」如果一位既不是自我中心主義者又不是哲學家的人，即便他對比賽結果是那麼不滿意，他都會試著說上幾句溢美之詞的。但是，史賓賽的觀點是，任何減少玩撞球的人享受健康快樂機會的東西，不僅僅是

不可忍受的，而且也是不道德的。

　　書中大部分內容都涉及到了他的健康狀況這個話題，很明顯，他不僅神經系統有些錯亂，而且還是一個十足的疑病症患者。但他在這樣病態下生活，卻沒有表現出一點痛苦，後來我逐漸明白，他之所以沒有痛苦並非因為他意志堅強能夠隱忍，而是因為他欠佳的身體狀態，對他來說卻是一種興奮的愉悅，這一點可以透過他的茶色眼睛看得出來。他常抱怨他經歷的許多奇異感受和那些破碎之夜，但講的時候卻帶著一種對整個經歷神聖的滿足感。他從沒有肉體上的、必須忍受的痛苦，折磨他的最大災難是無聊，那種必須想辦法在不讀書不工作情況下消磨時光的無聊。

　　當然，人們會情不自禁地欽佩他在如此不利條件下完成他那鴻篇巨著的堅強毅力。但有個情節顯得有些荒唐：他在攝政公園湖上划船遊玩，船尾坐著他的一位抄寫祕書，當他的靈感顯現時，他便要求到一個小島的避風處開始口述，當他的靈感再次消失時便開始划船遊玩。作為一個享樂主義者，他很清楚他的工作是他生活的調味料，他也明白，如果放棄這個調味料他也不會如此快樂。他的觀點談不上積極或崇高，他就是喜歡寫作和推究哲理，而且即使讓人感覺很特立獨行，他也要這樣做，這種精神很像一個人即使知道會有痛風威脅也偏要喝香檳酒，而不是捨棄香檳酒和痛風之患。

　　這個男人的容貌本身就蘊藏著一個寓言。他有著高而渾圓的、哲學家的前額，和藹的雙眸，堅毅而單薄的嘴唇和深深的鼻唇溝，看上去就像一隻年邁的黑猩猩。他的一隻手如同鳥爪，老式的襯衫前襟配上小的蝴蝶領結，預示出這個男人的觀點就像他穿戴的這種早期服裝形式一樣，不會輕易做出修飾或改變。除了這位聖賢獨有的嚴肅和一些極小的細節外，儘管作品的文體有些枯燥，但其本身還是有著一種荒誕的魅力。

在對待一些非常瑣碎的事務時，書中使用了比較嚴肅的科學術語，讓該書的許多段落顯得荒唐可笑。我希望下面的一段話能讓我覺得作者是帶著一種幽默意識寫的：

「我身上表現出的滑稽是短暫的精神異常欣快引起的 —— 或者因為發生了有益健康的變化，或者因為更通常意義上的老朋友相會。習慣性地，我觀察到，在長時間間隔後再與洛茲一家相見，我傾向於在開始的一兩個小時過程中滔滔不絕、妙語連珠，然後就開始變得寡言少語了。」

我不能說這樣的生活悲哀，因為，總體上講那還算是一個自我滿足的生活。但是，這樣生活太單調太自戀，難免讓人覺得枯燥和壓抑。人們通常認為，傑出的才能和非凡的毅力會使人變得冷酷和苛刻，一個人也許探知了哲學奧祕卻因此不再智慧。由此，人們最終認為，質樸、慈悲以及對美善事物的愛，比巨大的思想成就更值得擁有。更確切地說，我認為人們追求任何事物都必須付出代價，而這位陰鬱的哲學家為他的偉大成就付出的代價是冷漠封閉地度世，根本談不上生活，他與現實交換的是自我滿足。

確實讓人好奇，我在瀏覽《赫伯特‧史賓賽自傳》的同時一直也在閱讀另外一個自戀高潔的人物的生平故事 —— 已故的法勒院長（Dean Far-rar）。這是一本充滿虔誠的作品，書中表現出來的虔誠要比展現的文學技巧更讓人稱道，但很可能是因為寫作時的這種仁道偏好，比苛刻加工更能使得該書在啟迪品行方面，成為一本富有價值的文獻。

法勒幾乎在各個方面剛好與赫伯特‧史賓賽對立。他是一位文學家，修辭學家，理想主義者，而史賓賽是一位哲學家，科學學者，理性主義者。法勒全身心地推崇高水準文學作品，雖然很遺憾這證明不了他本人的鑑賞力，但這卻讓他掌握了豐富的、冠冕堂皇的詞彙，讓他有了炫耀招搖

阿普頓，1904 年 11 月 1 日

的資本。他就像一隻花亭鳥，樂此不疲地收集各種華麗的東西，一片片小的陶瓷碎瓦，一片片金屬，並把這些東西裝飾在他的鳥巢周圍，然後飛來飛去地欣賞著這一奇異的造型。法勒的作品結構大體上都很單薄，他的思想很少超越老話新說的水準，他只是利用華麗辭藻賦予這些思想更加動人的表達形式，他超乎尋常的詞彙記憶能力，使他能夠遊刃有餘地美化文章而不留矯飾痕跡。

每個人在讀法勒的小說作品時，都一定會被那些聖潔善良、品行高尚的主人公們使用的裝腔作勢語調驚得目瞪口呆。那並非是法勒矯揉造作的說話和寫作方式，而是他的思想自然而然的組織形式。但是，從某種意義上來說，作品受到了影響，因為法勒似乎已經很自然地是一種劇作家了[64]。我設想他的自我意識很強，而且我也預料到他比較習慣於在一種浪漫場景中作主角的那種感覺。這種情形的悲哀之處在於，他在思想上卻是一位高尚的人。他有著一種高尚的完美觀念，藝術和道德之美。他確確實實在引導他人融入自己堅守的思想領地。但是現在這種堅守會被一種回報欲望，一種明確的或公開的野心所削弱。例如，他在一封信中聲稱接受西敏寺教會會員職位是一件痛苦的事。如果真像他說的那樣，一想到離開莫爾伯勒（Marlborough）他就感到難以言喻的悲傷，那麼他真的有理由留下來。後來，他也沒能走上高級教會職位，這似乎讓他產生了對那些理解不了真正行善功德的人們的同情，想到他對信仰和道義的奉獻，他也能理解那種並非完全違背人性的精神痛苦。但是，在書中他似乎沒有試圖詮釋他感到的那種失望，或者也沒有試圖反問自己，他不成功的原因是否真的不是由於他個人的性格。

---

64 意指事實上他不是劇作家，他不該用這種方式寫作。

在他的整個人生中，姑且不論他超凡的智慧，他的善良、他的辛勞以及他對道德敗壞的無比憤怒，似乎都被他那種可悲的自我意識掩蓋無光。

其中的遺憾與謎題在於，自己沒有塑造成為一個有助於他時代的楷模式人物，而且作為天性的那種性格上的嚴重缺陷，又不被人們接受。使得這種處境更帶有悲劇色彩的是，正是那種坦誠的天性使得他的自我中心主義思想在別人面前暴露無遺。他是腦子裡想什麼就似乎必須得說出來的那類人，那也是他誇誇其談的性格中的一部分。但是，如果他能夠控制住自己的嘴巴，如果他能夠不暴露自己精神上的弱點，他也許已經獲得了他正渴望的、實際上也是值得擁有的那種成功。然而結果卻是，一個絕對的天才並沒有取得什麼明顯的成就，無論是作為教師、演說家、作家甚至是一個男人。

這兩本書的教義是：一個非常自我中心的人 —— 往往有著急切敏感的性格表現 —— 怎樣才能最有效地戰勝妄自尊大呢？這種東西可以克服嗎？可以隱藏起來嗎？可以消除嗎？我幾乎不敢這麼想。但是，我認為一個人有可能故意不承認這樣一個缺陷，但我相信，如果把它主要看成是一種態度問題，他是可以很成功地在日常生活中戰勝這種自我主義的。如果一個人能夠較早地懂得，目無他人是非常糟糕的行為，而且也知道應該鼓勵別人言無不盡，那麼就會養成一種習慣，在彼此熟悉之後，對他人的觀點越來越感興趣。這雖算不上一個很棒的方法，但我認為還算實用。當然，對於一個天生自負的人來說，閱讀一下像史賓賽和法勒這兩位自我中心人物的生平，是非常必要的，也一定會有所收穫的，一個案例中可以看到一個缺陷是多麼醜陋和扭曲，另一案例中可以看到這個缺陷會成為多麼沉重的負擔。

阿普頓，1904 年 11 月 1 日

　　自我中心主義確實會讓人缺少同情心，缺少公正力，缺少有效的平衡性。理解這一點就是建立愛心、公正和平衡性的第一步。

　　但是這個謎題仍然未解。我認為，也許最合乎情理的態度是對這些人在工作、思想和榜樣方面取得的成就心存感激，以一種格雷輓歌的崇高態度把他們的缺陷迷局留給他們的上帝：

「不必深入表彰其功績，

無須刻意揭露其缺陷。

兩者同懷著顫抖希冀，

在天父上帝懷裡安眠。」

你永遠的朋友，

T. B.

250

阿普頓僧侶果園，1904 年 11 月 8 日

阿普頓僧侶果園，1904 年 11 月 8 日

親愛的赫伯特：

　　我最近一直在讀 T・E・布朗[65] 的書信集。你對他有什麼了解嗎？從出身來說他是個曼島人，曾是奧瑞爾學院（Oriel）的研究員，又在克里弗敦學院（Clifton）做了許多年的教師，在人生的最後階段又回到了曼島——在那裡生活。他曾經以詩歌和曼島方言的形式寫過一些情感豐富的傳說故事，他實際上就是一位詩人。他喜歡音樂，是一個真正熱愛大自然的人。他善於交朋友，而且明顯天生善於鼓舞人心。在這本書信集出版之前，一些心境高潔、思維聰慧的人曾在短篇回憶錄中對這位仁兄的創造力和天賦報以深深的敬仰。當時，我很確信我會喜歡這本書，因此，書還未出版我就訂購了。但通閱此書後，我卻倍感失望。我不是在講書中沒有魅力，它向人們展示了一個完美的天性和一顆充滿感恩和仁愛之心，但是，首先，他的文體風格實在不敢恭維，那種風格只會讓質樸的人平添煩惱，因為它過於迂迴影射，他寫的內容也是世人所謂的標新立異。對我來說，那簡直是無病呻吟和矯揉造作。通篇看，這位仁兄好像完全不會用簡潔嫺熟的方式表達事物，他唯一的目的似乎就是迴避淺顯的詞彙。他有自己的一套術語——糟糕透頂的術語。當他說「生物」時，他一定要用「生命的載體」或「有生個體」。他會說：「是的，尊敬的夫人，我無尚榮幸能夠躋身於讀書俱樂部」；他會使用「巨量」這樣的詞彙；當他覺得自己變聰慧時他會說這是「思維改良工藝過程」——至少我認為他是這個意思。下面是從書中隨機節錄的部分內容，可以作為樣本來體會該書的特點：

　　「雨也是我的快樂泉源。我想沖洗，我想浸泡；我想把自己懸掛在子

---

[65] 湯瑪斯・愛德華・布朗（Thomas Edward Brown, 1830-1897），曼島詩人、學者、作家、神學家。

午線上晾乾；我想感傷著瓦解，成為滌除汙點的吸墨紙，成為無聲靈魂的碎片。」

我設想他和他的朋友一定會覺得這幅場景很生動，但對於我來說這樣的語言既不美妙也不風趣 —— 簡直是醜陋無比，令人反感至極。

還有一段：

「在寬托克斯（Quantocks）[66] 我感覺我的周圍都是仙子，她們相聚於此就是為了給年輕詩人作伴。柯勒律治（Coleridge）[67] 尤其適合這樣的環境啊！『仙子？』你感到疑惑，是啊，真可能有仙子，我的意思就是柯勒律治那種精靈。『精靈？』你非常不解。『胡說八道！』你難以置信。不，不是胡說！我對此堅信不疑。有仙子存在，我常覺得這個世界不會再有什麼不得了的了。軍隊、上流社會、統治集團 —— 一個至高無上的權威不再有什麼了。想像一下仙子的面龐，想一想在斯托伊（Stowey）和阿爾福克斯登（Alfox-den）兩地之間的某個月光之夜遇見他 —— 一隻雙眼放光、溫潤柔和、白色羽毛的夜鶯。」

我必須說，這樣的文字簡直讓我心驚肉跳，讓我噁心難當。更糟糕的是，如果他好好說話，他想表達的東西還真有些意義。而這給我的感覺就像，一位年老笨拙的教士在公共場所手拿著一根跳繩在自娛自樂，向人們展示他有多麼童真。

我不得不認為這個男人有些裝腔作勢，他的矯揉造作是他生活中所追隨的那個小圈子造成的。如果當一個人用那種滑稽的方式寫作或交談時，身邊有人說：「太棒了，太新穎了，太有趣了！」那麼我猜想他一定認為自己好好利用這種荒誕方式會大放異彩，但圈外的讀者卻不買帳。

---

66 寬托克斯，英國美麗的風景區。
67 柯勒律治，英國著名詩人與評論家。

阿普頓僧侶果園，1904 年 11 月 8 日

　　令人同情的是，布朗有著某種凱爾特人的氣質 —— 憂鬱，那是一種敏感脆弱的氣質，然而這種氣質卻又被我稱之為教師式幽默的東西所淡化，那是一種低劣、頑皮的、施予小孩子式的幽默。他在嚴肅認真、歸於質樸的時候，寫出了一些漂亮、靜美、睿智的信，那是一種用鄭重的筆觸寫出的深刻東西。但是總體來說，他認為醜陋的洋相是必要的，因此就有了那些只能被稱之為荒誕滑稽的內容。我發自內心希望這些信沒有出版，因為它們破壞和扭曲了一個美麗的心靈和對其凌厲的想像。

　　裝腔作勢，矯揉造作 —— 對於那些純淨的心靈來說就是一個陷阱。我這裡聲明，我特別珍視簡單質樸，尤其尊重言之所意的人，因為他們知道人們期望的並非是他們怎樣說，而是他們怎樣感受。這些人不會對不喜歡的事物故作喜歡，或者面對不理解的事物刻意掩蓋無知。

　　當然，我對布朗的意見也許都是錯的，因為勝利總是站在讚賞者一邊，而不是站在批評者一邊。人們審美水準不可能一樣，而且說「等到年高智長時看法就不同了」這類話來打擊評論的熱情，也是無濟於事的。那種冷漠的後果只會使人們閉緊嘴巴，但心裡卻認為那個人是一個守舊的學究。我有時候在想，是否真的存在一個絕對的美的標準，是否審美不是一種有影響力的東西，是否審美受到肯定的人，不是像某人說的那樣明顯是與大多數人觀點一致的人。

　　但是，我確信你不會喜歡這本書的，雖然我知道你在琢磨這本書究竟怎樣荒唐滑稽時，也許會獲得一種苦澀的愉悅 —— 那種透過觀察一位極度造作和志得意滿之人的動作舉止、傾聽其胡言亂語而獲得的愉悅，我常無恥地這樣做。但是，所有這一切說穿了看穿了，就不再有愉悅感了！

　　「即使是面對一本書，如果不能報以寬容，我們也無法獲益！」白朗

寧夫人如是說。

你永遠的朋友，
T. B.

阿普頓，1904 年 11 月 15 日

阿普頓，1904 年 11 月 15 日

我親愛的赫伯特：

　　論戰，爭鬥！它們太傷害一個人的思想了！就像羅斯金說的那樣，我現在正跋涉在一個痛苦的思想沼澤地或者泥灘中。讓我言簡意賅地向你介紹一下這裡正在發生的事情。

　　最近我們一直在討論如何展開某些重要的教育改革問題，主要目的是讓我們的課程設置既簡明又順應時代。

　　毫無疑問，我們現在是一個團隊，就像讚美詩中的基督教堂，但是不幸的是，並不像讚美詩，我們意見分歧很多。我們分成了兩個陣營。保守一派陳述了絕對的理由，他們想保持一切如舊，他們特別列舉了舊制度的所有優點，他們喜歡老一套的方法，他們相信這些。例如他們認為一些舊的古典文學教育思想是最棒的，認為這類課程可以強化人的精神，而且當你經歷過這種教育後你就確保具備了解決任何問題的能力。他們的立場分明，態度非常認真。

　　還有一組是激進派，從數量上看比較強大，我屬於這一派。我們相信一些思想導向也許確實不錯。但我們不滿意的是我們的教學效果。也舉同樣的例子，我們認為古典文學是非常難的課程，而且許多學生也無從受益。我們認為，逼迫孩子學習一門他們無法理解和掌握的艱難課程，會導致孩子在學習態度上的某種玩世不恭，而且古典教育的效果在許多學生身上都表現出了太多的負面影響，所以無論如何都應該進行一些大膽的創新嘗試。

　　如果所有的討論都能耐心地、和氣地、冷靜地進行，就不會彼此傷害，但事與願違。人們都失去了克制，原形畢露，質問充滿敵意。更令我不安的是，我的許多強大對手都是我最好的朋友，這不得不說是一場痛苦

的較量。實際上，我感覺我完全不適合這類論戰。這一傷神傷腦的事件讓我夜不能眠，讓我無法集中精力工作，它毀掉了我的心寧神定，打亂了我的思想信條。

向你寫信談論一下這個話題，我心情稍感放鬆。然而我看不到我的出口。一個人必須對自己的生活工作有一個觀念。我的事業是教育，因此我努力用我的雙眼洞察事物的本來面目。我十分願意承認我也許錯了，但是如果大家都出於尊重，而不反駁那些固執己見的人的觀點，那麼也就不會有什麼進步了。固守陳規的人往往堅持一成不變，不惜代價阻止事物進步太快，堅決抵制任何激進嘗試。

但是我不想激進冒險，我認為對於許多學生來說我們這種教育是個失敗，我想探討一下是否沒有其他辦法可以滿足他們需求了嗎？但是我的對手們不承認什麼教育失敗。他們說，我所認為的正在接受失敗教育方式教育的那些學生，如果不是因為在古典文學課上打下了基礎，他們說不定會更糟。他們說，我的理論就是使課程簡化以便於學生學習而已。他們還補充說，如果這裡有學生受到的教育是徹底失敗的話（他們承認會有一些失敗的案例），那麼也只會是學生自己的過錯，他一定是荒廢學習、怠慢課業了。如果他刻苦學習，教育效果就不會有什麼問題，他也會得到更進一步的激勵。他們還說，總之，對於這樣的學生你教授什麼內容並不重要 —— 他們就是沒希望。

當然，要證明我的想法，難度也是非常之大的。在教育問題上，你無法在兩個幾乎同類的學生身上嘗試不同教育方式帶來的不同結果。化學家可以把完全等量的食鹽放在兩個器皿中，並透過對兩份食鹽做不同的處理，最終得出無以爭辯的論證依據。但是，沒有兩個學生完全一樣，而

且，當大學裡有學習古典課程要求時，有能力的學生傾向於繼續古典課程的學習，因此，在許多地方人們確信現代課程培養不出高智力水準的學生，因為有能力的學生不傾向選擇學習現代課程。

有人不斷地灌輸這種觀念，而且因為保持不變要比推動事物向前容易得多，所以我們基本保持原地踏步。

這種玩世不恭的做法是：不計損失也要風平浪靜，保持原貌不要去碰，教我們必須所教，無需煩心效果虧盈。但是，我感覺這是一種懦夫的表現。如果有人對這夥安於現狀的人表達不滿，他們則回敬說：「啊，我們承諾，肯定沒問題，你努力去做吧。儘管你不信服，但你教的一點也不會差的。一切交給我們吧，別去理會家長的不滿和學生對課業的玩世不恭。」

「這是他們不顧自己的厄運，

這些小受害者在戲耍時光。」[68]

他們也確實如此！他們感覺課業太令人沮喪，因此盡可能把這些東西拋於腦後。當他們長大以後，意識到自己學識不足的時候，他們不知道如何表達對業已習慣的行為方式的憤恨 —— 如果他們比較謙遜，他們會認為那是他們自己的錯，如果他們自以為是，他們則會認為知識這類東西沒什麼用。

就在我寫信的時候，我的一位對手興高采烈地來和我討論當前的局面。我們又陷入了古典課程這一話題。我認為，對於那些沒有天賦的孩子來說，這些課程是枯燥無味、難於上青天的。「你又說到這兒了，」他說：「你總是想讓課程簡單，但應該做的是要讓學生們保持刻苦紮實的學習狀態。他們不理解他們正在努力學習的東西，這反倒是一個有利條件，

---

68 伊頓公學頌歌中的句子。

那是一個不錯的訓練課程。」在談到數學時，我的朋友很少見地承認了他對高等代數是什麼從來就一無所知。

　　我極力克制沒有說出我頭腦中的想法。假設他一點也不喜歡數學卻被要求年年講這些課，無疑課程會按他的方式進行，即發現學生們不會什麼就要求他們做什麼。毫無疑問，像現在這樣，他會說他的思維透過古典課程得到了進一步強化。但是，如果他真的教授了死板的數學培訓課，他的思維一定會僵化到一種無人企及、令人羨慕的狀態。但是我沒有說出這些話，否則他只會認為我是在拿整個事件取樂。

　　取樂，真是！這種境況沒有絲毫樂趣可言。我的敵對派們有著一種強烈的、他們所謂的自由意識 —— 意味著每個人都應該有表決權，每個人都應該表達出他們支持的觀點。或者說，他們就像老派的輝格黨黨員，堅定地推崇民眾自由，同樣也毫不動搖地堅信他們自己個人的優越之處。

你永遠的朋友，

T. B.

阿普頓，1904 年 11 月 22 日

阿普頓，1904 年 11 月 22 日

親愛的赫伯特：

在忒奧克里托斯優美的田園詩中，一位老漁夫對他的夥伴說：「我捕魚的夥伴請來我的夢中。」好好再品讀一下吧。它是詩歌輝煌殿堂中，那種蟄居神祕一隅的、永恆不朽的精短傑作之一。兩位老人躺在樹條編織的船艙中，睜著雙眼，聽著海浪輕輕拍打著船舷，消磨著出海時黎明前那黑暗的時光，不時也交談兩句他們的夢想。那就是一幅風俗畫，充滿著質樸氣息，但卻洋溢著詩的高貴氣質，在那永恆的、完美靜謐的藝術氛圍中，一個人才會遠離歷史和社會生活，進入到一個一直渴望著的、能夠喘息片刻的角落。

但是，今天我不想和你談論漁夫或者忒奧克里托斯什麼藝術。我想和你一起分享我的一個夢。

我必須得先告訴你，我剛剛經歷了一次很嚴重的恥辱，我的心靈受到了深深的傷害。我不想講那些庸俗細節來煩擾你，但這次經歷已經成為某種人們必經的嚴酷考驗之一，尤其是當一面鏡子放在人的品行前，看到的是一幅醜陋嘴臉時。現在不再想那事了！但是你能想像出我的心境。

一天下午，情緒低落的我一個人騎上自行車出去轉轉。那是涼爽、清寒、深暗的十一月天，但還不至於半明半暗、枯槁無聊的那般陰鬱。迎面感覺不到一絲微風。綿延的原野，一片片待耕的土地，一處處籬笆牆，一簇簇樹叢，這一切都融入薄薄的霧靄之中，讓人無法看到遠處的景象。我就走在這樣的薄暮中，這條路我是足夠熟悉的，我知道在某個位置有一座小茅屋，並有一條路在此轉向一個農場。自從我上次來訪此地到現在已經過去許多年了，但我還能隱約回想起那座房子給人的古樸之風，於是我決定去探察一下。路在寧靜的田野間拐向遠方，兩旁不時出現一片片林地，

最後路的盡頭是一座小公園。在那裡我看到了密集的房屋群就坐落在一個池塘邊上，池塘周圍生長著小榆樹和梣樹，現在都光禿禿地站在那裡。在這裡我找到了一位和藹友善的農場主，穿著長筒橡膠靴，我問他我是否可以參觀一下這個地方，他非常熱情地答應了我的請求。他帶我來到花園門前並打開門示意我進去。進到裡面，我感覺自己置身於一個無與倫比的美麗世界。一條長長的柱廊，顯得荒蠻淒美，下方便是一個宏大的花園輪廓，可以看到園中一叢叢濃密的黃楊樹，整個花園由巨大的土方工事環繞，而土方上還生長著連片的榆樹。柱廊左側是一個池塘，右側靠近柱廊盡頭的地方，是一座帶有一個垂直式大窗戶的紅磚小教堂。那座房屋就在我們的左側，就在柱廊的中部，是一座古老的紅磚房，有著高高的煙囪和豎框窗戶。我的農場主朋友喋喋不休地介紹著那座房屋，但是很明顯他更得意他的玫瑰樹和菊花。漫步中，不知不覺天黑了下來，悅耳的叮噹之聲從院子裡傳出，這是馬從田地裡回來了。他邀請我進入房屋。他帶著我走進一個大廳，我驚訝地發現大廳的牆面和天花板都是彩繪圖案，而且大廳位置剛好處於整棟房子的中心。他跟我講了一點這個地方的歷史，還特意提到國王查理斯一世曾到過這裡參觀，接著又向我介紹了其他一些樸素的風俗傳統，整個過程都表現出一種寧和、真誠的善良，不禁使人想起《天路歷程》中的旅人受到的那種優待。

我們再一次來到外面，站在柱廊上，環視四周。夜幕開始降臨，房屋裡的燈火開始搖曳閃爍，大廳裡的爐火在劈啪燃燒。

但是，我恐怕無法向你描述清楚那種感覺，那種靜靜柔柔、浸入我心、難以琢磨的安寧，真正的萬籟俱寂。雜草蔓延的柱廊，柔和的紅磚建築，光禿禿的樹木，高大的房屋，還有我的主人那種溫和仁愛。彼時彼

地，我感覺自己遠遁於塵世之外，眼睛裡看到的只有薄霧中的大地和森林，瞬間就像塵世中唯有此境，而此境又在世外。那座古屋安逸從容，默默地奉獻，伴隨著歲月滄桑魅力不斷積澱，它真的不知自己有多麼優美端莊。它給我的，似乎就是我需要的那種安逸和親切。它讓我確信，這個世界上無論有怎樣的痛苦和不堪，一顆強大的慈愛之心總會給予我們力量。主人非常親切地與我道別，並邀請我再來，而且可以帶任何人一起來。「我們在這裡很寂寞，希望有生人來做客，這對我們也有好處。」

我騎車離開，在路的拐角處停下來，最後望一眼那座老屋。它矗立在那裡凝視著我，好像很淒婉，但它黑洞洞的窗戶卻好像在莊重地歡迎我。轉身時我又看到了另一幅美麗的畫面，離我不遠處，在一堵樹籬旁，一位老農夫站在那裡，他一隻手裡握著草叉，另一隻手搭在眉眼間，他正在看從頭頂飛過的一群野鴨落在某個幽靜的池塘。

我再一次跨上單車，心中悄悄升起一種期許。我彷彿就是一個風塵僕僕、疲倦困乏的旅人，急切地掀掉酷熱的衣衫，一頭栽進舒服涼爽的清澈河水中，我彷彿接近了大自然的靈魂，在浮躁紛雜中我看到了莊嚴與永恆。也有這樣的時刻，我的思緒一下陷入到各色幻想中，想像在那個寧靜的地方，人們過著有序安逸的生活，平和地從事著勞作。但只有這一次我未感到哀傷——當我看到了一座世俗居所失去了功用，失去了居主，並在平靜中衰亡。我非常高興地看到了它被大自然寵愛、撫慰和擁抱，也看到了它藏起的創傷，展現的端莊，打磨粗糙後耀眼的光亮。

這樣溫馨的時刻實在不多，那種上帝意志一閃而入不安心靈的焦慮渴望時刻出現得更少，我從不懷疑進入這種心境時感受到的微妙、細膩和慈父般的仁愛，也非常確信那是一種即刻的、觸動心靈的美妙感受，那種感

受不斷升騰，全然不受外在影響，那是在深深地渴望著我們這渺小躁動的世界，能夠獲得一種長久的心靈安寧。

你永遠的朋友，

T. B.

阿普頓，1904 年 11 月 29 日

阿普頓，1904 年 11 月 29 日

親愛的赫伯特：

今天，整個世界都籠罩著濃濃的、濕漉漉的白霧。我坐在溫暖的房間裡，抬頭望去，只能看見灰濛濛的玻璃窗。「真壓抑，真鬱悶啊。」我那位平時樂觀的好朋友蘭德爾盯著窗外，情緒低落地說。但我不這麼認為。我有一種朦朧、愉悅的激動，是一種寧和的感受。暗淡的光線既養眼又益神。再有，這與平時天氣大有不同，而且改變總會帶來某種興奮。我的思緒漫舞開來，冥冥中一種神祕的事情在發生。我幻想到了在茫茫白霧之上，某個乖巧的空氣和陽光神靈好像愛麗兒，四處輕飛慢轉，就像一隻海鳥掠過海面，雙腳浸染在氤氳霧靄之中；又幻想到，它一定對掩埋在下面黑暗裡到處爬行的可憐人類感到悲哀。

這時能待在屋裡是很愜意的事，但是四處轉轉更讓人身心愉悅，視野所及景色模糊，但依稀可辨小路、田野和你穿行著的牧場。

在路上，一個熟悉的景物忽然隱現，先是一個模糊遙遠的外形，然後剎那之間便露出熟悉的輪廓，這種過程真的讓人無限驚喜。沿著小徑橫跨一條鐵路，我看不到但卻能聽到一列火車呼嘯而過。我聽到霧號刺耳的劈啪之聲和長長的哨音。我來到一個巨大的、高懸著的號誌燈旁，那裡有一個小棚子，邊上放著一個火爐，一位道路工坐在橫桿前，看著鐵軌，隨時等待著頭頂上方吱嘎作響的號誌燈發生變化，以便快速把桿抬起。在另一處，一列龐大的行李車靜靜地等候在那裡。廂式貨車的小煙囪冒著濃煙，可以清晰地聽到警衛和鐵路工在興奮地交談。我離家越來越近，最後從花園入口處進入學校。從低垂著的冬青樹黑漆漆的枝葉下穿過，瞬間一亮，眼前矗立著那座帶有城垛的、童話城堡式的塔樓，窗戶裡射出的金色燈光如利劍刺入霧靄。塔樓下部是拱形結構的入口，可以看到裡面光線昏暗的

拱形迴廊。在懸浮著的黏糊糊、濕漉漉的霧氣之中，那些房間裡爐火溫馨，學生勤奮學習，窗戶裡映射出的燈光在霧氣中愈發顯得珍貴而寧和。

接著，我的腦海裡湧現出大量有趣的畫面，閱讀某些作者的作品多像這種霧中散步啊。一個人在枯燥、有限的思維內賞讀，不知何時會忽然出現一種模糊的、陰鬱的恐懼，然後，片刻之間再發現那是某個自己熟悉的思想，並且這種思想已經從它所處的風格基調中獲得了一種莊嚴，一種遙不可及的神祕。

還有，在這些霧氣包圍的日子裡，遠處漂亮的風景都失去了面容，珍貴的地標建築也不見蹤影，這多像情緒低沉的時候啊。一個人走在虛幻的影子中，不時受到驚嚇，那種熟悉的東西只是被籠罩在模糊和陰沉的敬畏之中，並懸垂於道路之上片刻而已，是不會擾亂真實情感的。陰沉的日子有這樣功效，適合於沉思那些熟悉思想的深度和廣度，因為它們往往被掩蓋在悲壯的偉大之下。再者，一個人在這樣的日子裡，可以感受從各個溫馨角落裡散發出來的甜美，享受一下燈火通明的房間，點亮自己幽靜心靈之光，感受一下居家的那種沉靜快樂，和心裡滿足時的那種溫暖。

最有益的是，當一個人沿著霧靄中半遮半露的街路蹣跚而行，並隱約發現龐大模糊的物體輪廓時，他會非常好奇，會在濃濃的夜幕中不斷走近那個古怪幽靈，看看究竟是什麼。須臾之後，物體外形、輪廓漸清漸明，最後發現眼前竟是一個熟悉的老朋友，它不期而遇的問候溫暖著旅人的心，使其再次進入茫茫霧靄。

你永遠的朋友，
T. B.

阿普頓，1904 年 12 月 5 日

阿普頓，1904 年 12 月 5 日

我親愛的赫伯特：

　　我非常難過地聽說你一直心情低落，這是人生之大疾，雖無形，但致命。前幾天，我在一本舊書中讀到一個故事。大致是說一個心情不爽的人和朋友一起散步，沉悶不語許久之後，突然好像非常痛苦地大喊一聲。「你怎麼了？」朋友問。「我的心境讓我疼痛。」他回答。我認為，最好的方式是把這種情況看成是一種心靈神經痛，也要像其他神經痛一樣給予治療。我有一位朋友，是很嚴重的憂鬱症患者，於是去看了一位老醫生。醫生微笑著聽完他的講述後說：「嗯，你沒有你感覺的那麼糟，或者甚至也沒有你認為的那麼糟。我的藥方很簡單。別吃糕點，並且這兩週內不做你不喜歡的事情。」

　　那通常僅是一種帶來疼痛的痙攣，需要一種舒服些的體位調整。試著做些改變，讀一讀小說，別累著，到戶外坐坐。一個我熟悉的聰明女士說：「半臥式體位非常有助於愉悅人的心境。」

　　你或許知道，我過去就是一位嚴重的患者。你或許不知道，因為我當時太痛苦，有時甚至不提這件事。但我可以謙遜而感激地說，擺脫憂鬱症是年歲增長帶給我的福分之一。但是，我並沒有完全擺脫，有時候它仍然會突然不期而至。說這些就是想讓你知道，其他人也有類似的痛苦。

　　就在幾天前，由於惡夢連連，我很早就醒了，我知道老對手又突然來襲。我心緒煩躁地躺著，心跳加速，一種難以承受的負荷壓在心頭。我總是同一種症狀 —— 對所有努力感到某種巨大的失敗感，也就是一種完全無能的沮喪意識，並伴有對人類生命短暫而痛苦的感受。我問自己萬物何用？這類情緒近似魔鬼式的特徵是，在所有快樂與工作上加一個可怕至極的魔咒。一個人會感覺注定要長期無聊的工作、無趣的消遣，一切都被死

亡所限定。當時無論我的思緒轉向何處，灰暗的前景都會躍入腦海。

　　漸漸地，痛苦減弱，反覆發作的時間間隔越來越長，直到最後我再一次入睡，但是那種情緒會讓我憂鬱一整天，使我對待自己的工作沒有熱情。有一種藥幾乎沒讓我失望過——那就是半天假，下午茶後我去大教堂，在教堂正廳的一個偏僻的角落坐一會兒。那時禮拜才剛剛開始。教堂正廳的光線不很明亮，但是從聖壇屏和高高的風琴後面向上的光芒，卻把拱形屋頂照得通明，讓人感到一種靜謐的壯麗。很快，聖歌開始，聽到唱詩班清冽的歌聲，如同暢遊在風琴悠揚的旋律中，我的靈魂進入一片安寧，彷彿一個在洶湧的大海中即將淹死的人被拖上拯救他的希望之舟。就是第四個傍晚，就是那首美妙的聖歌〈我的上帝，我的上帝，看看我〉——歌曲中受傷的心靈深深地陷入黑暗與絕望——讓我感受到了勝利的悲痛。這些發自心靈的悲傷吶喊，是久遠的回聲，與渾厚的音樂（貝蒂希爾（Battishill）的莊嚴的 A 小調詠唱，你了解這支曲子）相得益彰。這能夠讓悲傷的靈魂得到撫慰和昇華，很奇怪。最終，思緒上升到一種迸發的快樂狀態，接著是所有聖歌中最仁愛的那首〈上主是我的牧者〉（*The Lord is my Shepherd*），歌中唱到有全能的上主呵護我們，我們只管完全信任地前行。我心中的淒楚融化成為恬靜安寧。之後是莊嚴的聖經選讀，再一次深沉溫柔地吟唱背景曲〈尊主頌〉（*Magnificat*），我了解並深愛著其中每一個音符，這時我的心境升化為一種安寧的希冀停泊在那裡，這一聖經選讀頌歌再一次成為心靈之音。接著是〈西緬之頌〉（*Nunc Dimittis*），關於剩餘光陰的安寧美好。隨後是低聲單調的祈禱，最後，就像是為了使我的愉悅達到完美，結束曲是孟德爾頌的〈求聽我祈禱〉（*Hear My Prayer*）。我相信，一些音樂家很可能對這首聖歌不屑一顧，會說它過於甜美膩人。我只知道它為我帶來的是天堂般的美好，它用上主的安寧撫慰

了我的塵俗悲傷。一個完美的男孩高音 —— 沒有造作的、哀婉優美的自然絕美之聲 —— 在音樂之上迴響，如同一個天使於蒼穹群星之間歌唱，它像一股清澈的泉水注入我乾枯的靈魂。在最後的最後，孟德爾頌 G 大調賦格曲，讓我感受到了那種我所需要的力量和耐性，那些有力的音符按照它們的使命，在莊嚴快樂地流淌。

我離開大教堂，行走在濃濃暮色中，心裡充滿了寧靜、希冀和生氣，就像一個雙腳浸泡在康復泉水中的殘疾人。當音樂出現時，上帝便站在我們身邊。自從大衛用他那甜美的豎琴和自然的歌聲撫慰了索爾那天起[69]，音樂就由此成為了減輕心靈負擔的利器。但仍讓人迷惑不解的是，情感似乎要比激發它的音符昇華得更高，或低落得更深！我認為，這是永恆主題的最佳之選。

我寫了這麼多，我感覺都在談論你無法理解的治癒心靈的音樂了，也許有些不體諒人。讓你夫人在安靜幽暗的房間裡為你演奏一些你最喜愛的曲子，雖然這和大教堂不一樣，沒有其壯觀和古老的做法，但它也會發揮作用的。

而且同時，盡量不要去考慮你的憂鬱症，它不會威脅你的未來，只是像臨時的疼痛一樣需要忍耐，當一個人能夠做到這一點時，勝利就幾乎在手中了。

沮喪情緒最糟糕之處在於，它似乎撕掉所有我們能藉以掩蓋悲痛的偽裝而洩露真相，但這種真相，也只會是那種存在於井底的真相，在井底之上有很深的清水，它和水下赤裸裸的事實一樣真實可見[70]。那就是我從憂

---

69 大衛、索爾都是聖經故事裡的人物。
70 言外之意：即便不是情緒沮喪，這類真相也很容易看透。

鬱中能夠提煉出的全部哲理，而且當憂鬱過去，它還能以某種不為人知的方式對我們有所裨益。它讓我們變得更堅強、更有耐心、更有同情心。而且如果一個人能夠掌握好這個真實的經歷過程，而不是把時間浪費在抱怨和自我憐憫上，憂鬱就是值得經受的。

深愛著你的朋友，
T. B.

阿普頓，1904 年 12 月 12 日

阿普頓，1904 年 12 月 12 日

我親愛的赫伯特：

　　最近我一直情緒浮躁、不著邊際地看書 —— 你了解這種心境 —— 胡亂地翻看，但沒有在一本書中發現一個人想要的那種安逸。在這樣時候我腦海裡出現一個想法，但我今天不能寫長信給你，我只能試著用幾句話概括一下我的思想，希望你能加以補充和改正。

　　一個人對於文學作品的要求，不就是「個性」嗎？一個完全真誠直接的觀點嗎？設想一個人能夠確信真相和事實，觀點是什麼或他是否贊同都不是很重要。炫耀、造作、偽善的書籍，永遠不會真的取悅、滿足人。當然，也有完全真誠但過於冷漠的書籍，它們讓人無法接近。但是，假設一本書具有某種對志向和理想的熱情鼓勵，一個人仍可能認為不完善或過於倉促，而不贊同這種思想的真誠表述方式，但他能意識到這種思想是真實的和自然的 —— 這是要達到的目的。

　　因此，對作家來說，這樣的觀點既讓人期望又讓人沮喪。我想，作家常有無話可說的時候，甚至更糟，有話可說但卻無法找到令自己滿意的表述手段。但是，所有這些猶豫不決、這些無法表述的沉默、這些無言的沮喪，畢竟都是源自同一個原因。在這些情況下試圖寫些什麼是沒有任何意義的，或者，如果一個人真的想表達什麼，他也必須把這僅僅看作是一種表達訓練，一個小品文練習，一種練筆運動 —— 而且拋棄它也絕不可惜。

　　唯一值得寫出來的那類東西是絕對真誠構思出來的東西，它不必一定是原創或最新 —— 實際上，有時候它是別人的感人觀點。但它必須是真誠的，是某人自己想說的。如果不是他的原創，他至少要表達出自己最深層的想法。

當然，即便這樣，這個作品也許仍不被接受。為了吸引別人，作品中的順應人意的東西必須更廣泛一點。用一個音樂上的比喻來說，必須要有高音部或者伴奏不斷跟隨，這樣一個人就能夠在風琴手演奏獨奏時，把自己的音樂雜揉其中，在某段靜音或滑音時發出自己的聲音和個性。

但是切記，藝術的要求是思想和表達必須具有個性、必須絕對真誠。只要你說出了內心想說的，是否被接受就不那麼重要了。

當然，許多手法必須同時運用 —— 文體、生動描述、協調一致、特殊範例等。許多人有強烈真誠的思想，但就是表達不出來，因為他們沒有表達能力，甚至他們就是這樣性格的人。

就藝術家說話的權利和能力來說，他們一定會信心滿滿。他們的職責就是靠堅強的毅力去獲得韌性，並且與此同時還要觀察分析、保持開放思想，和尋求支持、敞開心扉接納每一天，不是保守、偏頗或者固執己見，他們相信能夠看到事物之美或真理的人，要比只會批評和鄙視的人更能接近事物的本質。

我這裡只是粗略笨拙的表達，但我相信這是實情。請告訴我你對這個問題的感受，不管那個神祕過程會是什麼，請給我力量。

你永遠的朋友，
T. B.

阿普頓，1904 年 12 月 23 日

阿普頓，1904 年 12 月 23 日

我親愛的赫伯特：

　　學期一結束我就到牛津來了，在這裡我遭遇很多交流障礙。隨著年齡增長，我發現自己在交談上還算是一個行家，我也必須承認我具有的這種交談能力，是針對私下且面對面的形式。我有一個性格直爽的朋友，她是一位很親切的女士，很善於舉辦和運用沙龍，最近她一下子讓我失去自信。這事發生在我在她家發起的一個大而沉悶的派對上。當時我非常興奮、滔滔不絕，膽量有餘而審慎不足。當晚再晚些時候，我和她本人有個短暫的交流。在談話結束時她帶著一種讓人沉思的口氣說：「你只適合與人面對面交流，太遺憾了！」

　　實際上，要成為一名沙龍交流行家，需要做到泰然自若，需要具有一種掌控周圍不同人的能力，總之，需要一種策略家的天賦。

　　在牛津，很少能看到普通的對話交流。在娛樂中心一晚接一晚的派對集會，對於任何漫談式交流來說都太大了，而且還會有服務員服務時發出的叮噹劈啪之聲，和大學生們快樂的喋喋不休充斥著整個派對。誰和誰湊到一起是隨機的，因此讓人有一種莫名的興奮。有時候，動作必須迅速果斷才可能獲得中意的夥伴，但是也許還有一種情況，一個人坐在餐桌旁一排人的最外圍（因為餐桌是慢慢坐滿人的），然後就會像多米諾骨牌遊戲一樣一個一個人地挨著坐下來，而不知道挨著坐下來的會是誰。但是派對場面太大，因此什麼雜亂情況都可能發生。當然，我們有我們的缺陷 —— 什麼樣的社群沒有缺陷呢？那位能言善辯、吹毛求疵的教授只有把你辯得頭破血流、徹底認輸，才會感到愉悅。還有那位陳腐的老先生，他的靴子咯吱作響，他的衣服僵硬如鋼，他的衣領直挺挺地摩擦著他光滑的臉頰，發出沙沙聲響，他很少說話但聲音粗獷，他嘴巴大張放進食

物再啪嗒一下合上，但是他是一個很幽默的老頭，他眼神閃爍，與其說古怪不如說是仁慈，他比我們看到的樣子要溫厚得多。我有幾個朋友表現得比較沉默和生硬，那位莊嚴的牧師，無論你談論什麼，他似乎都在全神貫注於另外的事物，也有幾個活躍興奮的人，拿起他們的食物的同時插上幾句不關痛癢的話。但是，絕大多數的人都是輕快活潑、知情達理的，他們都非常熱愛生活，也都很有幽默感。總之，我認為，只要你覺得一個人是真誠自然而非矯揉造作地交談，那麼他談論什麼並不是很重要。我發現唯一一類真的讓人擔心的交談者，是我碰到的那位靦腆的男人，他真是出師不利，主動插話本是為了表示他對話題的熱情，但接著就為造成誤會而道歉。當然，這在大學娛樂中心是不常見的一類。然而讓人越來越感到厭倦的是那種流於表面的嘰嘰喳喳交流，這比較適合普通社群集會，因為只是為了打發時間。

但是，當然，交談效果很大程度上取決於所謂的「運氣」。你也許邀請到三四位你認識的最健談的人一起吃晚飯，然而，雖然同樣的聚餐或許曾經非常活躍熱烈，但是由於某種原因，這次活動就顯得有些沉悶。你或許偶然想到了一個無趣的話題，你最有幽默感的朋友也許都會感到厭倦甚至發火，結果整個活動也就變得死氣沉沉的，朋友也許會有意無意地誤解彼此，努力解開誤會只會使情況更糟，最終是呵欠連天，你也一片迷茫。另外，有的社交聚會主要出於工作目的，這樣的聚會往往沒有什麼社交壓力，因此，也許反而更輕快活躍。

如果可能，一個成功的社交聚會中應該有一個幽默大師、一個情感大師和一個秉性溫和的、充當笑柄的大師。唯一一類絕對不應該邀請進來的人，是嘲弄別人的人、鄙視別人的人、有優越感的人。人們有多少分歧並

阿普頓，1904 年 12 月 23 日

不重要，只要他們在心裡承認大家都有發表觀點的權利，而且他們個人的觀點也沒有壓制其他不同的觀點即可。我曾經有兩位朋友，是一對夫妻，他們都持有很固執的政治觀點，妻子認為所有的激進派可能都很惡劣或很愚蠢，她的這種觀點很可能會引起爭論；然而，這位丈夫知道任何懷有自由黨觀點的人，無論程度多輕微，都不是傻瓜就是無賴，因此，這對夫妻之間也就不可能有爭論發生了。

當然，有交流天賦的人很少。雖然他們會時不時地閃現才華，但這些人一般來說，本身還算不上是非常棒的交談者。但他們確實應付得每個人都滿意，他們能看到每個觀點中潛在的道理，他們想了解他人的觀點，他們能夠透過某種巧妙的合意的方式，把生硬的表達轉化成易於接受的形式，或把某個懸而未決的觀點轉化成富於暗示和影響的意象。這些人價值如金。另外，還有交流者堪稱價值如銀，這樣的人往往具有無法抗拒的親和力，他可以對在場的所有人開善意的玩笑。這是一門了不起的藝術，要想讓人接受，玩笑必須是讚美恭敬的那一類，但它必須放大想要揭露的那個目的 —— 一個執拗的人，就可以拿他的性格堅毅開玩笑；一個小氣的人，就可以拿他的節儉開玩笑。實際上，有一種玩笑，雖不為學界重視，但卻能讓每一個人內心展露無餘，懂得這種藝術的教授就可能分辨出一個敏感的人是一個懦夫，一個富有詩意的人是一個多愁善感的傻瓜，最後，交談「就會像噴泉減弱的脈動逐漸結束。」

價值如銅的交談者往往是善良、普通、謙恭的人，他盡自己的本分表達自己的觀點，而這些恰是大多數集會的基礎 —— 如同沙拉中的生菜。

要舉辦一個都是年輕人的聚會就需要特別注意，除非你對他們非常了解。一個醜陋、笨拙的年輕人或者一個喧鬧、自滿的年輕人都各有各的苦

悩。但是，只要你的運氣還沒糟糕透頂，年輕人和年長者聚會，也能產生非常愉悅的效果。

　　別忘了，活動的實質是人們簡單直接、毫不造作的交流，裝腔作勢的人是摧毀親切交流的禍根，除非他是一個善良的年輕人，他的造作並無大礙。我曾經參加過一些非常棒的聚會，人都非常溫厚，也不是特別才華橫溢，但就交流而言都表現出了一種正義感而且毫無獵奇感的探祕醜態。我曾經參加的一些聚餐也是如此，雖然都是最樸素的食物，但大家交流得開心、吃得開胃。也有另外情況，我也曾參加過最最糟糕的一些招待聚會，往往在這樣的招待會上主人都熱情洋溢，會泉湧般地向每個客人回憶往事，直到他們聽不下去為止。

　　啊，半夜了！許多鐘塔上傳出報時的鐘鳴，接著又是一片神聖的寂靜，但能聽到庭院裡噴泉的滴水聲。這座舉世無雙的牛津啊！我多希望命運之神允許我這樣行走人生！

你永遠的朋友，
T. B.

哈默史密斯，佩勒姆酒店
1904 年 12 月 28 日

哈默史密斯，佩勒姆酒店 1904 年 12 月 28 日

親愛的赫伯特：

　　離開牛津後我一直待在城裡了。我不記得你是否曾經見過我的老朋友哈迪——奧古斯塔斯·哈迪，一位藝術評論家——不管怎樣，你要知道我說的是誰。哈迪現在已經老了，接近六十歲了。他當年以優異成績從牛津畢業，他的素描作品深受歡迎。據說只要他出現在學院門口，學院什麼條件都會答應他。家庭富裕的哈迪進城去學習美術。他是我父親的一位朋友，我小時候他對我很好。他當時很有錢，在半月街有屬於自己的高檔住宅。在那個時候他是我心目中的大英雄，他當時已經放棄了成為偉大畫家的所有想法，而是把注意力轉向了藝術評論。他的寫作風格輕鬆詼諧，他常常幫一些雜誌寫各種美學話題的文章，他參加了好幾個俱樂部，總是在外面吃飯，也常常準備精美的晚餐請客。他喜歡演講而且什麼都講，他喜歡年輕人創建的社團，尤其喜歡睿智上進的年輕人。他花錢闊綽——我認為他一年收入不少——而且都是為了講究排場花掉的。當他旅行時，他喜歡像紳士一樣旅行，一般情況下他要帶上一兩個他喜歡的年輕藝術家，而且他們的費用他都全包。

　　在當時他算是一個很了不起的言論家，他靈活、熱情、風趣並有著一股神祕的魅力。他又高又瘦，富於活力，雙眼炯炯有神，面色紅潤，表情多變，頭髮濃密，鬍鬚別致。我永遠也不會忘記那種偶爾去他家做客時的快樂，他很和善也非常熱情，他對待年輕人有著一種親切的尊重，給人一種舒服的自尊感。我記得，當有人在表達觀點時表現尷尬時，他總有一套很巧妙的方法幫忙打圓場，結果好像那個人的觀點很深刻還富有情調。

　　唉，大約就在二十年前，這一切突然結束了。哈迪一下子損失了大部分金錢，我認為他當時已經繼承一部分他父親生意的股份，他有個哥哥在

繼續打理著生意。哈迪向來不過問錢的事，但是有多少收入都花掉，因此，在生意慘澹時，哈迪發現自己已債務纏身，自己一年有好幾百鎊的外債。對他個人來說很幸運的是，他一輩子沒結婚，他的朋友都主動來幫他，盡可能把事情安排妥當。哈迪定居在哈默史密斯的一個老房子裡，而且自那以後就一直住在那裡。他參加了好幾個俱樂部，但是只保留了一個俱樂部的會員資格，其他的都辭掉了。實際上他現在主要在這個俱樂部裡打發時光，因為他已經習慣了獨立行事，習慣於主宰體現自我價值的社團，所以他想當然地認為他就是那個俱樂部的主要人物。他一直都是一個個人主義者，但是他的態度、他的寬厚以及他個人的魅力，都很好地掩蓋了這一事實。

現在他發現在他不幸時所有人都敵視他，在一個規模很小、思想狹隘的社團裡發生的所有小陰謀，都讓他深受其害。他的建議受到嘲笑，很明顯，他已經被排除在這個俱樂部管理層之外了。我認為這一切不會像人們想像的那樣，為他帶來那麼大的痛苦，因為他有很堅韌的自保能力和牢固的自我意識。有人告訴我說，他在這個俱樂部一度受到冷落、敵對甚至暴虐。但是他是一個壓不垮的人 —— 他努力工作，寫評論，寫文章，寫書籍，而且對所有的新成員以禮相待。在最近幾年我都只是隔好長時間才看到他一次，但他到我這裡做客有一兩次，而且經常力勸我到城裡去看他。就這個耶誕節我有事情要來城裡處理，因此，我主動提出來看望他。他給我寫了一封熱誠歡迎的信，所以我現在已經在這裡做客四天了。

我無法向你說清這次來訪給我帶來的那種深刻的憂傷，那不完全是一種個人的憂傷，因為哈迪無需他人給予直接的同情，但是整個氣氛卻是悽楚哀婉。他的宅邸裡有一些又大又漂亮的房間，我又看到了許多當年那些

哈默史密斯，佩勒姆酒店 1904 年 12 月 28 日

瑣碎的寶貝 —— 肖像畫、雕刻、雕像、胸像和一些書籍 —— 這些曾裝點過半月街上的那座房子。但這個男人還是這個男人！他外貌沒有太大變化。他動作仍然俐落，只是頭髮幾乎銀白，他還是我過去崇拜的那個英雄。但是他的個人主義思想愈發根深蒂固，以至於他的想法幾乎讓人無法理解。他仍然時不時地談得眉飛色舞、寓意深長，而且我發現自己也會時不時地被他交談中的某個突現靈光所震動，那種東西往往是在新鮮有趣外衣裝扮下的熟悉事物，是某縷詩意或感動之光照耀下枯燥熟知的話題。他現在已經變得愛發牢騷，但在聊天開始，他仍能表現出與人共鳴的那種優秀情性。他會說他想知道你對某一點的看法，他會非常慈祥地向你微笑，就像你是他最喜愛的孩子，但是，不過多久他就會慷慨陳詞他的志向和事業。他每次都以故作姿態結束高談闊論。他會不斷地在他的交談中提出他個人的意見，懇求你的讚許、同意、鼓勵，但是非常明顯的是他並不希望得到回答。他希望得到共鳴，這一點比許多體面的禮拜者口中反覆說的「我們都是可悲的罪人」那類啟應禱文要好些。

到頭來，我發現自己被這次拜訪弄得非常疲憊。我每天有幾個小時在他的團體裡，我想我都沒連貫地說上十句話，然而他的許多言辭都很值得商榷，如果他經得起與人討論的話。

他言辭的重點是他沒有得到他本應該得到的那種認可。而似乎矛盾的是，儘管這樣，他在個人地位、影響和文學藝術成就等方面，卻表現出極其幼稚的自我滿足。

他似乎過著很孤獨的生活，但比較充實。他白天的所有時間都詳盡地安排好了，他有大量的信件需要回覆，他要細緻地通閱報紙，他要交談，他要寫作，但是他似乎沒有朋友和夥伴。他對藝術的評論具有足夠深遠的

意義，但卻遭到職業評論家毫無遮掩的嘲笑，我發現他的這些評論，都受到某種均衡思想和一種古怪的折衷主義影響而大打折扣。

但是，令人感傷的局面並不在於人們對他的看法，因為他也完全沒有意識到。如果人們沒有表達讚許，他會最誠摯最欽佩地讚賞自己所為，這是一種大膽的自我彌補方式。那是一種他痛苦的、無法擺脫的心靈渴望，他對那種他稱之為「認可」的可憐之物充滿著無邊的欲望 —— 這個詞我曾經無數次聽他提過 —— 而且他的孤芳自賞就如同一劑良藥，可以用來平復某種折磨心靈的傷痛。

今天晚上他一直在跟我講俱樂部裡發生的、針對他的陰謀詭計，他說他一下就識破了，他說他進行了機智的反駁，他說他用的是強而有力的反制策略。「我一直都是一個鬥士。」他斜睨著眼睛高興地說。接著他開始嘲諷俱樂部裡所有成員的愚昧無知、忘恩負義、陰險惡毒，似乎他完全沒意識到，對於這種局面他可能或者確實負有哪怕一點點的責任。這令我深深痛苦，我的大腦和心靈好像在無聲的哭泣。

如果他夠圓滑、夠精明、夠勤勉，如果他在第一次與人分歧時管住自己的嘴巴，他現在肯定已經有很多朋友了。相反，我發現他幾乎讓人無法忍受。他高談闊論 —— 他有足夠的膽識而從不想被壓制 —— 但是他聽別人講話時卻表現出掩蓋不住的厭倦，至多也就是禮貌的冷漠。然而，原來的那個魔咒時不時地會纏身附體，讓我意識到一個多麼高尚的心靈被傾覆。他現在應該是一夥好朋友的中心，應該是一個被敬仰、被信任、被崇拜者經常叩拜的人 —— 一個對於年輕人來說感到榮幸和愉悅去認識的人，而且他生活的環境也剛好適合這種角色。然而恰恰相反，可以很肯定地說，如果他宣布要離開這座城市，他的那些俱樂部同僚們一定會感到非

常高興。

即使他沒有自己的朋友圈，他或許也可以在簡單而高貴的環境中過著一種清淨、安逸和勤勉的生活。

但這種錯誤思想[71]存在於他的思考模式中，這不免讓我痛苦地思索，當今有多少個方面存在著同類毒害。三等公民特別希望積攢有自己名字的信件的做法，是這類思想最直白的表現。但是，暫不考慮這種有害的所有粗俗表現，我們當中又有多少人，會心甘情願地去做有益的、可敬的、美好的但不受推崇、不受讚美、不受重視的事情呢？就拿我個人來說，我很坦率地承認那種被稱之為「認可」的東西我也很受用。我投入精力並快樂和辛勤地做事，因此我希望工作得到表揚 —— 我希望讓我相信表揚是因為事情做得認真成功。但是，我也可以很真誠地說，正如文學作品寫作那樣，主要的快樂在於寫作的過程，即使已經計劃好確定出版，我也能夠熱情不減地去寫作 —— 至少我是這樣認為的，但是一個人往往自己不了解自己。

不管怎麼說，想一想可憐哈迪的情況，這對於一個人為了不被讚揚欲望太過控制是很好的借鑑，或者說，無論怎樣，這可以幫助人有意識地防止那類悲劇。

但是，畢竟還存在那種淒婉悲哀現象。詩人有云：「治癒固然好，但何故要將傷口治癒？」而且我也在痛苦地迷惘，造物主是以何準則能夠塑造一個如此美好的心靈，並賦之以如此出色的品性，然後卻允許某種無意識的過錯慢慢掩蓋心靈之光，就像雲影慢慢遮蔽月亮，最終使它成為悲慘鬼祟的月食。

---

71 此指不顧一切渴望得到「認可」的思想。

但是，我現在越來越鬱悶了，儘管我可以從哈迪的缺點中獲得教訓。
我以所有美好的問候倉促地結束此信，就像小弗萊德小姐（Miss Flite）
說的那樣「懇求接受祝福！」我準備明天去我姐姐家做客。

你永遠的朋友，
T. B.

威爾士，希布索普教區牧師住宅區，1904 年 12 月 31 日（即 1905 年 1 月 1 日）

威爾士，希布索普教區牧師住宅區，1904 年 12 月 31 日（即 1905 年 1 月 1 日）

親愛的赫伯特：

現在就要到午夜時分了，我一個人坐在房間裡，在舊的一年即將逝去之際，我時刻期盼著新年鐘聲的敲響。今晚特別清新而安靜，借著雲層後時隱時現的低空月光，在草坪的另一側，越過教區牧師花園的灌木叢，我能夠看到高大的榆樹，看到教堂鐘塔的鐘室裡閃爍著燈光，就像一隻神聖快樂的眼睛，還看到萬籟無聲中沉睡著的小村房屋的屋頂。一切都是難以形容的那般新鮮、寧靜、安詳。在白天，還是平凡得無人留意的景色，但是現在的夜晚，卻是如此地朦朧、華美和多情，那完全是一種靜謐的神祕，就像正在做著的一場美夢。

除了吃飯，我在這裡度過了幾乎是隱居的一天。某種程度上來說，我喜歡待在這裡，因為這樣待著沒有壓力。那是最親的血緣關係，沒有必要去取悅或被取悅。我的姐夫查理斯是一個很不錯的人，他整天忙於他的行政區的規劃和設計，我的姐姐是一個非常質樸和不諳世故的人，她整個心思都放在了丈夫和孩子身上。我總共有四個外甥和外甥女，但我遺憾地說，他們都沒有讓我產生太大的興趣。他們都是健康溫雅的孩子，但眼界有限，表現也非常淡漠，他們似乎從來不會爭吵，或者有什麼特別的偏好。年齡最小的男孩，在年齡足夠大時會到我在阿普頓的家中來，但是現在我對於孩子們來說只是一個好舅舅，我的到來和送給他們的禮物可以讓他們小小驚喜一下。我們交談的東西十分有限，因此，我必須努力讓自己對他們的話題感興趣。交談過程當然是非常悠閒的。有時候 —— 實際上是通常情況 —— 當我待在別人家裡的時候，我會有一種逼迫感，我會隱約感覺自己有種靈光突現的期盼，當我清晨穿衣時我會想我應該談點什麼呢，在早餐與午餐之間我究竟應該做點什麼呢。但是在這裡，在我的臥室

全天都有溫暖的火爐，而且我第一次被允許在那裡抽菸。我整個上午都讀書和寫作，下午通常一個人散散步，晚飯前再寫點東西。結果是，我過得十分舒心怡情，我睡得格外香甜。讓人感到安逸的是，沒有人會擔心我不高興，而且我自己也沒有不安之感，可以這麼說，我無需用輕快、活潑或附和人意的方式去回應對我的招待。直接帶來的效果是，我接近了我平時也在努力接近的三種處世原則：在團體裡，我們只是在平靜地過著自己的生活；我的出現，能為某些事物的過程帶來助益；我本人，能夠獲得圈子變化帶來的全部好處和單純而永恆的情誼。

聽！正是午夜！溫柔的鐘聲在清新的空氣中迴盪，一連串甜美的聲音如瀑布傾瀉而出，把期望和寧靜帶進人的心裡。我聽到頭上閣樓裡孩子們正在悄悄地走動，也聽到了孩子們說話的回音。他們應該是睡著的，但是我料想他們已經發誓輪流值班保持清醒，在午夜時分值班者把其他人喚醒。鐘聲繼續鳴響，但漸漸微弱下來，聲音一會兒高一會兒低。

我想，如果我再單純些，我本應該思考一下我的缺點和失敗、渴望做得更好、下定悔改之決心。但是我沒那麼做。我倒衷心期望做得更好。我知道我的飛翔多麼彷徨，多麼接近地面。但是，這些正式的、臨時的悔悟沒有任何意義，決心這東西，除了更公然地暴露一個人的缺點外不會有多大作用。我努力做的就是把我的心連同它所有的希冀與缺陷呈現給上帝，努力把我的手放在祂的手裡，祈禱我可以利用祂賦予我的機遇，詮釋祂可能給予我的悲痛。祂了解我的全部，我的缺點和我的優點。我無法飛離祂，儘管我插上了黎明的翅膀。我只祈禱別讓我的心變得麻木無情，別讓我迷失方向，讓我擁有我所需要的勇氣和膽量。我擁有的一切善良都是祂所賜，至於罪惡，儘管我不想那樣，但祂最清楚我為什麼被誘惑，我為什

威爾士，希布索普教區牧師住宅區，1904 年 12 月 31 日（即 1905 年 1 月 1 日）

麼墮落。沒有優點能比得上對缺點的貶斥，沒有力量能比得上天真的信任。入睡前我唯一應該做的是 —— 想一想我所愛的和我所珍重的，我的至親，我的朋友，以及最重要的，我的學生。我必須記住每一位，當我把他們託付給上帝照料時，我應該祈禱他們不再經受我本人漫不經心的怠慢。畢竟，這不是我們做多少的問題，而是我們怎麼做的問題。上帝知道，而我也曉得，我們的夢想和行為被編織成怎樣蹩腳的材料，但是，如果那是我們所能夠給予的最好的，如果我們全心全意地追求高尚、純潔、美麗和真實的東西 —— 祂會接受這一意願並淨化這一行為。有了這種心境 —— 上帝原諒我們沒有經常這樣想 —— 我就能夠相信並認為，最悲慘的失敗、最憂鬱的悲傷、最無情的羞辱，上帝都看得見，而且將有一天，當一切成為過去，我們自己也會看得到的，另外，恰如我們帶著微笑好奇地回望我們年幼時的悲傷往事，我們將有一天會帶著一種悲憫懷舊的心情，回憶我們成長中的挫折磨難，並驚詫於我們怎麼能那般目光短淺、那般背信棄義、那般盲目輕率。

然而，應該認真想一想新的一年對於我們意味著什麼。如同即將遠航的人，我們不知道將會發生什麼，會有什麼樣的風景，會有什麼樣的損失，會有什麼樣的不幸，會有什麼樣的死亡威脅。緊接著，又一次同樣莊嚴的平靜爬上心頭，這時窗外一片鐘鳴，重複著它們甜美的歌曲，「是祂創造了我們。」我們難道不能就此安心嗎？

我現在越來越希望做的事情，是擺脫自己的物質目標和欲望，不追求功成名就、行政威嚴或者職位光鮮。我希望幫助於人，服務於人，而不是發號施令。我極想寫一本觸動靈魂的好書，用文字表達那種時不時光顧我心的寧靜感、優美感和神祕感。我認為，每個人在心裡都有非常珍視的東

西，那種在他孤獨時讓他愉悅、讓他微笑的東西。我想與大家分享，不想藏在心裡。我漂泊在一片未知的大海上，但有時穿過藍色的巨浪，我看到了一片未知陸地上的懸崖和海岸，它們美輪美奐，無與倫比。有時，潮水使我遠離那塊陸地，有時，它淹沒在浮雲苦雨中。但是，總有雲開日出、波光粼粼的時候，總有風漲帆滿讓我駛向它的時候。我要說的就是那片美麗的陸地，它的純淨輪廓，它的峭壁岩穴，它的延綿丘陵。讓我們高唱〈坦蒂默斯在拉丁姆〉（*Tendimus in Latium*）駛向那片希望的大陸。

同時，我只想默默地努力，讓在我人生中出現的、為數不多的這些人更快樂一些、更勇敢一些，傾我所能奉賢揚善，遠離卑劣與低賤。在我內心滋生著大量的罪惡、缺陷、醜陋、淒苦，我只求束其於心，止其外患，不至於汙染他人的人生。

像我這樣的本性，雖然我認為有點風雅氣質，但其最大不利之處在於固執、以自我為中心、缺乏愛心與同情。一個人把一切看的太清楚，太渴望權利，他存在的威脅就可能是失去均衡和一切以私利為重。我對這種威脅再清楚不過了，我謙卑地希望遠離它。當一個人擁有權利時是最危險的，我意識到憑藉我的權利，我很容易與人建立很私密的關係。從對各種性格的觀察、分類和審視來看，一個人很容易利用手中的權利滿足和愉悅自己。一個人的努力目標不應該是成就個人影響，不應該是那種凌駕於他人之上的權利感，而應該是與他人分享自己擁有的美好事物，應該是給予幫助而不是掌控。

那一切都在上帝掌握之中。一次又一次，有個人回歸到上帝那裡，就像在遙遠的田野裡，飛失的鳥兒回到那棵熟悉的大樹，那個枝繁葉茂間的鳥巢。我認為，一個人應該活一天像一天，在這一天裡不要讓自己迷失在

威爾士，希布索普教區牧師住宅區，1904 年 12 月 31 日（即 1905 年 1 月 1 日）

焦慮、陰謀和企圖當中，不要被假想的恐懼和遙不可及的期望遮蔽雙眼，
而是要堅持「這一天屬於我自己，讓我來支配它，讓我真正生活在這一
天。」一般來說，一個人的職責是足夠清晰的。「做你應該做的就好了。」
一句至理名言如是說。

　　鐘塔上傳來的鐘聲停息了，一切又歸於平靜。爐裡的火焰搖曳閃爍，
一陣微風在花園的各個小路間瑟瑟穿行，思慕著黎明的曙光。我也感到愈
加睏倦。

　　赫伯特，我必須說「晚安」了。願上帝呵護保佑你，我真誠的老朋
友。每週我都非常高興地聽說你恢復健康，你從事活動，你重振生活信
心。我應該什麼時候歡迎你回來呢？我有一種感覺，在我們分離的這幾個
月中，我們彼此靠得更近了，心貼得更緊了。在某種程度上說，我們已經
能夠用書信來交談我們很少坦誠交談的東西。這是真正收穫。我的心飛向
你和你的家人，此刻我覺得千山萬水的阻隔也不算什麼，我們緊緊在一起
駐留在上帝偉大仁愛的心裡。

你永遠的朋友，

T. B.

威爾斯，希布索普教區牧師住宅區，1905年1月7日

親愛的赫伯特：

　　四天之前的夜裡我做了一個奇怪的夢。我夢見自己在一個很大的、空氣新鮮的、設施齊全的房間內，而且裡面還有人四處活動。這些人我一個也不認識，但是我們都很友好，我們一起交談，一起大笑。突然之間，我的胸部某處被一顆粗糙的大子彈擊中，我認為是某支槍造成的，雖然我並未聽到擊發聲。槍彈穿過我的肋骨，好像射進了某個要命部位。我踉蹌著倒在一張長椅上，有人過來扶起我，我感覺其他人在四處奔忙，尋找醫療救助。我心裡明白我的最後時刻到來了。我感覺不到疼痛，但是生氣與力量在迅速消失。無助中我感到了一種不堪忍受的羞辱感，並強烈渴望能一個人安靜地死去。我意識模糊、氣若游絲，死亡很快降臨了。

親愛的萊莉：

　　我剛剛打開你的信，你會知道我整個心多麼希望飛到你那裡。我弄不明白，我無法接受。我願意哪怕能說一句為你帶來安慰和幫助的話。上帝在保佑和支持你，我知道在這黑暗的時日，祂就在你身邊。我今天無法再寫下去了，當接到你的來信時我正在寫此信，現把此信寄給你。這樣能讓我感覺是我親愛的赫伯特親自告訴我有什麼在向他逼近。我絕對相信他與我們在一起，也與你們在一起。親愛的朋友，我多麼希望現在能在你身邊，但是你知道，我的思緒和祈禱時時刻刻都和你在一起。

你永遠的摯友，
T. B.

尾聲：添加一段我日記中的摘錄

尾聲：添加一段我日記中的摘錄

　　一週前，當我正在寫上面那些未完成的信件時，我收到了一封信，上面說我的朋友赫伯特去世了 ── 這些信都是寫給他的。從表面來看，在去世之前他似乎一直在好轉，他似乎沒有抱怨背井離鄉。但是在漫長黑夜，他小聲啼哭，他從椅子上站起，手放在胸前，然後失去意識跌坐在椅子上，幾分鐘之後他停止了呼吸。他們說那是突然的心力衰竭。

　　我們好像一直在洞穴旁警惕地看守著，以防某個小獵物逃脫，然而，就在我們看守盤算之時，那隻獵物仍從另一個我們熟視無睹的洞口悄悄溜走了。

　　當然，就他本人來說，以這樣方式離開真的是一件很幸運的事。如果我能知道我的離世方式也是這樣，那我真的會感到非常欣慰。一個人不是在病房冰冷的設備環境中死氣陰沉地等待死亡，而是在生活狀態下相對安靜地瞬間離世，那真是一種巨大的快樂。當然，他的妻子和可憐的女兒們除外！一個為他人著想的人最後沒有留下一句話，沒有展露悲傷表情，這是一件多麼痛苦的事。

　　當然，我甚至無法清醒地意識到發生的事。事件發生的地方離我遙遠，我的外在生活沒受到絲毫影響，日子如常繼續，因此，很難說清在我身上發生了什麼。即使當我聽到了消息說他已下葬，我也無法相信他死了、再不會和我交流了。當然，我情不自禁地感覺到我朋友的奮鬥精神，似乎在試圖留給我一種最後的資訊，或者讓我和他一起經歷磨難和分享他最後的思想意識。

　　也許我應該逐漸接受赫伯特死亡這一事實。但是，同時，我也一直在想，這樣事件不應該如此驚駭迅疾地發生。這告訴人一個道理 ── 人生

不可能十全十美。我認為，一個人應該與死亡抗爭，應該藐視它。畢竟，它是我們人生中唯一可以確定的未來事件。

我們與死亡角逐，讓它遠離，我們生活和規劃著，就像它根本不存在一樣。如果它糾纏我們的思想（它會時不時地光顧），我們要順從地等待，等到黑幕開啟，等到我們重新恢復勃勃生機。

當然，我不是說一想到死亡，就應該是一成不變的悲傷。如果我們必須死，那麼我們也意味著生，但是我們應該整合好關於死亡的思想。在人生必然發生的大事中，牢固把握現實存在的同時，死亡應該占有一席之地。這怎麼可能呢？因為真正的死亡恐怖不在於死亡帶來的一系列悲哀事件，如僵硬和腐爛的人體形態、眼前的茫茫黑暗、令人生畏的葬禮氣氛 —— 那種恐怖我們可以戰勝，但真正的恐怖在於我們對生活了解的一切就此停止，愛我們的那個人永遠沉默，產生的傷害再無彌補的機會。

一些人急切地求助於靈性論，以此逃避這種可怕的神祕。但是，就我對靈性論的研究，我覺得它只能證明：如果曾經存在什麼來自死亡之門另一邊的訊息 —— 這類臆測往往不可避免地摻雜著欺騙與謊言 —— 那它也就是一種邪門歪道，不是正經的東西。科學證明，人死亡後的個體延續是不存在的，唯一的期望在於這個渴望被拯救靈魂的真誠願望。

這個靈魂在高喊它害怕不復存在，它不該不復存在。光想到就無法接受生活中的所有活動在按部就班進行 —— 行為在做、語言在說、曾經思考過的問題在解決、內心曾經珍視的期盼在實現 ——「而我卻不在了。」這真是個可怕的念頭，尤其當一個人想到他摯愛的一切 —— 溫馨的工作、田野上的夕陽、熟悉的房間、珍貴的書籍、愉悅的討論、爐邊的交談 —— 以及想到他的位置後繼無人、他的財產被胡亂瓜分、他再也沒有

看、聽、說的能力了。然而，如果我們就這樣考慮未來，並且一想到將會有一個自己不在其中的人世就非常憤懣，那確實有點離譜，雖然我們能夠很平靜地接受「對我們出生前就運行的那個過去了的偉大世界，我們沒有權利提出要求。」因為我們對已經存在的現實沒有什麼刻意的思考，因此我們從來不會想到要對此抱屈；我們為什麼要僅僅因為對身後事的嚴苛關注，而感覺受到了不公平的對待呢？我們為什麼要認為身後未來會屬於我們，而我們卻沒有權利對生前世界提出任何要求呢？那真是一個有些讓人不安和困惑的謎題，但是，事實是我們整個的本能都強烈地抵制死亡，這最能強而有力地說明為什麼如果得不到某種滿足，我們心裡就必定要有如此強烈程度的本能嗎？

只有一種意識，而且是一種堅定不移的意識，能夠幫助到我們——那就是要堅信，有比我們自己更強有力的手在掌握著我們。但自由的意志觀念，那種努力便有可能的意識，讓我們無從理會到這一點。我們很容易把性格奔放誤認為是意志的有意選擇。然而我們究竟有什麼選擇呢？科學上說沒有，雖然思維依舊本能地堅持我們有選擇。然而，請看一看生活中某個尖銳的危機時刻——比如說一個壓倒一切的誘惑。如果我們抵制它，那麼結果除了招致許多勢力的合力，還能有什麼呢？過去失敗的經歷和過去付出的毅力、決心，再加上瑣碎瞬間的動機會使得我們選擇抵制。如果我們屈服，那麼動機就不夠強大。然而我們總會認為，我們也許本可以換種方式去做：我們責怪自己，而不是責怪那個把我們塑造成我們自己的過去世界。

但是，對於死亡來說，情況有所不同。曾經控制我們的那個意志現在不靈了。而且，我們能夠解決這個問題的唯一途徑就是依賴情緒。我們能

夠遵循的唯一路徑是：盡量不要預想我們最後的時刻 —— 那也許只會增加死亡來臨時的恐懼 —— 而是要堅定地、溫和地，一天一天地，學會把我們自己託付給上帝；盡我們自己的努力；盡量做得最好；盡可能簡單真誠地確定我們的路程應該是什麼樣，然後謙卑、平靜地將問題交給上帝。

我稍稍這樣做了，這為我自己帶來了非常美妙的寧靜心緒。奇怪的是，當一個人太過頻繁地感受到自己很強的恢復健康能力時，他就不再經常這樣做了。

那麼，一定要這樣活著：不去構想遙不可及的計畫，或過於熱切地規劃生活；但是要盡可能認真地去做好交給我們做的事情；要相信直覺；要充滿感激地享受生活樂趣；要對生活磨難充滿希望，時刻讓我們的心靈朝向我們上蒼的那顆偉大仁慈的「心」，因為這顆心已無數次證明比我們大膽期望的那樣，還要仁厚憐憫得多。我離這一信仰還很遠。但是我非常清楚，那是唯一可以支撐的力量。尤其是在這樣一個時刻，想到了那把失去主人的椅子、合上的書籍、不再使用的鋼筆、那些悲傷的心、鮮花凋零的山丘。

對於他來說，可能有兩個選擇：那個我們了解的靈魂已經失去我們所了解的個性特徵，再一次融入到那個靈魂片刻遠離的巨大生機中。或者，在某些我們無法想像的條件下，這個靈魂本體脫離了沉悶的物質形態，隨心所欲地成為它渴望成為的東西；這個靈魂也許知道最重要的安寧之所，那種我們只有透過微妙感知才能體會到的安寧；它看到的是美好、真誠、純潔、正義、厚望、美德統成一體的境界；它不再為殘喘延時、垂頭倦怠、哀傷預兆所累，而是像無形的空氣一樣自由和純粹。

來自阿普頓的五十一封問候：

亞瑟‧本森的文學思想與教育理念再現

作　　者：[英] 亞瑟‧本森（Arthur Benson）

翻　　譯：遲文成，陶哲

發 行 人：黃振庭

出 版 者：崧燁文化事業有限公司

發 行 者：崧燁文化事業有限公司

E-mail：sonbookservice@gmail.com

粉 絲 頁：https://www.facebook.com/
　　　　　sonbookss/

網　　址：https://sonbook.net/

地　　址：台北市中正區重慶南路一段六十一號八
　　　　　樓 815 室

Rm. 815, 8F., No.61, Sec. 1, Chongqing S. Rd.,
Zhongzheng Dist., Taipei City 100, Taiwan

電　　話：(02)2370-3310

傳　　真：(02)2388-1990

印　　刷：京峯彩色印刷有限公司（京峰數位）

律師顧問：廣華律師事務所 張珮琦律師

定　　價：420 元

發行日期：2023 年 02 月第一版

◎本書以 POD 印製

國家圖書館出版品預行編目資料

來自阿普頓的五十一封問候：亞
瑟‧本森的文學思想與教育理念
再現 / [英] 亞瑟‧本森（Arthur
Benson）著，遲文成，陶哲譯 . --
第一版 . -- 臺北市：崧燁文化事業
有限公司 , 2023.02
面；　公分
POD 版
譯自：The upton letters
ISBN 978-626-357-071-9(平裝)
873.6　　111021833

電子書購買

臉書